汪曾祺小说

汪曾祺 著

江苏人民出版社

图书在版编目（CIP）数据

汪曾祺小说：受戒 / 汪曾祺著. 一 南京：江苏人民出版社, 2020.7（2023.9 重印）
ISBN 978-7-214-25299-9

Ⅰ. ①汪… Ⅱ. ①汪… Ⅲ. ①短篇小说 - 小说集 - 中国 - 当代 Ⅳ. ①I247.7

中国版本图书馆CIP数据核字(2020)第126648号

书　　名	汪曾祺小说 受戒
著　　者	汪曾祺
责任编辑	卞清波
出版发行	江苏人民出版社
地　　址	南京市湖南路 1 号 A 楼，邮编：210009
印　　刷	天津丰富彩艺印刷有限公司
开　　本	880 mm × 1 230 mm　1/32
印　　张	11
字　　数	240 000
版　　次	2020 年 7 月第 1 版
印　　次	2023 年 9 月第 2 次印刷
标准书号	ISBN 978-7-214-25299-9
定　　价	38.00 元

目录 Contents

汪曾祺小说 受戒

/

/

/

受戒

///

明海出家已经四年了。

他是十三岁来的。

这个地方的地名有点怪，叫庵赵庄。赵，是因为庄上大都姓赵。叫做庄，可是人家住得很分散，这里两三家，那里两三家。一出门，远远可以看到，走起来得走一会，因为没有大路，都是弯弯曲曲的田埂。庵，是因为有一个庵。庵叫菩提庵，可是大家叫讹了，叫成荸荠庵。连庵里的和尚也这样叫。“宝刹何处？”——“荸荠庵。”庵本来是住尼姑的。“和尚庙”“尼姑庵”嘛。可是荸荠庵住的是和尚。也许因为荸荠庵不大，大者为庙，小者为庵。

明海在家叫小明子。他是从小就确定要出家的。他的家乡不叫“出家”，叫“当和尚”。他的家乡出和尚。就像有的地方出劁猪的，有的地方出织席子的，有的地方出箍桶的，有的地方出弹棉花的，有的地方出画匠，有的地方出婊子，他的家乡出和尚。人家弟兄多，就派一个出去当和尚。当和尚也要通过关系，也有帮。这地方的和尚有的走得很远。有到杭州灵隐寺的、上海静安寺的、镇江金山寺的、扬州天宁寺的。一般的就在本县的寺庙。明海家田少，老大、老二、老三，就足够种的了。他是老四。他七岁那年，他当和尚的舅舅回家，他爹、他娘就和舅舅商议，决定叫他当和尚。他当时在旁边，觉得这实在是在情在理，没有理由反对。当和尚有很多好处。一是可以吃现成饭。哪个庙里都是管饭的。二是可以攒钱。只要学会了放瑜伽焰口，拜梁皇忏，可以按例分到辛苦钱。积攒起来，将来还俗娶亲也可以；不想还俗，买几亩田也可以。当和尚也不容易，一要面如朗月，二要声如钟磬，三要聪明记性好。他舅舅给他相了相面，叫他前走几步，后走几步，又叫他喊了一声赶牛打场的号子：“格当嘚——”说是：“明子准能当个好和尚，我包了！”要当和尚，得下点本——念几年书。哪有不认字的和尚呢！于是明子就开蒙入学，读了《三字经》《百家姓》《四言杂字》《幼学琼林》“上论下论”“上孟下孟”，每天还写一张仿。村里都夸他字写得好，很黑。

舅舅按照约定的日期又回了家，带了一件他自己穿的和尚领的短衫，叫明子娘改小一点，给明子穿上。明子穿了这件和尚短衫，下身还是在家穿的紫花裤子，赤脚穿了一双新布鞋，跟他爹、他娘磕了一个头，就随舅舅走了。

他上学时起了个学名，叫明海。舅舅说，不用改了。于是“明海”就从学名变成了法名。

过了一个湖。好大一个湖！穿过一个县城。县城真热闹：官盐店，税务局，肉铺里挂着成边的猪，一个驴子在磨芝麻，满街都是小磨香油的香味，布店，卖茉莉粉、梳头油的什么斋，卖绒花的，卖丝线的，打把式卖膏药的，吹糖人的，耍蛇的……他什么都想看看。舅舅一劲地推他："快走！快走！"

到了一个河边，有一只船在等着他们。船上有一个五十来岁的瘦长瘦长的大伯，船头蹲着一个跟明子差不多大的女孩子，在剥一个莲蓬吃。明子和舅舅坐到舱里，船就开了。明子听见有人跟他说话，是那个女孩子。

"是你要到荸荠庵当和尚吗?

明子点点头。

"当和尚要烧戒疤呕！你不怕？"

明子不知道怎么回答，就含含糊糊地摇了摇头。

"你叫什么？"

"明海。"

"在家的时候？"

"叫明子。"

"明子！我叫小英子！我们是邻居。我家挨着荸荠庵。——给你！"

小英子把吃剩的半个莲蓬扔给明海，小明子就剥开莲蓬壳，一颗一颗吃起来。

大伯一桨一桨地划着，只听见船桨拨水的声音：

"哗——许！哗——许！"

……

荸荠庵的地势很好，在一片高地上。这一带就数这片地势高，当初建庵的人很会选地方。门前是一条河。门外是一片很大的打谷场。三面都是高大的柳树。山门里是一个穿堂。迎门供着弥勒佛。不知是哪一位名士撰写了一副对联：

大肚能容容天下难容之事

开颜一笑笑世间可笑之人

弥勒佛背后，是韦驮。过穿堂，是一个不小的天井，种着两棵白果树。天井两边各有三间厢房。走过天井，便是大殿，供着三世佛。佛像连龛才四尺来高。大殿东边是方丈，西边是库房。大殿东侧，有一个小小的六角门，白门绿字，刻着一副对联：

一花一世界

三藐三菩提

进门有一个狭长的天井，几块假山石，几盆花，有三间小房。

小和尚的日子清闲得很。一早起来，开山门，扫地。庵里的地铺的都是箩底方砖，好扫得很。给弥勒佛、韦驮烧一炷香，正殿的三世佛面前也烧一炷香、磕三个头、念三声“南无阿弥陀佛”，敲三声磬。这庵里的和尚不兴做什么早课、晚课，明子这三声磬就全都代替了。然后，挑水，喂猪。然后，等当家和尚，即明子的舅舅起来，教他念经。

教念经也跟教书一样，师父面前一本经，徒弟面前一本经，师父唱一句，徒弟跟着唱一句。是唱哎。舅舅一边唱，一边还用手在桌上拍板。一板一眼，拍得很响，就跟教唱戏一样。是跟教唱戏一样，完全一样哎。连用的名词都一样。舅舅说，念经：一要板眼准，二要合工尺。说：当一个好和尚，得有条好嗓子。说：民国二十年闹大水，运河倒了堤，最后在清水潭合龙，因为大水淹死的人很多，放了一台大焰口，十三大师——十三个正座和尚，各大庙的方丈都来了，下面的和尚上百。谁当这个首座？推来推去，还是石桥——善因寺的方丈！他往上一坐，就跟地藏王菩萨一样，这就不用说了；那一声“开香赞”，围看的上千人立时鸦雀无声。说：嗓子要练，夏练三伏，冬练三九，要练丹田气！说：要吃得苦中苦，方为人上人！说：和尚里也有状元、榜眼、探花！要用心，不要贪玩！舅舅这一番大法要说得明海和尚实在是五体投地，于是就一板一眼地跟着舅舅唱起来：

“炉香乍爇——”

“炉香乍爇——”

“法界蒙薰——”

“法界蒙薰——”

“诸佛现金身……”

“诸佛现金身……”

……

等明海学完了早经，——他晚上临睡前还要学一段，叫做晚经，——荸荠庵的师父们就都陆续起床了。

这庵里人口简单，一共六个人。连明海在内，五个和尚。

有一个老和尚，六十几了，是舅舅的师叔，法名普照，但是知道的人很少，因为很少人叫他法名，都称之为老和尚或老师父，明海叫他师爷爷。这是个很枯寂的人，一天关在房里，就是那“一花一世界”里。也看不见他念佛，只是那么一声不响地坐着。他是吃斋的，过年时除外。

下面就是师兄弟三个，仁字排行：仁山、仁海、仁渡。庵里庵外，有的称他们为大师父、二师父；有的称之为山师父、海师父。只有仁渡，没有叫他“渡师父”的，因为听起来不像话，大都直呼之为仁渡。他也只配如此，因为他还年轻，才二十多岁。

仁山，即明子的舅舅，是当家的。不叫“方丈”，也不叫“住持”，却叫“当家的”，是很有道理的，因为他确确实实干的是当家的职务。他屋里摆的是一张账桌，桌子上放的是账簿和算盘。账簿共有三本。一本是经账，一本是租账，一本是债账。和尚要做法事，做法事要收钱，——要不，当和尚干什么？常做的法事是放焰口。正规的焰口是十个人。一个正座，一个敲鼓的，两边一边四个。人少了，八个，一边三个，也凑合了。荸荠庵只有四个和尚，要放整焰口就得和别的庙里合伙。这样的时候也有过，通常只是放半台焰口。一个正座，一个敲鼓，另外一边一个。一来找别的庙里合伙费事；二来这一带放得起整焰口的人家也不多。有的时候，谁家死了人，就只请两个，甚至一个和尚咕噜咕噜念一通经，敲打几声法器就算完事。很多人家的经钱不是当时就给，往往要等秋后才还。这就得记账。另外，和尚放焰口的辛苦钱不是一样的。就像唱戏一样，有份子。正座第一份。因为他要领唱，而且还要独唱。当中有一大段“叹骷髅”，别的和尚都放下法器休息，只有首座一个人有板有眼地曼声吟唱。第二份是敲鼓的。你以为这容易呀？哼，单是一开头的“发擂”，手上没功夫就敲不出迟疾顿挫！其余的，就一样了。这也得记上：某月某日、谁家焰口半台，谁正座，谁敲鼓……省得到年底结账时赌咒骂娘。……这庵里有几十亩庙产，租给人种，到时候要收租。庵里还放债。租、债一向倒很少亏欠，因为租佃借钱的人怕菩萨不高兴。这三本账就够仁山忙的了。另外香烛灯火、油盐“福食”，这也得随时记记账呀。除了账簿之外，山师父的方丈的墙上还挂着一块水牌，上漆四个红字：“勤笔免思”。

仁山所说当一个好和尚的三个条件，他自己其实一条也不具备。他的相貌只要用两个字就说清楚了：黄，胖。声音也不像钟磬，倒像母猪。聪明么？难说，打牌老输。他在庵里从不穿袈裟，连海青直裰也免了。经常是披着件短僧衣，袒露着一个黄色的肚子。下面是光脚趿拉着一对僧鞋，——新鞋他也是趿拉着。他一天就是这样不衫不履地这里走走，那里走走，发出母猪一样的声音：“呣——呣——”。

二师父仁海。他是有老婆的。他老婆每年夏秋之间来住几个月，因为庵里凉快。庵里有六个人，其中之一，就是这位和尚的家眷。仁山、仁渡叫她嫂子，明海叫她师娘。这两口子都很爱干净，整天地洗涮。傍晚的时候，坐在天井里乘凉。白天，闷在屋里不出来。

三师父是个很聪明精干的人。有时一笔账大师兄扒了半天算盘也算不清，他眼珠子转两转，早算得一清二楚。他打牌赢的时候多，二三十张牌落地，上下家手里有些什么牌，他就差不多都知道了。他打牌时，总有人爱在他后面看歪头胡。谁家约他打牌，就说“想送两个钱给你。”他不但经忏俱通（小庙的和尚能够拜忏的不多），而且身怀绝技，会“飞铙”。七月间有些地方做盂兰会，在旷地上放大焰口，几十个和尚，穿绣花袈裟，飞铙。飞铙就是把十多斤重的大铙钹飞起来。到了一定的时候，全部法器皆停，只几十副大铙紧张急促地敲起来。忽然起手，大铙向半空中飞去，一面飞，一面旋转。然后，又落下来，接住。接住不是平平常常地接住，有各种架势，“犀牛望月”“苏秦背剑”……这哪是念经，这是耍杂技。也许是地藏王菩萨爱看这个，但真正因此快乐起来的是人，尤其是妇女和孩子。这是年轻漂亮的和尚出风头的机会。一场大焰口过后，也像一个好戏班子过后一样，会有一个两个大姑娘、小媳妇失踪，——跟和尚跑了。他还会放“花焰口”。有的人家，亲戚中多风流子弟，在不是很哀伤的佛事——如做冥寿时，就会提出放花焰口。所谓“花焰口”就是在正焰口之后，叫和尚唱小调，拉丝弦，吹管笛，敲鼓板，而且可以点唱。仁渡一个人可以唱一夜不重头。仁渡前几年一直在外面，近二年才常住在庵里。据说他有相好的，而且不止一个。他平常可是很规矩，看到姑娘媳妇总是老老实实的，连一句玩笑话都不说，一句小调山歌都不唱。有一回，在打谷场上乘凉的时候，一伙人把他围起来，非叫他唱两个不可。他却情不过，说：“好，唱一个。不唱家乡的。家乡的你们都熟，唱个安徽的。”

姐和小郎打大麦，
一转子讲得听不得。
听不得就听不得，
打完了大麦打小麦。

唱完了，大家还嫌不够，他就又唱了一个：

姐儿生得漂漂的，
两个奶子翘翘的。
有心上去摸一把，
心里有点跳跳的。
……

这个庵里无所谓清规，连这两个字也没人提起。

仁山吃水烟，连出门做法事也带着他的水烟袋。

他们经常打牌。这是个打牌的好地方。把大殿上吃饭的方桌往门口一搭，斜放着，就是牌桌。桌子一放好，仁山就从他的方丈里把筹码拿出来，哗啦一声倒在桌上。斗纸牌的时候多，搓麻将的时候少。牌客除了师兄弟三人，常来的是一个收鸭毛的，一个打兔子兼偷鸡的，都是正经人。收鸭毛的担一副竹筐，串乡串镇，拉长了沙哑的声音喊叫：

“鸭毛卖钱——！”

偷鸡的有一件家什——铜蜻蜓。看准了一只老母鸡，把铜蜻蜓一丢，鸡婆子上去就是一口。这一啄，铜蜻蜓的硬簧绷开，鸡嘴撑住了，叫不出来了。正在这鸡十分纳闷的时候，上去一把薅住。

明子曾经跟这位正经人要过铜蜻蜓看看。他拿到小英子家门前试了一试，果然！小英的娘知道了，骂明子：

“要死了！儿子！你怎么到我家来玩铜蜻蜓了！”

小英子跑过来：

“给我！给我！”

她也试了试，真灵，一个黑母鸡一下子就把嘴撑住，傻了眼了！

下雨阴天，这二位就光临荸荠庵，消磨一天。

有时没有外客，就把老师叔也拉出来，打牌的结局，大都是当家和尚气得鼓鼓的：“×妈妈的！又输了！下回不来了！”

他们吃肉不瞒人。年下也杀猪。杀猪就在大殿上。一切都和在家人一样，开水、木桶、尖刀。捆猪的时候，猪也是没命地叫。跟在家人不同的，是多一道仪式，要给即将升天的猪念一道“往生咒”，并且总是老师叔念，神情很庄重：

“……一切胎生、卵生、息生，来从虚空来，还归虚空去，往生再世，皆当欢喜。南无阿弥陀佛！”

三师父仁渡一刀子下去，鲜红的猪血就带着很多沫子喷出来。

……

明子老往小英子家里跑。

小英子的家像一个小岛，三面都是河，西面有一条小路通到荸荠庵。独门独户，岛上只有这一家。岛上有六棵大桑树，夏天都结大桑椹，三棵结白的，三棵结紫的；一个菜园子，瓜豆蔬菜，四时不缺。院墙下半截是砖砌的，上半截是泥夯的。大门是桐油油过的，贴着一副万年红的春联：

向阳门第春常在

积善人家庆有余

门里是一个很宽的院子。院子里一边是牛屋、碓棚；一边是猪圈、鸡窠，还有个关鸭子的栅栏。露天地放着一具石磨。正北面是住房，也是砖基土筑，上面盖的一半是瓦，一半是草。房子翻修了才三年，木料还露着白茬。正中是堂屋，家神菩萨的画像上贴的金还没有发黑。两边是卧房。隔扇窗上各嵌了一块一尺见方的玻璃，明亮亮的，——这在乡下是不多见的。房檐下一边种着一棵石榴树，一边种着一棵栀子花，都齐房檐高了。夏天开了花，一红一白，好看得很。栀子花香得冲鼻子。顺风的时候，在荸荠庵都闻得见。

这家人口不多，他家当然是姓赵。一共四口人：赵大伯、赵大妈，两个女儿，大英子、小英子。老两口没得儿子。因为这些年人不得病，牛不生灾，也没有大旱大水闹蝗虫，日子过得很兴旺。他们家自己有田，本来够吃的了，又租种了庵上的十亩田。自己的田里，一亩种了荸荠，——这一半是小英子的主意，她爱吃荸荠，一亩种了茨菇。家里喂了一大群鸡鸭，单是鸡蛋鸭毛就够一年的油盐了。赵大伯是个能干人。他是一个“全把式”，不但田里场上样样精通，还会罩鱼、洗磨、凿砻、修水车、修船、砌墙、烧砖、箍桶、劈篾、绞麻绳。他不咳嗽，不腰疼，结结实实，像一棵榆树。人很和气，一天不声不响。赵大伯是一棵摇钱树，赵大娘就是个聚宝盆。大娘精神得出奇。五十岁了，两个眼睛还是清亮亮的。不论什么时候，头都是梳得滑溜溜的，身上衣服都是格挣挣的。像老头子一样，她一天不闲着。煮猪食，喂猪，腌咸菜，——她腌的咸萝卜干非常好吃，舂粉子，磨小豆腐，编蓑衣，织芦篚。她还会剪花样子。这里嫁闺女，陪嫁妆，瓷坛子、锡罐子，都要用梅红纸剪出吉祥花样，贴在上面，讨个吉利，也才好看：“丹凤朝阳”呀、“白头到老”呀、“子孙万代”呀、“福寿绵长”呀。二三十里的人家都来请她：“大娘，好日子是十六，你哪天去呀？”——“十五，我一大清早就来！”

“一定呀！”——“一定！一定！”

两个女儿，长得跟她娘像一个模子里脱出来的。眼睛长得尤其像，白眼珠鸭蛋青，黑眼珠棋子黑，定神时如清水，闪动时像星星。浑身上下，头是头，脚是脚。头发滑溜溜的，衣服格挣挣的。——这里的风俗，十五六岁的姑娘就都梳上头了。这两个丫头，这一头的好头发！通红的发根，雪白的簪子！娘女三个去赶集，一集的人都朝她们望。

姐妹俩长得很像，性格不同。大姑娘很文静，话很少，像父亲。小英子比她娘还会说，一天咭咭呱呱地不停。大姐说：

“你一天到晚咭咭呱呱——”

“像个喜鹊！”

“你自己说的！——吵得人心乱！”

“心乱？”

“心乱！”

“你心乱怪我呀！”

二姑娘话里有话。大英子已经有了人家。小人她偷偷地看过，人很敦厚，也不难看，家道也殷实，她满意。已经下过小定，日子还没有定下来。她这二年，很少出房门，整天赶她的嫁妆。大裁大剪，她都会。挑花绣花，不如娘。她可又嫌娘出的样子太老了。她到城里看过新娘子，说人家现在绣的都是活花活草。这可把娘难住了。最后是喜鹊忽然一拍屁股：“我给你保举一个人！”

这人是谁？是明子。明子念“上孟下孟”的时候，不知怎么得了半套《芥子园》，他喜欢得很。到了荸荠庵，他还常翻出来看，有时还把旧账簿子翻过来，照着描。小英子说：

“他会画！画得跟活的一样！”

小英子把明海请到家里来，给他磨墨铺纸，小和尚画了几张，大英子喜欢得了不得：

“就是这样！就是这样！这就可以乱孱！”——所谓“乱孱”是绣花的一种针法：绣了第一层，第二层的针脚插进第一层的针缝，这样颜色就可由深到淡，不露痕迹，不像娘那一代绣的花是平针，深浅之间，界限分明，一道一道的。小英子就像个书童，又像个参谋：

“画一朵石榴花！”

“画一朵栀子花！”

她把花掐来，明海就照着画。

到后来，凤仙花、石竹子、水蓼、淡竹叶、天竺果子、蜡梅花，他都能画。

大娘看着也喜欢，搂住明海的和尚头：

“你真聪明！你给我当一个干儿子吧！”

小英子捺住他的肩膀，说：

“快叫！快叫！”

小明子跪在地下磕了一个头，从此就叫小英子的娘做干娘。

大英子绣的三双鞋，三十里方圆都传遍了。很多姑娘都走路坐船来看。看完了，就说：“啧啧啧，真好看！这哪是绣的，这是一朵鲜花！”她们就拿了纸来央大娘求了小和尚来画。有求画帐檐的，有求画门帘飘带的，有求画鞋头花的。每回明子来画花，小英子就给他做点好吃的，煮两个鸡蛋，蒸一碗芋头，煎几个藕团子。

因为照顾姐姐赶嫁妆，田里的零碎生活小英子就全包了。她的帮手，是明子。

这地方的忙活是栽秧、车高田水、薅头遍草，再就是割稻子、打场子。这几荐重活，自己一家是忙不过来的。这地方兴换工。排好了日期，几家顾一家，轮流转。不收工钱，但是吃好的。一天吃六顿，两头见肉，顿顿有酒。干活时，敲着锣鼓，唱着歌，热闹得很。其余的时候，各顾各，不显得紧张。

薅三遍草的时候，秧已经很高了，低下头看不见人。一听见非常脆亮的嗓子在一片浓绿里唱：

栀子哎开花哎六瓣头哎……

姐家哎门前哎一道桥哎……

明海就知道小英子在哪里，三步两步就赶到，赶到就低头薅起草来，傍晚牵牛“打汪”，是明子的事。——水牛怕蚊子。这里的习惯，牛卸了轭，饮了水，就牵到一口和好泥水的“汪”里，由它自己打滚扑腾，弄得全身都是泥浆，这样蚊子就咬不通了。低田上水，只要一挂十四轧的水车，两个人车半天就够了。明子和小英子就伏在车杠上，不紧不慢地踩着车轴上的拐子，轻轻地唱着明海向三师父学来的各处山歌。打场的时候，明子能替赵大伯一会，让他回家吃饭。——赵家自己没有场，每年都在荸荠庵外面的场上打谷子。他一扬鞭子，喊起了打场号子：

“格当嘚——”

这打场号子有音无字，可是九转十三弯，比什么山歌号子都好听。赵大娘在家，听见明子的号子，就侧起耳朵：

“这孩子这条嗓子！”

连大英子也停下针线：

“真好听！”

小英子非常骄傲地说：

“一十三省数第一！”

晚上，他们一起看场。——荸荠庵收来的租稻也晒在场上。他们并肩坐在一个石磙子上，听青蛙打鼓，听寒蛇唱歌，——这个地方以为蝼蛄叫是蚯蚓叫，而且叫蚯蚓叫“寒蛇”，听纺纱婆子不停地纺纱，“吵——”，看萤火虫飞来飞去，看天上的流星。

“呀！我忘了在裤带上打一个结！”小英子说。

这里的人相信，在流星掉下来的时候在裤带上打一个结，心里想什么好事，就能如愿。

……

“揼”荸荠，这是小英子最爱干的生活。秋天过去了，地净场光，荸荠的叶子枯了，——荸荠的笔直的小葱一样的圆叶子里是一格一格的，用手一捋，哔哔地响，小英子最爱捋着玩，——荸荠藏在烂泥里。赤了脚，在凉浸浸滑滑溜的泥里踩着，——哎，一个硬疙瘩！伸手下去，一个红紫红紫的荸荠。她自己爱干这生活，还拉了明子一起去。她老是故意用自己的光脚去踩明子的脚。

她挎着一篮子荸荠回去了，在柔软的田埂上留了一串脚印。明海看着她的脚印，傻了。五个小小的趾头，脚掌平平的，脚跟细细的，脚弓部分缺了一块。明海身上有一种从来没有过的感觉，他觉得心里痒痒的。这一串美丽的脚印把小和尚的心搞乱了。

……

明子常搭赵家的船进城，给庵里买香烛，买油盐。闲时是赵大伯划船；忙时是小英子去，划船的是明子。

从庵赵庄到县城，当中要经过一片很大的芦花荡子。芦苇长得密密的，当中一条水路，四边不见人。划到这里，明子总是无端端地觉得心里很紧张，他就使劲地划桨。

小英子喊起来：

“明子！明子！你怎么啦？你发疯啦？为什么划得这么快？”

……

明海到善因寺去受戒。

“你真的要去烧戒疤呀？”

“真的。”

“好好的头皮上烧十二个洞，那不疼死啦？”

“咬咬牙。舅舅说这是当和尚的一大关，总要过的。”

“不受戒不行吗？”

“不受戒的是野和尚。”

“受了戒有啥好处？”

“受了戒就可以到处云游，逢寺挂褡。”

“什么叫‘挂褡’？”

“就是在庙里住。有斋就吃。”

“不把钱？”

“不把钱。有法事，还得先尽外来的师父。”

“怪不得都说‘远来的和尚会念经’。就凭头上这几个戒疤？”

“还要有一份戒牒。”

“闹半天，受戒就是领一张和尚的合格文凭呀！”

“就是！”

“我划船送你去。”

“好。”

小英子早早就把船划到荸荠庵门前。不知是什么道理，她兴奋得很。她充满了好奇心，想去看看善因寺这座大庙，看看受戒是个啥样子。

善因寺是全县第一大庙，在东门外，面临一条水很深的护城河，三面都是大树，寺在树林子里，远处只能隐隐约约看到一点金碧辉煌的屋顶，不知道有多大。树上到处挂着“谨防恶犬”的牌子。这寺里的狗出名的厉害。平常不大有人进去。放戒期间，任人游看，恶狗都锁起来了。

好大一座庙！庙门的门坎比小英子的肐膝都高。迎门矗着两块大牌，一边一块，一块写着斗大两个大字：“放戒”，一块是：“禁止喧哗”。这庙里果然是气象庄严，到了这里谁也不敢大声咳嗽。明海自去报名办事，小英子就到处看看。好家伙，这哼哈二将、四大天王，有三丈多高，都是簇新的，才装修了不久。天井有二亩地大，铺着青石，种着苍松翠柏。“大雄宝殿”，这才真是个

“大殿”！一进去，凉嗖嗖的。到处都是金光耀眼。释迦牟尼佛坐在一个莲花座上。单是莲座，就比小英子还高。抬起头来也看不全他的脸，只看到一个微微闭着的嘴唇和胖敦敦的下巴。两边的两根大红蜡烛，一搂多粗。佛像前的大供桌上供着鲜花、绒花、绢花，还有珊瑚树、玉如意、整根的大象牙。香炉里烧着檀香。小英子出了庙，闻着自己的衣服都是香的。挂了好些幡。这些幡不知是什么缎子的，那么厚重，绣的花真细。这么大一口磬，里头能装五担水！这么大一个木鱼，有一头牛大，漆得通红的。她又去转了转罗汉堂，爬到千佛楼上看了看。真有一千个小佛！她还跟着一些人去看了看藏经楼。藏经楼没有什么看头，都是经书！妈吔！逛了这么一圈，腿都酸了。小英子想起还要给家里打油，替姐姐配丝线，给娘买鞋面布，给自己买两个坠围裙飘带的银蝴蝶，给爹买旱烟，就出庙了。

等把事情办齐，晌午了。她又到庙里看了看，和尚正在吃粥。好大一个“膳堂”，坐得下八百个和尚。吃粥也有这样多讲究：正面法座上摆着两个锡胆瓶，里面插着红绒花，后面盘膝坐着一个穿了大红满金绣袈裟的和尚，手里拿了戒尺。这戒尺是要打人的。哪个和尚吃粥吃出了声音，他下来就是一戒尺。不过他并不真的打人，只是做个样子。真稀奇，那么多的和尚吃粥，竟然不出一点声音！他看见明子也坐在里面，想跟他打个招呼又不好打。想了想，管他禁止不禁止喧哗，就大声喊了一句：“我走啦！”她看见明子目不斜视地微微点了点头，就不管很多人都朝自己看，大摇大摆地走了。

第四天一大清早小英子就去看明子。她知道明子受戒是第三天半夜，——烧戒疤是不许人看的。她知道要请老剃头师傅剃头，要剃得横摸顺摸都摸不出头发茬子，要不然一烧，就会“走”了戒，烧成了一片。她知道是用枣泥子先点在头皮上，然后用香头子点着。她知道烧了戒疤就喝一碗蘑菇汤，让它“发”，还不能躺下，要不停地走动，叫做“散戒”。这些都是明子告诉她的。明子是听舅舅说的。

她一看，和尚真在那里“散戒”，在城墙根底下的荒地里。一个一个，穿了新海青，光光的头皮上都有十二个黑点子。——这黑疤掉了，才会露出白白的、圆圆的“戒疤”。和尚都笑嘻嘻的，好像很高兴。她一眼就看见了明子。隔着一条护城河，就喊他：

“明子！”

“小英子！”

“你受了戒啦？”

“受了。”

“疼吗？”

“疼。”

“现在还疼吗？”

“现在疼过去了。”

“你哪天回去？”

“后天。”

“上午？下午？”

“下午。”

“我来接你！”

“好！”

……

小英子把明海接上船。

小英子这天穿了一件细白夏布上衣，下边是黑洋纱的裤子，赤脚穿了一双龙须草的细草鞋，头上一边插着一朵栀子花，一边插着一朵石榴花。她看见明子穿了新海青，里面露出短褂子的白领子，就说："把你那外面的一件脱了，你不热呀！"

他们一人一把桨。小英子在中舱，明子扳艄，在船尾。

她一路问了明子很多话，好像一年没有看见了。

她问，烧戒疤的时候，有人哭吗？喊吗？

明子说，没有人哭，只是不住地念佛。有个山东和尚骂人：

"俺日你奶奶！俺不烧了！"

她问善因寺的方丈石桥是相貌和声音都很出众吗？

"是的。"

"说他的方丈比小姐的绣房还讲究？"

"讲究。什么东西都是绣花的。"

"他屋里很香？"

"很香。他烧的是伽楠香，贵得很。"

"听说他会做诗，会画画，会写字？"

"会。庙里走廊两头的砖额上，都刻着他写的大字。"

"他是有个小老婆吗？"

"有一个。"

"才十九岁？"

"听说。"

“好看吗？”

“都说好看。”

“你没看见？”

“我怎么会看见？我关在庙里。”

明子告诉她，善因寺一个老和尚告诉他，寺里有意选他当沙弥尾，不过还没有定，要等主事的和尚商议。

“什么叫‘沙弥尾’？”

“放一堂戒，要选出一个沙弥头，一个沙弥尾。沙弥头要老成，要会念很多经。沙弥尾要年轻，聪明，相貌好。”

“当了沙弥尾跟别的和尚有什么不同？”

“沙弥头，沙弥尾，将来都能当方丈。现在的方丈退居了，就当。石桥原来就是沙弥尾。”

“你当沙弥尾吗？”

“还不一定哪。”

“你当方丈，管善因寺？管这么大一个庙？！”

“还早呐！”

划了一气，小英子说：“你不要当方丈！”

“好，不当。”

“你也不要当沙弥尾！”

“好，不当。”

又划了一气，看见那一片芦花荡子了。

小英子忽然把桨放下，走到船尾，趴在明子的耳朵旁边，小声地说：

“我给你当老婆，你要不要？”

明子眼睛鼓得大大的。

“你说话呀！”

明子说：“嗯。”

“什么叫‘嗯’呀！要不要，要不要？”

明子大声地说：“要！”

“你喊什么！”

明子小小声说：“要——！”

“快点划！”

英子跳到中舱，两只桨飞快地划起来，划进了芦花荡。芦花才吐新穗。紫灰色的芦穗，发着银光，软软的，滑溜溜的，像一串丝线。有的地方结了蒲棒，通红的，像一支一支小蜡烛。青浮萍，紫浮萍。长脚蚊子，水蜘蛛。野菱角开着四瓣的小白花。惊起一只青桩（一种水鸟），擦着芦穗，扑鲁鲁鲁飞远了。

……

一九八〇年八月十二日，写四十三年前的一个梦。

大淖记事

/
/
/

一

这地方的地名很奇怪，叫做大淖。全县没有几个人认得这个淖字。

县境之内，也再没有别的叫做什么淖的地方。据说这是蒙古话。那么这地名大概是元朝留下的。元朝以前这地方有没有，叫做什么，就无从查考了。

淖，是一片大水。说是湖泊，似还不够，比一个池塘可要大得多，春夏水盛时，是颇为浩淼的。这是两条水道的河源。淖中央有一条狭长的沙洲。沙洲上长满茅草和芦荻。春初水暖，沙洲上冒出很多紫红色的芦芽和灰绿色的蒌蒿[1]，很快就是一片翠绿了。夏天，茅草、芦荻都吐出雪白的丝穗，在微风中不住地点头。秋天，全都枯黄了，就被人割去，加到自己的屋顶上去了。冬天，下雪，这里总比别处先白。化雪的时候，也比别处化得慢。河水解冻了，发绿了，沙洲上的残雪还亮晶晶地堆积着。这条沙洲是两条河水的分界处。从淖里坐船沿沙洲西面北行，可以看到高阜上的几家炕房。绿柳丛中，露出雪白的粉墙，黑漆大书四个字："鸡鸭炕房"，非常显眼。炕房门外，照例都有一块小小土坪，有几个人坐在树桩上负曝闲谈。不时有人从门里挑出一副很大的扁圆的竹笼，笼口络着绳网，里面是松花黄色的，毛茸茸，挨挨挤挤，啾啾乱叫的小鸡小鸭。由沙洲往东，要经过一座浆坊。浆是浆衣服用的。这里的人，衣服被里洗过后，都要浆一浆。浆过的衣服，穿在身上沙沙作响。浆是芡实水磨，加一点明矾，澄去水分，晒干而成。这东西是不值什么钱的。一大盆衣被，只要到杂货店花两三个铜板，买一小块，用热水冲开，就足够用了。但是全县浆粉都由这家供应（这东西是家家用得着的），所以规模也不算小。浆坊有四五个师傅忙碌着。喂着两头毛驴，轮流上磨。浆坊门外，有一片平场，太阳好的时候，每天晒着浆块，白得叫人眼睛都睁不开。炕房、浆坊附近还有几家买卖荸荠、茨菰、菱角、鲜藕的鲜货行，集散鱼蟹的鱼行和收购青草的草行。过了炕房和浆坊，就都是田畴麦垅，牛棚水车，人

---

① 蒌蒿是生于水边的野草，粗如笔管，有节，生狭长的小叶，初生二寸来高，叫做"蒌蒿薹子"，加肉炒食极清香。苏东坡诗："竹外桃花三两枝，春江水暖鸭先知，蒌蒿满地芦芽短，正是河豚欲上时。"蒌蒿见之于诗，这大概是第一次。他很能写出节令风物之美。

家的墙上贴着黑黄色的牛屎粑粑，——牛粪和水，拍成饼状，直径半尺，整齐地贴在墙上晾干，作燃料，已经完全是农村的景色了。由大淖北去，可至北乡各村。东去可至一沟、二沟、三垛，直达邻县兴化。

大淖的南岸，有一座漆成绿色的木板房，房顶、地面，都是木板的。这原是一个轮船公司。靠外手是候船的休息室。往里去，临水，就是码头。原来曾有一只小轮船，往来本城的兴化，隔日一班，单日开走，双日返回。小轮船漆得花花绿绿的，飘着万国旗，机器突突地响，烟筒冒着黑烟，装货、卸货，上客、下客，也有卖牛肉，高粱酒、花生瓜子、芝麻灌香糖的小贩，吆吆喝喝，是热闹过一阵的。后来因为公司赔了本，股东无意继续经营，就卖船停业了。这间木板房子倒没有拆去。现在里面空荡荡、冷清清，只有附近的野孩子到候船室来唱戏玩，棍棍棒棒，乱打一气；或到码头上比赛撒尿。七八个小家伙，齐齐地站成一排，把一泡泡骚尿哗哗地撒到水里，看谁尿得最远。

大淖指的是这片水，也指水边的陆地。这里是城区和乡下的交界处。从轮船公司往南，穿过一条深巷，就是北门外东大街了。坐在大淖的水边，可以听到远远地一阵一阵朦朦胧胧的市声，但是这里的一切和街里不一样。这里没有一家店铺。这里的颜色、声音、气味和街里不一样。这里的人也不一样。他们的生活，他们的风俗，他们的是非标准、伦理道德观念和街里的穿长衣念过“子曰”的人完全不同。

二

由轮船公司往东往西，各距一箭之遥，有两丛住户人家。这两丛人家，也是互不相同的，各是各乡风。

西边是几排错错落落的低矮的瓦屋。这里住的是做小生意的。他们大都不是本地人，是从里下河一带，兴化、泰州、东台等处来的客户。卖紫萝卜的（紫萝卜是比荸荠略大的扁圆形的萝卜，外皮染成深蓝紫色，极甜脆），卖风菱的（风菱是很大的两角的菱角，壳极硬），卖山里红的，卖熟藕（藕孔里塞了糯米煮熟）的。还有一个从宝应来的卖眼镜的，一个从杭州来的卖天竺筷的。他们像一些候鸟，来去都有定时。来时，向相熟的人家租一间半间屋子，住上一阵，有的住得长一些，有的短一些，到生意做完，就走了。他们都是日出而作，日入而息。吃罢早饭，各自背着、扛着、挎着、举着自己的货色，用不同的乡音，不同的腔调，吟唱吆唤着上街了。到太阳落山，又都像鸟似的回到自己的窝里。于是从这些低矮的屋檐下就都飘出带点甜味而又呛人的炊烟（所烧的柴草都是半干不湿的）。他们做的都是小本生意，赚钱不大。因为是在客边，对人很和气，凡事忍让，所以这一带平常总是安安静静的，很少有吵嘴打架的事情发生。

这里还住着二十来个锡匠，都是兴化帮。这地方兴用锡器，家家都有几件锡制的家伙。香炉、蜡台、痰盂、茶叶罐、水壶、茶壶、酒壶，甚至尿壶，都是锡的。嫁闺女时都要陪送一套锡器。最少也要有两个能容四五升米的大锡罐，摆在柜顶上，否则就不成其为嫁妆。出阁的闺女生了孩子，娘家要送两大罐糯米粥（另外还要有两只老母鸡，一百鸡蛋），装粥用的就是娘柜顶上的这两个锡罐。因此，二十来个锡匠并不显多。

锡匠的手艺不算费事，所用的家什也较简单。一副锡匠担子，一头是风箱，绳系里夹着几块锡板；一头是炭炉和两块二尺见方，一面裱着好几层表芯纸的方砖。锡器是打出来的，不是铸出来的。人家叫锡匠来打锡器，一般都是自己备料，——把几件残旧的锡器回炉重打。锡匠在人家门道里或是街边空地上，支起担子，拉动风箱，在锅里把旧锡化成锡水，——锡的熔点很低，不大一会就化了；然后把两块方砖对合着（裱纸的一面朝里），在两砖之间压一条绳子，绳子按照要打的锡器圈成近似的形状，绳头留在砖外，把锡水由绳口倾倒过去，两砖一压，就成了锡片；然后，用一个大剪子剪剪，焊好接口，用一个木棰在铁砧上敲敲打打，大约一两顿饭工夫就成型了。锡是软的，打锡器不像打铜器那样费劲，也不那样吵人。粗使的锡器，就这样就能交活。若是细巧的，就还要用刮刀刮一遍，用砂纸打一打，用竹节草（这种草中药店有卖的）磨得锃亮。

这一帮锡匠很讲义气。他们扶持疾病，互通有无，从不抢生意。若是合伙做活，工钱也分得很公道。这帮锡匠有一个头领，是个老锡匠，他说话没有人不听。老锡匠人很耿直，对其余的锡匠（不是他的晚辈就是他的徒弟）管教得很紧。他不许他们赌钱喝酒；嘱咐他们出外做活，要童叟无欺，手脚要干净；不许和妇道嬉皮笑脸。他教他们不要怕事，也绝不要惹事。除了上市应活，平常不让到处闲游乱窜。

老锡匠会打拳，别的锡匠也跟着练武。他屋里有好些白蜡杆、三节棍，没事便搬到外面场地上打对儿。老锡匠说：这是消遣，也可以防身，出门在外，会几手拳脚不吃亏。除此之外，锡匠们的娱乐便是唱唱戏。他们唱的这种戏叫做“小开口”，是一种地方小戏，唱腔本是萨满教的香火（巫师）请神唱的调子，所以又叫“香火戏”。这些锡匠并不信萨满教，但大都会唱香火戏。戏的曲调虽简单，内容却是成本大套，李三娘挑水推磨，生下咬脐郎；白娘子水漫金山；刘金定招亲；方卿唱道情……可以坐唱，也可以化了装彩唱。遇到阴天下雨，不能出街，他们能吹打弹唱一整天。附近的姑娘媳妇都挤过来看，——听。

老锡匠有个徒弟，也是他的侄儿，在家大排行第十一，小名就叫个十一子，外人都只叫他小锡匠。这十一子是老锡匠的一件心事。因为他太聪明，长得又太好看了。他长得挺拔四称，肩宽腰细，唇红齿白，浓眉大眼，头戴遮阳草帽，青鞋净袜，全身衣服整齐合体。天热的时候，敞开衣扣，露出扇面也似的胸脯，五寸宽的雪白的板带煞得很紧。走起路来，高抬脚，轻着地，麻溜利索。锡匠里出了这样一个一表人才，真是鸡窝里飞出了金凤凰。老锡匠心里明白：唱“小开口”的时候，那些挤过来的姑娘媳妇，其实都是来看这位十一郎的。

老锡匠经常告诫十一子，不要和此地的姑娘媳妇拉拉扯扯，尤其不要和东头的姑娘媳妇有什么勾搭：“她们和我们不是一样的人！”

三

轮船公司东头都是草房，茅草盖顶，黄土打墙，房顶两头多盖着半片破缸破瓮，防止大风时把茅草刮走。这里的人，世代相传，都是挑夫。男人、女人，大人、孩子，都靠肩膀吃饭。

挑得最多的是稻子。东乡、北乡的稻船，都在大淖靠岸。满船的稻子，都由这些挑夫挑走。或送到米店，或送进哪家大户的廒仓，或挑到南门外琵琶闸的大船上，沿运河外运。有时还会一直挑到车逻、马棚湾这样很远的码头上。单程一趟，或五六里，或七八里、十多里不等。一二十人走成一串，步子走得很匀，很快。一担稻子一百五十斤，中途不歇肩。一路不停地打着号子。换肩时一齐换肩。打头的一个，手往扁担上一搭，一二十副担子就同时由右肩转到左肩上来了。每挑一担，领一根“筹子”，——尺半长，一寸宽的竹牌，上涂白漆，一头是红的。到傍晚凭筹领钱。

稻谷之外，什么都挑。砖瓦、石灰、竹子（挑竹子一头拖在地上，在砖铺的街面上擦得刷刷地响），桐油（桐油很重，使扁担不行，得用木杠，两人抬一桶）……因此，一年三百六十天，天天有活干，饿不着。

十三四岁的孩子就开始挑了。起初挑半担，用两个柳条笆斗。练上一二年，人长高了，力气也够了，就挑整担，像大人一样的挣钱了。

挑夫们的生活很简单：卖力气，吃饭。一天三顿，都是干饭。这些人家都不盘灶，烧的是“锅腔子”——黄泥烧成的矮瓮，一面开口烧火。烧柴是不花钱的。淖边常有草船，乡下人挑芦柴入街去卖，一路总要撒下一些。凡是尚未挑担挣钱的孩子，就一人一把竹筢，到处去搂。因此，这些顽童得到一个稍带侮辱性的称呼，叫做“筢草鬼子”。有时懒得费事，就从乡下人的草担上猛力拽出一把，拔腿就溜。等乡下人撂下担子叫骂时，他们早就没影儿了。锅腔子无处出烟，烟子就横溢出来，飘到大淖水面上，平铺开来，停留不散。这些人家无隔宿之粮，都是当天买，当天吃。吃的都是脱壳的糙米。一到饭时，就看见这些茅草房子的门口蹲着一些男子汉，捧着一个蓝花大海碗，碗里是骨堆堆的一碗紫红紫红的米饭，一边堆着青菜小鱼，臭豆腐、腌辣椒，大口大口地在吞食。他们吃饭不怎么嚼，只在嘴里打一个滚，咕咚一声就咽下去了。看他们吃得那样香，你会觉得世界上再没有比这个饭更好吃的饭了。

他们也有年，也有节。逢年过节，除了换一件干净衣裳，吃得好一些，就是聚在一起赌钱。赌具，也是钱。打钱，滚钱。打钱：各人拿出一二十铜元，叠成很高的一摞。参与者远远地用一个钱向这摞铜钱砸去，砸倒多少取多少。滚钱又叫“滚五七寸”。在一片空场上，各人放一摞钱；一块整砖支起一个斜坡，用一个铜元由砖面落下，向钱注密处滚去，钱停住后，用事前备好的两根草棍量一量，如距钱注五寸，滚钱者即可吃掉这一注；距离七寸，反赔出与此注相同之数。这种古老的博法使挑夫们得到极大的快乐。旁观的闲人也不时大声喝彩，为他们助兴。

这里的姑娘媳妇也都能挑。她们挑得不比男人少，走得不比男人慢。挑鲜货是她们的专业。大概是觉得这种水淋淋的东西对女人更相宜，男人们是不屑于去挑的。这些“女将”都生得颀长俊俏，浓黑的头发上涂了很多梳头油，梳得油光水滑（照当地说法是：苍蝇站上去都会闪了腿）。脑后的发髻都极大。发髻的大红头绳的发根长到二寸，老远就看到通红的一截。她们的发髻的一侧总要插一点什么东西。清明插一个柳球（杨柳的嫩枝，一头拿牙咬着，把柳枝的外皮连同鹅黄的柳叶使劲往下一抹，成一个小小球形），端午插一丛艾叶，有鲜花时插一朵栀子，一朵夹竹桃，无鲜花时插一朵大红剪绒花。因为常年挑担，衣服的肩膀处易破，她们的托肩多半是换过的。旧衣服，新托肩，颜色不一样，这几乎成了大淖妇女的特有的服饰。一二十个姑娘媳妇，挑着一担担紫红的荸荠、碧绿的菱角、雪白的连枝藕，走成一长串，风摆柳似的嚓嚓地走过，好看得很！

她们像男人一样的挣钱，走相、坐相也像男人。走起来一阵风，坐下来两条腿叉得很开。她们像男人一样赤脚穿草鞋（脚指甲却用凤仙花染红）。她们嘴里不忌生冷，男人怎么说话她们怎么说话，她们也用男人骂人的话骂人。打起号子来也是“好大娘个歪歪子咧！”——“歪歪子咧……”

没出门子的姑娘还文雅一点，一做了媳妇就简直是“姜太公在此百无禁忌”，要多野有多野。有一个老光棍黄海龙，年轻时也是挑夫，后来腿脚有了点毛病，就在码头上看看稻船，收收筹子。这老头儿老没正经，一把胡子了，还喜欢在媳妇们的胸前屁股上摸一把，拧一下。按辈分，他应当被这些媳妇称呼一声叔公，可是谁都管他叫“老骚胡子”。有一天，他又动手动脚的，几个媳妇一咬耳朵，一二三，一齐上手，眨眼之间叔公的裤子就挂在大树顶上了。有一回，叔公听见卖饺面[①]的挑着担子，敲着竹梆走来，他又来劲了：“你们敢不敢到淖里洗个澡？——敢，我一个人输你们两碗饺面！”——“真的？”——“真的！”——“好！”几个媳妇脱了

① 一半馄饨一半面下在一起，当地叫做饺面。

衣服跳到淖里扑通扑通洗了一会。爬上岸就大声喊叫：

“下面！”

这里人家的婚嫁极少明媒正娶，花轿吹鼓手是挣不着他们的钱的。媳妇，多是自己跑来的；姑娘，一般是自己找人。他们在男女关系上是比较随便的。姑娘在家生私孩子；一个媳妇，在丈夫之外，再“靠”一个，不是稀奇事。这里的女人和男人好，还是恼，只有一个标准：情愿。有的姑娘、媳妇相与了一个男人，自然也跟他要钱买花戴，但是有的不但不要他们的钱，反而把钱给他花，叫做“倒贴”。

因此，街里的人说这里“风气不好”。

到底是哪里的风气更好一些呢？难说。

四

大淖东头有一户人家。这一家只有两口人，父亲和女儿。父亲名叫黄海蛟，是黄海龙的堂弟（挑夫里姓黄的多）。原来是挑夫里的一把好手。他专能上高跳。这地方大粮行的“窝积”（长条芦席围成的粮囤），高到三四丈，只支一只单跳，很陡。上高跳要提着气一口气窜上去，中途不能停留。遇到上了一点岁数的或者“女将”，抬头看看高跳，有点含胡，他就走过去接过一百五十斤的担子，一支箭似的上到跳顶，两手一提，把两箩稻子倒在“窝积”里，随即三五步就下到平地。因为为人忠诚老实，二十五岁了，还没有成亲。那年在车逻挑粮食，遇到一个姑娘向他问路。这姑娘留着长长的刘海，梳了一个“苏州俏”的发髻，还抹了一点胭脂，眼色张皇，神情焦急，她问路，可是连一个准地名都说不清，一看就知道是大户人家逃出来的使女。黄海蛟和她攀谈了一会，这姑娘就表示愿意跟着他过。她叫莲子。——这地方丫头、使女多叫莲子。

莲子和黄海蛟过了一年，给他生了个女儿。七月生的，生下的时候满天都是五色云彩，就取名叫做巧云。

莲子的手很巧、也勤快，只是爱穿件华丝葛的裤子，爱吃点瓜子零食，还爱唱“打牙牌”之类的小调：“凉月子一出照楼梢，打个呵欠伸懒腰，瞌睡子又上来了。哎哟，哎哟，瞌睡子又上来了……”这和大淖的乡风不大一样。

巧云三岁那年，她的妈莲子，终于和一个过路戏班子的一个唱小生的跑了。那天，黄海蛟正在马棚湾。莲子把黄海蛟的衣裳都浆洗了一遍，巧云的小衣裳也收拾在一起，焖了一锅饭，还给老黄打了半斤酒，把孩子托给邻居，说是她出门有点事，锁了门，从此就不知去向了。

巧云的妈跑了，黄海蛟倒没有怎么伤心难过。这种事情在大淖这个地方也值不得大惊小怪。养熟的鸟还有飞走的时候呢，何况是一个人！只是她留下的这块肉，黄海蛟实在是疼得不行。他不愿巧云在后娘的眼皮底下委委屈屈地生活，因此发心不再续娶。他就又当爹又当妈，和女儿巧云在一起过了十几年。他不愿巧云去挑扁担，巧云从十四岁就学会结鱼网和打芦席。

巧云十五岁，长成了一朵花。身材、脸盘都像妈。瓜子脸，一边有个很深的酒窝。眉毛黑如鸦翅，长入鬓角。眼角有点吊，是一双凤眼。睫毛很长，因此显得眼睛经常是眯晞着；忽然回头，睁得大大的，带点吃惊而专注的神情，好像听到远处有人叫她似的。她在门外的两棵树杈之间结网，在淖边平地上织席，就有一些少年人装着有事的样子来来去去。她上街买东西，甭管是买肉、买菜，打油、打酒，撕布、量头绳，买梳头油、雪花膏，买石碱、浆块，同样的钱，她买回来，分量都比别人多，东西都比别人的好。这个奥秘早被大娘、大婶们发现，她们都托她买东西。只要巧云一上街，都挎了好几个竹篮，回来时压得两个胳臂酸疼酸疼。泰山庙唱戏，人家都自己扛了板凳去。巧云散着手就去了。一去了，总有人给她找一个得看的好座。台上的戏唱得正热闹，但是没有多少人叫好。因为好些人不是在看戏，是看她。

巧云十六了，该张罗着自己的事了。谁家会把这朵花迎走呢？炕房的老大？浆坊的老二？鲜货行的老三？他们都有这意思。这点意思黄海蛟知道了，巧云也知道。不然他们老到淖东头来回晃摇是干什么呢？但是巧云没怎么往心里去。

巧云十七岁，命运发生了一个急转直下的变化。她的父亲黄海蛟在一次挑重担上高跳时，一脚踏空，从三丈高的跳板上摔下来，摔断了腰。起初以为不要紧，养养就好了。不想喝了好多药酒，贴了好多膏药，还不见效。她爹半瘫了，他的腰再也直不起来了。他有时下床，扶着一个剃头担子上用的高板凳，格登格登地走一截，平常就只好半躺下靠在一摞被窝上。他不能用自己的肩膀为女儿挣几件新衣裳，买两枝花，却只能由女儿用一双手养活自己了。还不到五十岁的男子汉，只能做一点老太婆做的事：绩了一捆又一捆的供女儿结网用的麻线。事情很清楚：巧云不会撇下她这个老实可怜的残废爹。谁要愿意，只能上这家来当一个倒插门的养老女婿。谁愿意呢？这家的全部家产只有三间草屋（巧云和爹各住一间，当中是一个小小的堂屋）。老大、老二、老三时不时走来走去，拿眼睛瞟着隔着一层鱼网或者坐在雪白的芦席上的一个苗条的身子。他们的眼睛依然不缺乏爱慕，但是减少了几分急切。

老锡匠告诫十一子不要老往淖东头跑，但是小锡匠还短不了要来。大娘、大婶、姑娘、媳妇有旧壶翻新，总喜欢叫小锡匠来。从大淖过深巷上大街也要经过这里，巧云家门前的柳荫是一个等待雇主的好地方。巧云织席，十一子化锡，正好做伴。有时巧云停下活计，帮小锡匠拉风箱。有时巧云要回家看看她的残废爹，问他想不想吃烟喝水，小锡匠就压住炉里的火，帮她织一气席。巧云的手指划破了（织席很容易划破手，压扁的芦苇薄片，刀一样的锋快），十一子就帮她吮吸指头肚子上的血。巧云从十一子口里知道他家里的事：他是个独子，没有兄弟姐妹。他有一个老娘，守寡多年了。他娘在家给人家做针线，眼睛越来越不好，他很担心她有一天会瞎……

好心的大人路过时会想：这倒真是两只鸳鸯，可是配不成对。一家要招一个养老女婿，一家要接一个当家媳妇，弄不到一起。他们俩呢，只是很愿意在一处谈谈坐坐。都到岁数了，心里不是没有。只是像一片薄薄的云，飘过来，飘过去，下不成雨。

有一天晚上，好月亮，巧云到淖边一只空船上去洗衣裳（这里的船泊定后，把桨拖到岸上，寄放在熟人家，船就拴在那里，无人看管，谁都可以上去）。她正在船头把身子往前倾着，用力涮着一件大衣裳，一个不知轻重的顽皮野孩子轻轻走到她身后，伸出两手咯吱她的腰。她冷不防，一头栽进了水里。她本会一点水，但是一下子懵了。这几天水又大，流很急。她挣扎了两下，喊救人，接连喝了几口水。她被水冲走了！正赶上十一子在炕房门外土坪上打拳，看见一个人冲了过来，头发在水上漂着。他褪下鞋子，一猛子扎到水底，从水里把她托了起来。

十一子把她肚子里的水控了出来，巧云还是昏迷不醒。十一子只好把她横抱着，像抱一个婴儿似的，把她送回去。她浑身是湿的，软绵绵，热乎乎的。十一子觉得巧云紧紧挨着他，越挨越紧。十一子的心怦怦地跳。

到了家，巧云醒来了。（她早就醒来了！）十一子把她放在床上。巧云换了湿衣裳（月光照出她的美丽的少女的身体）。十一子抓一把草，给她熬了半锅子姜糖水，让她喝下去，就走了。

巧云起来关了门，躺下。她好像看见自己躺在床上的样子。月亮真好。

巧云在心里说："你是个呆子！"

她说出声来了。

不大一会，她也就睡死了。

就在这一天夜里，另外一个人，拨开了巧云家的门。

五

由轮船公司对面的巷子转东大街，往西不远，有一个道士观，叫做炼阳观。现在没有道士了，里面住了不到一营水上保安队。这水上保安队是地方武装。他们名义上归县政府管辖，饷银却由县商会开销，水上保安队的任务是下乡剿土匪。这一带土匪很多，他们抢了人，绑了票，大都藏匿在芦荡湖泊中的船上（这地方到处是水），如遇追捕，便于脱逃。因此，地方绅商觉得很需要成立一个特殊的武装力量来对付这些成帮结伙的土匪。水上保安队装备是很好的。他们乘的船是“铁板划子”——船的三面都有半人高、三四分厚的铁板，子弹是打不透的。铁板划子就停在大淖岸边，样子很高傲。一有任务，就看见大兵们扛着两挺水机关，用箩筐抬着多半筐子弹（子弹不用箱装，却使箩抬，颇奇怪），上了船，开走了。

或七八天，或十天半月，他们得胜回来了（他们有铁板划子，又有水机关，对土匪有压倒优势，很少有伤亡）。铁板划子靠了岸，上岸列队，由深巷，上大街，直奔县政府。这队伍是四列纵队。前面是号队。这不到一营的人，却有十二支号。一上大街，就“打打打滴打大打滴大打”，齐齐整整地吹起来。后面是全队弟兄，一律荷枪实弹。号队之后，大队之前的正中，是捉来的土匪。有时三个五个，有时只有一个，都是五花大绑。这队伍是很神气的。最妙的是被绑着的土匪也一律都合着号音，步伐整齐，雄赳赳气昂昂地走着。甚至值日官喊“一、二、三、四”，他们也随着大声地喊。大队上街之前，要由地保事先通知沿街店铺，凡有鸟笼的（有的店铺是养八哥、画眉的），都要收起来，因为土匪大哥看见不高兴，这是他们忌讳的（他们到了县政府，都下在大狱里，看见笼中鸟，就无出狱希望了）。看看这样的铜号放光，刺刀雪亮，还夹着几个带有传奇色彩的土匪英雄的威武雄壮的队伍，是这条街上的民众的一件快乐事情。其快乐程度不下于看狮子、龙灯、高跷、抬阁，和僧道齐全、六十四杠的大出丧。

除了下乡办差，保安队的弟兄们没有什么事。他们除了把两挺水机关扛到大淖边突突地打两梭（把淖岸上的泥土打得簌簌地往下掉），平常是难得出操、打野外的。使人们感觉到这营把人的存在的，是这十二个号兵早晚练号。早晨八九点钟，下午四五点钟，他们就到大淖边来了。先是拔长音，然后各自吹几段，最后是合吹进行曲、三环号（他们吹三环号只是吹着玩，因为从来没有接受检阅的时候）。吹完号，就解散，想干什么干什么。有的，就轻手轻脚，走进一家的门外，咳嗽一声，随着，走了进去，门就关起来了。

这些号兵大都衣着整齐，干净爱俏。他们除了吹吹号，整天无事干，有的是闲空。他们的钱来得容易——饷钱倒不多，但每次下乡，总有犒赏；有时与土匪遭遇，双方谈条件，也常从对方手中得到一笔钱，手面很大方，花钱不在乎。他们是保护地方绅商的军人，身后有靠山，即或出一点什么事，谁也无奈他何。因此，这些大爷就觉得不风流风流，实在对不起自己，也辜负了别人。

十二个号兵，有一个号长，姓刘，大家都叫他刘号长。这刘号长前后跟大淖几家的媳妇都很熟。

拨开巧云家的门的，就是这个号长！

号长走的时候留下十块钱。

这种事在大淖不是第一次发生。巧云的残废爹当时就知道了。他拿着这十块钱，只是长长地叹了一口气。邻居们知道了，姑娘、媳妇并未多议论，只骂了一句："这个该死的！"

巧云破了身子，她没有淌眼泪，更没有想到跳到淖里淹死。人生在世，总有这么一遭！只是为什么是这个人？真不该是这个人！怎么办？拿把菜刀杀了他？放火烧了炼阳观？不行！她还有个残废爹。她怔怔地坐在床上，心里乱糟糟的。她想起该起来烧早饭了。她还得结网、织席，还得上街。她想起小时候上人家看新娘子，新娘子穿了一双粉红的缎子花鞋。她想起她的远在天边的妈。她记不得妈的样子，只记得妈用一个筷子头蘸了胭脂给她点了一点眉心红。她拿起镜子照照，她好像第一次看清楚自己的模样。她想起十一子给她吮手指上的血，这血一定是咸的。她觉得对不起十一子，好像自己做错了什么事。她非常失悔：没有把自己给了十一子！

她的这个念头越来越强烈。这个号长来一次，她的念头就更强烈一分。

水上保安队又下乡了。

一天，巧云找到十一子，说："晚上你到大淖东边来，我有话跟你说。"

十一子到了淖边。巧云踏在一只"鸭撇子"上（放鸭子用的小船，极小，仅容一人。这是一只公船，平常就拴在淖边。大淖人谁都可以撑着它到沙洲上挑蒌蒿，割茅草，拣野鸭蛋），把篙子一点，撑向淖中央的沙洲，对十一子说："你来！"

过了一会，十一子泅水到了沙洲上。

他们在沙洲的茅草丛里一直呆到月到中天。

月亮真好啊！

六

十一子和巧云的事，师兄们都知道，只瞒着老锡匠一个人。他们偷偷地给他留着门，在门窝子里倒了水（这样推门进来没有声音）。十一子常常到天快亮的时候才回来。有一天，又是这时候才推开门。刚刚要钻被窝，听见老锡匠说：

“你不要命啦！”

这种事情怎么瞒得住人呢？终于，传到刘号长的耳朵里。其实没有人跟他嚼舌头，刘号长自己还不知道？巧云看见他都讨厌，她的全身都是冷淡的。刘号长咽不下这口气。本来，他跟巧云又没有拜过堂，完过花烛，闲花野草，断了就断了。可是一个小锡匠，夺走了他的人，这丢了当兵的脸。太岁头上动土，这还行！这种事从来没有发生过。连保安队的弟兄也都觉得面上无光，在人前矬了一截。他是只许自己在别人头上拉屎撒尿，不许别人在他脸上溅一星唾沫的。若是闭着眼过去，往后，保安队的人还混不混了？

有一天，天还没亮，刘号长带了几个弟兄，踢开巧云家的门，从被窝里拉起了小锡匠，把他捆了起来。把黄海蛟、巧云的手脚也都捆了，怕他们去叫人。

他们把小锡匠弄到泰山庙后面的坟地里，一人一根棍子，搂头盖脸地打他。

他们要小锡匠卷铺盖走人，回他的兴化，不许再留在大淖。

小锡匠不说话。

他们要小锡匠答应不再走进黄家的门，不挨巧云的身子。

小锡匠还是不说话。

他们要小锡匠告一声饶，认一个错。

小锡匠的牙咬得紧紧的。

小锡匠的硬铮把这些向来是横着膀子走路的家伙惹怒了，“你这样硬！打不死你！”——“打”，七八根棍子风一样、雨一样打在小锡匠的身子。

小锡匠被他们打死了。

锡匠们听说十一子被保安队的人绑走了，他们四处找，找到了泰山庙。

老锡匠用手一探，十一子还有一丝悠悠气。老锡匠叫人赶紧去找陈年的尿桶。他经验过这种事，打死的人，只有喝了从桶里刮出来的尿碱，才有救。

十一子的牙关咬得很紧，灌不进去。

巧云捧了一碗尿碱汤，在十一子的耳边说："十一子，十一子，你喝了！"

十一子微微听见一点声音，他睁了睁眼。巧云把一碗尿碱汤灌进了十一子的喉咙。

不知道为什么，她自己也尝了一口。

锡匠们摘了一块门板，把十一子放在门板上，往家里抬。

他们抬着十一子，到了大淖东头，还要往西走。巧云拦住了：

"不要。抬到我家里。"

老锡匠点点头。

巧云把屋里存着的鱼网和芦席都拿到街上卖了，买了七厘散，医治十一子身子里的瘀血。

东头的几家大娘、大婶杀了下蛋的老母鸡，给巧云送来了。

锡匠们凑了钱，买了人参，熬了参汤。

挑夫，锡匠，姑娘，媳妇，川流不息地来看望十一子。他们把平时在辛苦而单调的生活中不常表现的热情和好心都拿出来了。他们觉得十一子和巧云做的事都很应该，很对。大淖出了这样一对年轻人，使他们觉得骄傲。大家的心喜洋洋，热乎乎的，好像在过年。

刘号长打了人，不敢再露面。他那几个弟兄也都躲在保安队的队部里不出来。保安队的门口加了双岗。这些好汉原来都是一窝“草鸡”！

锡匠们开了会。他们向县政府递了呈子，要求保安队把姓刘的交出来。

县政府没有答复。

锡匠们上街游行。这个游行队伍是很多人从未见过的。没有旗子，没有标语，就是二十来个锡匠挑着二十来副锡匠担子，在全城的大街上慢慢地走。这是个沉默的队伍，但是非常严肃。他们表现出不可侵犯的威严和不可动摇的决心。这个带有中世纪行帮色彩的游行队伍十分动人。

游行继续了三天。

第三天，他们举行了“顶香请愿”。二十来个锡匠，在县政府照壁前坐着，每人头上用木盘顶着一炉炽旺的香。这是一个古老的风俗：民有沉冤，官不受理，被逼急了的百姓可以用香火把县大堂烧了，据说这不算犯法。

这条规矩不载于《六法全书》，现在不是大清国，县政府可以不理会这种“陋习”。但是这些锡匠是横了心的，他们当真干起来，后果是严重的。县长邀请县里的绅商商议，一致认为这件事不能再不管。于是由商会会长出面，约请了有关的人：一个承审——作为县长代表，保安队的副官，老锡匠和另外两个年长的锡匠，还有代表挑夫的黄海龙，四邻见证，——卖眼镜的宝应人，卖天竺筷的杭州人，在一家大茶馆里举行会谈，来“了”这件事。

会谈的结果是：小锡匠养伤的药钱由保安队负担（实际是商会拿钱），刘号长驱逐出境。由刘号长画押具结。老锡匠觉得这样就给锡匠和挑夫都挣了面子，可以见好就收了。只是要求在刘某人的具结上写上一条：如果他再踏进县城一步，任凭老锡匠一个人把他收拾了！

过了两天，刘号长就由两个弟兄持枪护送，悄悄地走了。他被调到三垛去当了税警。

十一子能进一点饮食，能说话了。巧云问他：

“他们打你，你只要说不再进我家的门，就不打你了，你就不会吃这样大的苦了。你为什么不说？”

“你要我说么？”

“不要。”

“我知道你不要。”

“你值么。”

“我值。”

“十一子，你真好！我喜欢你！你快点好。”

“你亲我一下，我就好得快。”

“好，亲你！”

巧云一家有了三张嘴。两个男的不能挣钱，但要吃饭。大淖东头的人家都没有积蓄，也没有什么东西可以变卖典押。结鱼网，打芦席，都不能当时见钱。十一子的伤一时半会不会好，日子长了，怎么过呢？巧云没有经过太多考虑，把爹用过的箩筐找出来，磕磕尘土，就去挑担挣“活钱”去了。姑娘媳妇都很佩服她。起初她们怕她挑不惯，后来看她脚下很快，很匀，也就放心了。从此，巧云就和邻居的姑娘媳妇在一起，挑着紫红的荸荠、碧绿的菱角、雪白的连枝藕，风摆柳似地穿街过市，发髻的一侧插着大红花。她的眼睛还是那么亮，长睫毛忽扇忽扇的。但是眼神显得更深沉，更坚定了。她从一个姑娘变成了一个很能干的小媳妇。

十一子的伤会好么？

会。

当然会！

一九八一年二月四日，旧历大年三十

载一九八一年第四期《北京文学》

寂寞和温暖

/
/
/

这个女同志在这个农业科学研究所的科研人员当中显得有点特别。她有很多文学书。屠格涅夫的、契诃夫的、梅里美的。都保存得很干净。她的衣着、用物都很素净。白床单、白枕套，连洗脸盆都是白的。她住在一间四白落地的狭长的单身宿舍里，只有一面墙上一个四方块里有一点颜色。那是一个相当精致的画框，里面经常更换画片：列宾的《伏尔加纤夫》、列维坦的风景……

她叫沈沅，却不是湖南人。

她的家乡是福建的一个侨乡。她生在马来西亚的一个滨海的小城里。母亲死得早，她是跟父亲长大的。父亲开机帆船，往来运货，早出晚归。她从小就常常一个人过一天，坐在门外的海滩上，望着海，等着父亲回来。她后来想起父亲，首先想起的是父亲身上很咸的海水气味和他的五个指头一般齐，几乎是长方形的脚。——常年在海船上生活的人的脚，大都是这样。

她在南洋读了小学，以后回国来上学。父亲还留在南洋。她从初中到大学，都是在学校的宿舍里度过的。她在国内没有亲人，只有一个舅舅。上初中时，放暑假，她还到舅舅家住一阵。舅舅家很穷。他们家炒什么菜都放虾油。多少年后，她还记得舅舅家自渍的虾油的气味。高中以后，就是寒暑假，也是在学校里过了。一到节假日、星期天，她总是打一盆水洗洗头，然后拿一本小说，一边看小说，一边等风把头发吹干，嘴里咬着一个鲜橄榄。

她父亲是被贫瘠而狭小的土地抛到海外去的。他没有一寸土，却希望他的家乡人能吃到饱饭。她在高中毕业后，就按照父亲的天真而善良的愿望，考进了北京的农业大学。

大学毕业，就分配到了这个农业科学研究所。那年她二十五岁。

二十五年，过得很平静。既没有生老病死（母亲死的时候，她还不大记事），也没有柴米油盐。她在学习上从来没有感到过吃力，从来没有做过因为考外文、考数学答不出题来而急得浑身出汗的那种梦。

她长得很高。在学校站队时，从来是女生的第一名。这个所里的女工、女干部，也没有一个她那样高的。

她长得很清秀。

这个所的农业工人有一个风气，爱给干部和科研人员起外号。

有一个年轻的技术员叫王作祐，工人们叫他王咋唬。

有一个中年的技师，叫俊哥儿李。有一个时期，所里有三个技师都姓李。为怕混淆，工人们就把他们区别为黑李、白李、俊哥儿李。黑李、白李，因为肤色不同（这二李后来都调走了）。俊哥儿李是因为他长得端正，衣着整齐，还因为他冬天也不戴帽子。这地方冬天有时冷到零下三十七八度，工人们花多少钱，也愿意置一顶狐皮的或者貉绒的皮帽。至不济，也要戴一顶山羊头的。俊哥儿李是不论什么天气也是光着脑袋，头发梳得一丝不乱。

有一个技师姓张，在所里年岁最大，资历也最老。工人们当面叫他张老，背后叫他早稻田。他是个水稻专家，每天起得最早，一起来就到水稻试验田去。他是日本留学生。这个所的历史很久了，有一些老工人敌伪时期就来了，他们多少知道一点日本的事。他们听说日本有个早稻田大学，就不管他是不是这个大学毕业的，派给他一个“早稻田”的外号。

沈沅来了不久，工人们也给她起了外号，叫沈三元。这是因为她刚来的时候，所里一个姓胡的支部书记在大会上把她的名字念错了，把“沅”字拆成了两个字，念成“沈三元”。工人们想起老年间的吉利话：“连中三元”，就说“沈三元”，这名字不赖！他们还听说她在学校时先是团员，后是党员，刚来了又是技术员，于是又叫她“沈三员”。“沈三元”也罢，“沈三员”也罢，含意都差不多：少年得志，前程万里。

有一些年轻的技术员背后也叫她沈三员，那意味就不一样了。他们知道沈沅在政治条件上、业务能力上，都比他们优越，他们在提到“沈三员”时，就流露出相当复杂的情绪：嫉妒、羡慕，又有点讽刺。

沈沅来了之后，引起一些人的注目，也引起一些人侧目。

这些，沈沅自己都不知道。

她一直清清楚楚地记得第一天到这里时的情景。天刚刚亮，在一个小火车站下了车，空气很清凉。所里派了一个老工人赶了一辆单套车来接她。这老工人叫王栓。出了站，是一条很平整的碎石马路，两旁种着高高的加拿大白杨。她觉得这条路很美。不到半个钟头，王栓用鞭子一指："到了。过了石桥，就是农科所。"她放眼一望：整齐而结实的房屋，高大明亮的玻璃窗。一匹马在什么地方喷着响鼻。大树下原来亮着的植保研究室的诱捕灯忽然灭掉了。她心里非常感动。

这是一个地区一级的农科所，但是历史很久，积累的资料多，研究人员的水平也比较高，是全省的先进单位，在华北也是有数的。

她到各处看了看。大田、果园、菜园、苗圃、温室、种子仓库、水闸、马号、羊舍、猪场……这些东西她是熟悉的，她参观过好几个这样的农科所，大体上都差不多。不过，过去，这对她说起来好像是一幅一幅画；现在，她走到画里来了。晚上，一个人躺在床上，想：我也许会在这里生活一辈子。

她的工作分配在大田作物研究组，主要是做早稻田的助手。她很高兴。她在学校时就读过张老的论文，对他很钦佩。

她到早稻田的研究室去见他。

张老摘下眼镜，站起来跟她握手。他的握手的姿态特别恳挚，有点像日本人。

“你的学习成绩我看过了，很好。你写的《京西水稻调查》，我读过，很好。我摘录了一部分。”

早稻田抽出几张卡片和沈沅写的调查报告的铅印本。报告上有几处用红铅笔画了道。

沈沅不知说什么好，只好说：“很幼稚。”

“你很年轻，是个女同志。”

沈沅正捉摸着他这句话是什么意思，他说：

“搞农业科学研究，是寂寞的。要安于寂寞。——一个水稻良种培育成功，到真正确定它的种性，要几年？”

“正常的情况下，要八年。”

“八年。以后会缩短。作物一年只生长一次。不能性急。搞农业，不要想一鸣惊人。农业研究，有很大的连续性。路，是很长的。在这条漫长的路上，没有敲锣打鼓，也没有欢呼。是的，很寂寞。但是乐在其中。”

张老的话给她留下很深刻的印象。

从此以后，她每天一早起来，就跟着早稻田到稻田去观察、记录。白天整理资料；晚上看书，或者翻译一点外文资料。

除了早稻田，她比较接近的人是俊哥儿李。

俊哥儿李她早就认识了。老李也是农大的，比沈沅早好几年。沈沅进校时，老李早就毕业走了。但是他的爱人留在农大搞研究，沈沅跟她很熟。她姓褚，沈沅叫她褚大姐。沈沅在褚大姐那里见过俊哥儿李好多次。

俊哥儿李是个谷子专家。他认识好几个县的种谷能手。谷子是低产作物，可是这一带的农民习惯于吃小米。他们的共同愿望，就是想摘掉谷子的低产帽子。俊哥儿李经常下乡。这些种谷能手也常来找他。一来，就坐满了一屋子。看着俊哥儿李那样一个衣履整齐，衬衫的领口、袖口雪白，头发一丝不乱的人，坐在一些戴皮帽的、戴毡帽的、系着羊肚子手巾的，长着黑胡子、白胡子、花白胡子的老农之间，彼此却是那样的自然，那样的亲热，是很有趣的。

这些种谷能手来的时候，沈沅就到俊哥儿李屋里去。听他们谈话，同时也帮着做做记录。

老李离不开他的谷子；褚大姐离开了农大的设备，她的研究工作就无法进行。因此，他们多年来一直过着两地生活。有时褚大姐带着孩子来这里住几天，沈沅一定去看她。

她和工人的关系很好。在地里干活休息的时候，女工们都愿意和她挤在一起。——这些女工不愿和别的女技术员接近，说她们“很酸”[1]。放羊的、锄豆埂的“半工子”[2]也常来找她，掰两根不结玉米的“甜秆”，拔一抱叫做酸苗的草根来叫她尝尝。“甜秆”真甜。酸苗酸得像醋，吃得人眼睛眉毛都皱在一起。下了工，从地里回来，工人的家属正在做饭，孩子缠着，绊手绊脚，她就把满脸鼻涕的娃娃抱过来，逗他玩半天。

她和那个赶单套车接她到所的老车倌王栓很谈得来。王栓没事时常上她屋里来，一聊半天。人们都奇怪：他俩有什么可聊的呢？这两个人有什么共同语言呢？主要是王栓说，她听着。王栓聊他过去的生活，这个所的历史，聊他和工人对这个所的干部和科研人员的评价。“早稻田”“俊哥儿李”“王咋唬”，包括她自己的外

① “很酸”是很高傲的意思。
② “半工子”，即未成年的小工。

号“沈三元”，都是王栓告诉她的。沈沅听到“早稻田”“俊哥儿李”，哈哈大笑了半天。

王栓走了，沈沅屋里好长时间还留着他身上带来的马汗的酸味。她一点也不讨厌这种气味。

稻子收割了，羊羔子抓了秋膘了，葡萄下了窖了，雪下来了。雪化了，茵陈蒿在乌黑的地里绿了，羊角葱露了嘴了，稻田的冻土翻了，葡萄出了窖了，母羊接了春羔了，育苗了，插秧了。沈沅在这个农科所生活了快一年了。

她不得不和他们接触的，还有一些人。一个是胡支书，一个是王作祐。胡支书是支部书记，王作祐是她们党小组的组长。

胡支书是个专职的支书。多少年来干部、工人，都称之为胡支书。他整天无所事事，想干点什么就干点什么。夏锄的时候，他高兴起来，会扛着大锄来锄两趟高粱；扬场的时候，扬几锨；下了西瓜、果子，他去过磅；春节包饺子，各人自己动手，他会系了个白围裙很热心地去分肉馅，分白面。他也可以什么都不干，和一个和他关系很亲密的老工人、老伙伴，在树林子里砍土坨垃，你追我躲，嘴里还笑着，骂着：“我操你妈！”一玩半天，像两个孩子。他的本职工作，是给工人们开会讲话。他不读书，不看报，说起话来没有准稿子。可以由国际形势讲到秋收要颗粒归仓，然后对一个爱披着衣服到处走的工人训斥半天：“这是什么样子！你给我把两个袖子捅上！”此人身材瘦削，嗓音奇高。他有个口头语：“如论无何。”不知道为什么，他总把“无论如何”说成“如论无何”，而且很爱说这句话。在他的高亢刺耳，语无伦次的讲话中，总要出现无数次“如论无何”。

他在所里威信很高，因为他可以盖一个图章就把一个工人送进劳改队。这一年里，经他的手，已经送了两个。一个因为打架，一个是查出了历史问题——参加过一贯道。这两个工人的家属还在所里劳动，拖着两个孩子。

他是个酒仙，顿顿饭离不开酒。这所里有一个酒厂。每天出酒之后，就看见他端着两壶新出淋的原汁烧酒，一手一壶，一壶四两，从酒厂走向他的宿舍，徜徉而过，旁若无人。

胡支书的得力助手是王作祐。

王作祐有两件本事，一是打扑克，一是做文章。

他是个百分大王，所向无敌。他的屋里随时都摆着一张空桌、四把椅子。拉开抽屉就是扑克牌和记分用的白纸、铅笔。每天晚上都能凑一桌，烟茶自备，一直打到十一二点。

他是所里的笔杆子，人称“一秘”。年轻的科技人员的语文一般都不太通顺。他是在中学时就靠搞宣传、编板报起家的，笔下很快。因此，所里的总结、报告、介绍经验的稿子，多半由他起草。

他尤其擅长于写批判稿，不管给他一个什么题目，他从胡支书屋里抱了一堆报纸，东翻翻，西找找，不到两个小时，就能写出一篇文情并茂的批判发言。

所里有一个老木匠，说了一句怪话。有人问他一个月挣多少钱，他说：“咳，挣一壶醋钱。”有人反映给支部，王作祐认为这是反党言论，建议开大会批判。王作祐作了长篇发言，引经据典，慷慨激昂。会开完了，老木匠回到宿舍，说：“王作祐咋唬点啥咧？”王咋唬的名字，就是这么来的。

沈沅忽然被打成了右派。

究竟是因为什么呢?

因为她在整风的时候，在党内的会议上提了意见，批评了领导?

因为她提出所领导对科研人员不够关心，张老需要一个资料柜，就是不给，他的大量资料都堆在地下?

因为她提出对送去劳改的两个工人都处理过重，这样下去，是会使党脱离群众的?

因为她提出群众对胡支书从酒厂灌酒，公私不分，有反映?

因为她提出一个管农业的书记向所里要了一块韭菜皮[①]，铺在他的院子里，这值不了多少钱，但是传开了很不好听，工人说："这不真成了刮地皮了?"

也许什么都不为，就因为她在这个农业科学研究所。研究所，顾名思义，是知识分子成堆的地方，怎么也得抓出一两个右派，才能完成"指标"。经过领导上研究，认为派她当右派合适。

主要的问题，据以定性的主要根据，是她的一篇日记。

这是一篇七年以前写的日记。

她的父亲半生漂泊在异国的海上，他一直想有一小片自己的土地。他把历年攒下的钱寄回国，托沈沅的舅舅买了一点田，还盖了一座一楼一底的房子。他想晚年回家乡住几年，然后就埋在这块土地上，有一个坟头，坟头立一块小小的石碑，让后人知道他曾经辛苦了一辈子。一九五一年土改。土改的工作队长是个从东北南下的

① 韭菜是宿根生长。连根铲起一块土皮，移在别处，即可源源收割。这块土皮，就叫"韭菜皮"。

干部，对侨乡情况不太了解；又因为当地干部想征用他那座房子，把他划成了地主。沈沅那年还在读高中。她不相信她的被海风吹得脸色紫黑，五个脚趾一般齐的父亲是地主，就在日记里写下了她的困惑与不满。

问题本来已经解决了。在农大入党的时候，农大党组织为了核实她的家庭出身，曾经两次到她的家乡外调，认为她的父亲最多能划一个小土地出租者，她的成分没有问题，批准了她的入党要求。她对自己当时的困惑和不满也作了检查，认为是立场不稳，和党离心离德。

没想到……

这些天，有的干部和工人就觉得所里的空气有点不大对。胡支书屋里坐了一屋子人在开会，屋门从里面倒插着。王作祐晚上不打牌了，他屋里的灯十二点以后还亮着。党团员和积极分子的脸上都异样的紧张而严肃。他们知道，要出什么事了。

一个早上，安静平和的农科所变了样。居于全所中心的种子仓库外面的墙上贴满了大字报："击退反党分子沈沅的猖狂进攻"，"不许沈沅污蔑党的领导"，"一个阶级异己分子的自供状——沈沅日记摘抄"，"一定要把农科所的一面白旗拔掉"，"剥下沈沅清高纯洁的外衣"，"铲除蒋介石反攻大陆的社会基础"。有文字，还有漫画。有一张漫画，画着一个少女向蒋介石低头屈膝。这个少女竟然只穿了乳罩和三角裤衩！这是王作祐的手笔。

沈沅一点思想准备都没有。她一早起来，要到稻田去。一看这么多大字报，她懵了。她硬着头皮把这些大字报看下去。她脸色煞白，带着一种奇怪的微笑。有两个女工迎面看见她，吓了一跳。她们小声说：“坏了！她要疯！”看到那张戴着乳罩穿三角裤衩的漫画，她眼前一黑，几乎栽倒。一只大手从后面扶住了她。她定了定神，听见一个声音：“真不像话！”那是王栓。她觉得干哕，恶心，头晕。她摇摇晃晃地走向自己的宿舍。

她对于运动的突出的感觉是：莫名其妙。她也参加过几次政治运动，但是整到自己的头上，这还是第一次。她坐在会场里，听着、记着别人的批判发言，她始终觉得这不是真事，这是荒唐的，不可能的，她会忽然想起《格列佛游记》，想起大人国、小人国。

发言是各式各样的，大家分题作文。王作祐带着强烈的仇恨，用炸弹一样的语言和充满戏剧性的姿态大喊大叫。有一些发言把一些不相干的小事和一些本人平时没有觉察到的个人恩怨拉扯成了很长的一篇，而且都说成是严重的政治问题、世界观问题、立场问题。屠格涅夫、列宾和她的白脸盆都受到牵连，连她的长相、走路的姿势都受到批判。

写了无数次检查，听了无数次批判，在毫无自卫能力的情况下，忍受着各种离奇而难堪的侮辱，沈沅的精神完全垮了。她的神经麻木了。她听着那些锋利尖刻的语言，会不明白那是什么意思。她的脑子会出现一片空白，一点思想都没有，像是曝了光的底片。她有时一动不动地坐着，像一块石头。她不再觉得痛苦，只是非常的疲倦。她想：怎么都行，定一个什么罪名，给一个什么处分都行，只求快一点，快一点过去，不要再开会，不要再写检查。

总算，一个高亢尖厉的声音宣布：“批判大会暂时开到这里。”

沈沅回到屋里，用一盆冷水洗了洗头，躺下来，立刻就睡着了。她睡得非常实在，连一个梦都没有。她好像消失了。什么也不知道。太阳偏西了，她不知道。卸了套、饮过水的骡马从她的窗外郭答郭答地走过，她不知道。晚归的麻雀在她的檐前吱喳吵闹着回窠了，她不知道。天黑了，她不知道。

她朦朦胧胧闻到一阵一阵马汗的酸味，感觉到床前坐着一个人。她拉开床头的灯，床前坐着王栓，泪流满面。

沈沅每天下班都到井边去洗脸，王栓也每天这时去饮马。马饮着水，得一会，他们就站着闲聊。马饮完了，王栓牵着马，沈沅端着一盆明天早上用的水，一同往回走（沈沅的宿舍离马号很近）。自从挨了批斗，她就改在天黑人静之后才去洗脸，因为那张恶劣的漫画就贴在井边的墙上。过了两天，沈沅发现她的门外有一个木桶，里面有半桶清水。她用了。第二天，水桶提走了。不到傍晚，水桶又送来了。她知道，这是王栓。她想：一个“粗人”，感情却是这样的细！

现在，王栓泪流满面地坐在她的面前。她觉得心里热烘烘的。

“我来看看你。你睡着了，睡得好实在！你受委屈了！他们为什么要这样整你，折磨你？听见他们说的那些话，我的心疼。他们欺负人！你不要难过。你要好好的。俺们，庄户人，知道什么是谷子，什么是秕子。俺们心里有杆秤。他们不要你，俺们要你！你要好好的，一定要好好的！你看你两眼塌成个啥样了！要好好的！你的光阴多得很，你要好好的。你还要做很多事，你要好好的！”

沈沅的眼泪流下来了。她一边流泪，一边点头。

“我走了。”

沈沅站起来送他。王栓走了两步，又停住，回头。

“你不要想死。千万不要想走那条路。”

沈沅点点头。

“你答应我。”

“我答应你，王栓，我不死。”

王栓走后，沈沅躺在床上，眼泪不断地涌出来。她听见自己的眼泪大滴大滴地落在枕头上，叭哒——叭哒……

沈沅的结论批下来了，定为一般右派，就在本所劳动。

她很镇定，甚至觉得轻松。她觉得这没有什么。就像一个人从水里的踏石上过河，原来怕湿了鞋袜；后来掉在河里，衣裤全湿了，觉得也不过就是这样，心里反而踏实了。

只有一次，她在火车站的墙上看到一条大标语：把“地富反坏右”列在一起，她才觉得心里很不好受。国庆节前夕，胡支书特地通知她这两天不要进城，她的心往下一沉。

她跟周围人的关系变了。

在路上碰到所里的人，她都是把头一低。

在地里干活休息时，她一个人远远地坐着。原来爱跟她挤在一起的女工故意找话跟她说，她只是简单地回答一两个字。收工的时候，她都是晚走一会，不和这些女工一同走进所里的大门。

她到稻田去拔草，看见早稻田站在一个小木板桥上。这是必经之路，她只好走过去。早稻田只对她说了一句话：“沈沅，要注意身体。”她没有说话，点了点头。早稻田走了，沈沅望着他的背影，在心里说：“谢谢您！”

她看见俊哥儿李的女儿在渠沿上玩，知道褚大姐来了。收工的时候，褚大姐在离所门很远的路边等着沈沅，一把抓住她的手：“你为什么不来看我？”沈沅只是凄然一笑，摇摇头。——“你要什么书？我给你寄来。”沈沅想了一想，说：“不要。”

但是她每天好像过得挺好。她喜欢干活。在田野里，晒着太阳，吹着风，呼吸着带着青草和庄稼的气味的空气，她觉得很舒畅。她使劲地干活，累得满脸通红，全身是汗，以至使跟她一块干活的女工喊叫起来：“沈沅！沈沅！你干什么！”她这才醒悟过来：“哦！”把手脚放慢一些。

她还能看书，每天晚上，走过她的窗前，都可以看到她坐在临窗的小桌上看书，精神很集中，脸上极其平静。

过了三年。

这三年真是热闹。

五八、五九，搞了两年大跃进。深翻地，翻到一丈二。用贵重的农药培养出二尺七寸长的大黄瓜，装在一个特制的玻璃匣子里，用福尔马林泡着。把两穗“大粒白”葡萄“靠接”起来当做一串，给葡萄注射葡萄糖。把牛的精子给母猪授上，希望能下一个麒麟一样的东西——牛大的猪。“卫星”上天，“大王”升帐，敢想敢干，敲锣打鼓，天天像过年。

后来又闹了一阵“超声波”。什么东西都“超”一下。农、林、牧、副、渔，只要一“超”，就会奇迹一样地增长起来。“超”得鸡飞狗跳，小猪崽的鬃毛直竖，山丁子小树苗前仰后合。

胡支书、王咋唬忙得很，报喜，介绍经验，开展览会……

最后是大家都来研究代食品，研究小球藻和人造肉，因为大家都挨了饿了。

只有早稻田还是每天一早到稻田，俊哥儿李还是经常下乡，沈沅还是劳动、看书。

一九六一年夏天，调来一位新所长（原来的所长是个长期病号，很少到所里来），姓赵。所里很多工人都知道他。他在抗日战争期间是一个武工队长，常在这一带活动。老人们都说他“低头有计”，传诵着关于他的一些传奇性的故事。他的左太阳穴有一块圆形的伤疤，一咬东西就闪闪发亮。这是当年的枪伤。他在抗日战争时期就是县委一级的干部，现在还是县委一级。原因是：一贯右倾，犯了几次错误。

他是骑了一辆自己装了马达的自行车来上任的，还不失当年武工队长的风度。他来之后，所里就添了一种新的声音。只要听见马达突突的声音，人们就知道赵所长奔什么方向去了。

他一来，就下地干活。在大田、果园、菜园、苗圃，都干了几天。他一边干活，工人一边拿眼睛瞄着他。结论是：“赵所长的农活——啧啧啧！”他跟工人在一起，说说笑笑，不分彼此。工人跟他也无拘无束，无话不谈。工人们背后议论：“新来的赵所长，这人——不赖！”王栓说：“敢是！这人心里没假。他的心是一块阳泉炭，划根火柴就能点着。烧完了是一堆白灰。”

干了差不多一个月的活，他把所里历年的总结，重要的会议记录都找来，关起门来看了十几天，校出了不少错字。

然后，到科研人员的家里挨门拜访。

访问了俊哥儿李。

“老褚的事，要解决。老是鹊桥相会，那怎么行！我们想把她的研究项目接过来。这个项目，我们地区需要。农大肯交给我们最好。不行的话，我们搞一套设备。我了解了一下，地区还有这个钱。等我和地委研究一下。”

看见老李屋里摆了好些凳子，知道他那些攻谷子低产关的农民朋友要来，老赵就留下来听了半天他们的座谈会。中午，他捧了一个串门大碗，盛了一碗高粱米饭，夹了几个腌辣椒和大家一同吃了饭。饭后，他问：“他们的饭钱是怎么算的？”老李说：“他们是我请来的客人。”——“这怎么行！”他转身就跑到总务处，“这钱以后由公家报。出在什么项目里，你们研究！”

访问了早稻田。

“张老，张老！我来看看您，不打搅吗？”

“欢迎，欢迎！不打搅，不打搅！”

“我来拜师了。”

“不敢当！如果有什么关于水稻的普通的问题……”

“水稻我也想学。我是想来向您学日语。抗日战争时期，因为工作需要，我学了点日语，——那时要经常跟鬼子打交道嘛，现在几乎全忘光了。我想拾起来，就来找您这位早稻田了！”

“我不是早稻田毕业的。”

赵所长把“早稻田”的来由告诉早稻田，这位老科学家第一次知道他有这样一个外号，他哈哈大笑：

“我乐于接受这个外号。我认为这是对我个人工作的很高的评价。”

赵所长问张老工作中有什么困难，什么要求。

“我需要一个助手。”

“您看谁合适？”

“沈沅。”

“还需要什么？——需要一个柜子。”

“对！您看看我的这些资料！”

“柜子，马上可以解决，半个小时之内就给您送来。沈沅的问题，等我了解一下。”

“这里有一份俄文资料。我的俄文是自修的，恐怕理解得不准确，想请沈沅翻译一下，能吗？”

“交给我！”

沈沅正在菜地里收蔓菁，王栓赶着车下地，远远地就喊：

“哎，沈沅！”

沈沅抬起头来。

“叫我？什么事？”

“赵所长叫你上他屋里去一趟。”

“知道啦。”

什么事呢？她微微觉得有点不安。她听见女工们谈论过新来的所长，也知道王栓说这人的心是一块阳泉炭，她有点奇怪，这个人真有这么大的魅力么？

前几天，她从地里回来，迎面碰着这位所长推了自行车出门。赵所长扶着车把，问：

“你是沈沅吗？”

“是的。”

“你怎么这么瘦？”

沈沅心里一酸。好久了，没有人问她胖啦瘦的之类的话了。

“我要进城去。过两天你来找找我。”

说罢，他踩响了自行车的马达，上车走了。

现在，他找她，什么事呢？

沈沅在大渠里慢慢地洗了手，慢慢地往回走。

赵所长不在屋。门开着。一个五六岁的女孩子趴在桌上画小人。

孩子听见有人进屋，并不回头，还是继续画小人。

“您是沈阿姨吗？爸爸说，他去接一个电话，请您等一等，他一会儿就回来。您请坐。”

孩子的声音像花瓣。她的有点紧张的心情完全松弛了下来。她看了看新所长的屋子。

墙上挂着一把剑——一件真正的古代的兵器，不是舞台上和杂技团用的那种镀镍的道具。鲨鱼皮的剑鞘，剑柄和吞口都镂着细花。

一张书桌。桌上有好些书。一套《毛选》、很多农业科技书：作物栽培学、土壤、植保、果树栽培各论、马铃薯晚疫病……两本《古文观止》、一套《唐诗别裁》、一函装在蓝布套里的影印的《楚辞集注》、一本崭新的《日语初阶》。桌角放着一摞杂志，面上盖着一本《农大学报》的抽印本：《京西水稻调查——沈沅》。

一个深深的紫红砂盆，里面养着一块拳头大的上水石，盖着毛茸茸的一层厚厚的绿苔，长出一棵一点点大，只有七八个叶子的虎耳草。紫红的盆，碧绿的苔，墨蓝色的虎耳草的圆叶，淡白的叶纹。沈沅不禁失声赞叹：

“真好看！”

“好看吗？——送你！”

“……赵所长，您找我？”

“你这篇《京西水稻调查》，写得不错呀！有材料，有见解，文笔也好。科学论文，也要讲究一点文笔嘛！——文如其人！朴素，准确，清秀。——你这样看着我，是说我这个打仗出身的人不该谈论文章风格吗？”

“……您不像个所长。”

“所长？所长是什么？——大概是从七品！——这是一篇俄文资料，张老想请你翻译出来。”

沈沅接过一本俄文杂志，说：

“我现在能做这样的事吗？”

“为什么不能？”

“好，我今天晚上赶一赶。”

“不用赶，你明天不要下地了。”

“好。”

“从明天起，你不要下地干活了。”

“……？”

“我这个人，存不住话。告诉你，准备给你摘掉右派的帽子。报告已经写上去了，估计不会有问题。本来可以晚几天告诉你，何必呢？早一天告诉你，让你高兴高兴，不好吗？有的同志，办事总是那么拖拉。他不知道，人家是度日如年呀！——祝贺你！”

他伸出手来。沈沅握着他的温暖的手，眼睛湿了。

“谢谢您！”

“谢我干什么？我们需要人，我们迫切地需要人！你是党培养出来的知识分子。种地的，哪有把自己种出来的好苗锄掉的呢？没这个道理嘛！你有什么想法，什么打算？”

“这事来得太突然了。”

“不突然。事情总要有一个过程。有的过程，付出的代价太大了！我这人，老犯错误。我这些话，叫别人听见，大概又是错误。有一些话，我现在不能跟你讲呀！——我看，你先回去一趟。”

“回去？”

“对。回一趟你的老家。”

“我家里没有人了。”

“我知道。”

三个多月前，沈沅接到舅舅一封信，说她父亲得了严重的肺气肿，回国来了，想看看他的女儿。沈沅拿了信去找胡支书，问她能不能请假。胡支书说：“……你现在这个情况。好吧，等我们研究研究。”过了一个星期，舅舅来了一封电报，她的父亲已经死了。她拿了电报去向胡支书汇报。胡文书说：

“死了。死了也好嘛！你可以少背一点包袱。——埋了吗？”

“埋了。”

“埋了就得了。——好好劳动。”

沈沅没有哭，也没有戴孝。白天还是下地干活，晚上一个人坐着。她想看书，看不下去。她觉得非常对不起她的父亲。父亲劳苦了一生，现在，他死了。她觉得父亲的病和死都是她所招致的。她没有把自己这些年的遭遇告诉父亲。但是她觉得他好像知道了，她觉得父亲的晚景和她划成右派有着直接的关系。好几天，她不停地胡思乱想。她觉得她的命不好。她自己也觉得很奇怪，一个年轻的，受过大学教育的共产党员，怎么会相信起命来呢？——人到了无可奈何的时候是很容易想起“命”这个东西来的。

好容易，她的伤痛才渐渐平息。

赵所长怎么会知道她家里已经没有人了呢？

“你还是回去看看。人死了，看看他的坟。我看可以给他立一块石碑。”

“您怎么知道我父亲想在坟头立一块石碑的？”

“你的档案料料里有嘛！你的右派结论里不也写着吗？——‘一心为其地主父亲树碑立传’。这都是什么话呢！一个老船工，在海外漂泊多年，这样一点心愿为什么不能满足他呢？我们是无鬼论者，我们并不真的相信泉下有知。但是人总是人嘛，人总有一颗心嘛。共产党员也是人，也有心嘛。共产党员不是没有感情的。无情的人，不是共产党员！——我有点激动了！你大概也知道我为什么激动。本来，你没有直系亲属了，没有探亲假。我可以批准你这次例外的探亲假。如果有人说这不合制度，我负责！你明天把资料翻译出来，——不长。后天就走。我送你。叫王栓套车。”

沈沅哭了。

“哭什么？我们是同志嘛！”

沈沅哭得更厉害了。

“不要这样。你的工作，回来再谈。这盆虎耳草，我替你养着。你回来，就端走。你那屋里，太素了！年轻人，需要一点颜色。”

一只绿豆大的通红的七星瓢虫飞进来，收起它的黑色的膜翅，落在虎耳草墨绿色的圆叶上。赵所长的眼睛一亮，说：

“真美！”

不到假满，沈沉就回来了。

她的工作，和原先一样，还是做早稻田的助手。

很快到年底了。又开一年一度的先进工作者评比会了。赵所长叫沈沉也参加。

沈沉走进大田作物研究组的大办公室。她已经五年没有走进这间屋子了。俊哥儿李主持会议。他拉开一张椅子，亲切地让沈沉坐下。

“这还是你的那张椅子。”

沈沉坐下，跟所有的人都打了招呼。别人也向她点头致意。王作祐装着低头削铅笔。

在酝酿候选人名单时，一向很少说话的早稻田头一个发言。

“我提一个人。”

“……谁？”

“沈沉。”

大家先是一愣，接着，都笑了。连沈沉自己也笑了。早稻田是很严肃的，他没有笑。

会议进行得很热烈。赵所长靠窗坐着，一面很注意地听着发言，一面好像想着什么事。会议快结束时，下雪了。好雪！赵所长半眯着眼睛，看着窗外大片大片的雪花无声地落在广阔的田野上。他是在赏雪么?

俊哥儿李叫他：“赵所长，您讲讲吧！”

早稻田也说：“是呀，您有什么指示呀？”

“指示？——没有。我在想：我，能不能附张老的议，投她——沈沅一票。好像不能。刚才张老提出来，大家不是都笑了吗？是呀，我们毕竟都还生活在现实的世界里，还不能摆脱世俗的习惯和观念。那，就等一年吧。”

他念了两句龚定庵的诗：

我劝天公重抖擞，
不拘一格降人才。

接着，又用沉重的声音，念了两句《离骚》：

亦余心之所善兮，
虽九死其犹未悔！

沈沅在心里想：

“你真不像个所长。”

一九八〇年十二月十一日六稿

载一九八一年第二期《北京文学》

七里茶坊

/

/

/

我在七里茶坊住过几天。

我很喜欢七里茶坊这个地名。这地方在张家口东南七里。当初想必是有一些茶坊的。中国的许多计里的地名，大都是行路人给取的。如三里河、二里沟、三十里铺。七里茶坊大概也是这样。远来的行人到了这里，说："快到了，还有七里，到茶坊里喝一口茶再走。"送客上路的，到了这里，客人就说："已经送出七里了，请回吧！"主客到茶坊又喝了一壶茶，说了些话，出门一揖，就此分别了。七里茶坊一定萦系过很多人的感情。不过现在却并无一家茶坊。我去找了找，连遗址也无人知道。"茶坊"是古语，在《清明上河图》《东京梦华录》《水浒传》里还能见到。现在一般都叫"茶馆"了。可见，这地名的由来已久。

这是一个中国北方的普通的市镇。有一个供销社，货架上空空的，只有几包火柴，一堆柿饼。两只乌金釉的酒坛子擦得很亮，放在旁边的酒提子却是干的。柜台上放着一盆麦麸子做的大酱。有一个理发店，两张椅子，没有理发的，理发员坐着打瞌睡。一个邮局。一个新华书店，只有几套毛选和一些小册子。路口矗着一面黑板，写着鼓动冬季积肥的快板，文后署名“文化馆宣”，说明这里还有个文化馆。快板里写道：“天寒地冻百不咋[①]，心里装着全天下。”轰轰烈烈的大跃进已经过去，这种豪言壮语已经失去热力。前两天下过一场小雨，雨点在黑板上抽打出一条一条斜道。路很宽，是土路。两旁的住户人家，也都是土墙土顶（这地方风雪大，房顶多是平的）。连路边的树也都带着黄土的颜色。这个长城以外的土色的冬天的市镇，使人产生悲凉的感觉。

除了店铺人家，这里有几家车马大店。我就住在一家车马大店里。

我头一回住这种车马大店。这种店是一看就看出来的，街门都特别宽大，成天敞开着，为的好进出车马。进门是一个很宽大的空院子。院里停着几辆大车，车辕向上，斜立着，像几尊高射炮。靠院墙是一个长长的马槽，几匹马面墙拴在槽头吃料，不停地甩着尾巴。院里照例喂着十多只鸡。因为地上有撒落的黑豆、高粱，草里有稗子，这些母鸡都长得极肥大。有两间房，是住人的。都是大炕。想住单间，可没有。谁又会上车马大店里来住一个单间呢？“碗大炕热”，就成了这类大店招徕顾客的口碑。

---

① “百不咋”是无所谓，没关系的意思。

我是怎么住到这种大店里来的呢？

我在一个农业科学研究所下放劳动，已经两年了。有一天生产队长找我，说要派几个人到张家口去掏公共厕所，叫我领着他们去。为什么找到我头上呢？说是以前去了两拨人，都闹了意见回来了。我是个下放干部，在工人中还有一点威信，可以管得住他们，云云。究竟为什么，我一直也不太明白。但是我欣然接受了这个任务。

我打好行李，挎包是除了洗漱用具，带了一支大号的3B烟斗，一袋掺了一半榆树叶的烟草，两本四部丛刊本《分类集注杜工部诗》，坐上单套马车，就出发了。

我带去的三个人，一个老刘、一个小王，还有一个老乔，连我四个。

我拿了介绍信去找市公共卫生局的一位“负责同志”。他住在一个粪场子里。一进门，就闻到一股奇特的酸味。我交了介绍信，这位同志问我：“你带来的人，咋样？”

“咋样？”

“他们，啊，啊，啊……”

他“啊”了半天，还是找不到合适的词句。这位负责同志大概不大认识字。他的意思我其实很明白，他是问他们政治上可靠不可靠。他怕万一我带来的人会在公共厕所的粪池子里放一颗定时炸弹。虽然他也知道这种可能性极小，但还是问一问好。可是他词不达意，说不出这种报纸语言。最后还是用一句不很切题的老百姓话说：“他们的人性咋样？”

“人性挺好！”

“那好。”

他很放心了，把介绍信夹到一个卷宗里，给我指定了桥东区的几个公厕。事情办完，他送我出“办公室”，顺便带我参观了一下这座粪场。一边堆着好几垛晒好的粪干，平地上还晒着许多薄饼一样的粪片。

“这都是好粪，不掺假。”

“粪还掺假？”

“掺！”

“掺什么？土？”

“哪能掺土！”

“掺什么？”

“酱渣子。”

“酱渣子？”

“酱渣子，味道、颜色跟大粪一个样，也是酸的。”

“粪是酸的？”

“发了酵。”

我于是猛吸了一口气，品味着货真价实、毫不掺假的粪干的独特的，不能代替的，余韵悠长的酸味。

据老乔告诉我，这位负责同志原来包掏公私粪便，手下用了很多人，是一个小财主。后来成了卫生局的工作人员，成了“公家人”，管理公厕。他现在经营的两个粪场，还是很来钱。这人紫棠脸，阔嘴岔，方下巴，眼睛很亮，虽然没有文化，但是看起来很精干。他虽不大长于说“字儿话”，但是当初在指挥粪工、洽谈生意时，所用语言一定是很清楚畅达，很有力量的。掏公共厕所，实际上不是掏，而是凿。天这么冷，粪池里的粪都冻得实实的，得用冰镩凿开，破成一二尺见方大小不等的冰块，用铁锹起出来，装在单套车上，运到七里茶坊，堆积在街外的空场上。池底总有些没有冻实的稀粪，就刮出来，倒在事先铺好的干土里，像和泥似的和好。一夜工夫，就冻实了。第二天，运走。隔三四天，所里车得空，就派一辆三套大车把积存的粪冰运回所里。

看车把式装车，真有个看头。那么沉的、滑滑溜溜的冰块，照样装得整整齐齐，严严实实，拿绊绳一煞，纹丝不动。走个百八十里，不兴掉下一块。这才真叫“把式”！

“叭——”的一鞭，三套大车走了。我心里是高兴的。我们给所里做了一点事了。我不说我思想改造得如何好，对粪便产生了多深的感情，但是我知道这东西很贵。我并没有做多少，只是在地面上挖一点干土，和粪。为了照顾我，不让我下池子凿冰。老乔呢，说好了他是来玩的，只是招招架架，跑跑颠颠。活，主要是老刘和小王干的。老刘是个使冰镩的行家，小王有的是力气。

这活脏一点，倒不累，还挺自由。

我们住在骡马大店的东房——正房是掌柜的一家人自己住。南北相对，各有一铺能睡七八个人的炕，——挤一点，十个人也睡下了。快到春节了，没有别的客人，我们四个人占据了靠北的一张炕，很宽绰。老乔岁数大，睡炕头。小王火力壮，把门靠边。我和老刘睡当间。我那位置很好，靠近电灯，可以看书。两铺炕中间，是一口锅灶。

天一亮，年轻的掌柜就推门进来，点火添水，为我们做饭——推莜面窝窝。我们带来一口袋莜面，顿顿饭吃莜面，而且都是推窝窝。——莜面吃完了，三套大车会又给我们捎来的。小王跳到地下帮掌柜的拉风箱，我们仨就拥着被窝坐着，欣赏他的推窝窝手艺。——这么冷的天，一大清早就让他从内掌柜的热被窝里爬出来为我们做饭，我心里实在有些歉然。不大一会，莜面蒸上了，屋里弥漫着白蒙蒙的蒸汽，很暖和，叫人懒洋洋的。可是热腾腾的窝窝已经端到炕上了。刚出屉的莜面，真香！用蒸莜面的水，洗洗脸，我们就蘸着麦麸子做的大酱吃起来，没有油，没有醋，尤其是没有辣椒！可是你得相信我说的是真话：我一辈子很少吃过这么好吃的东西。那是什么时候呀？——一九六〇年！

我们出工比较晚。天太冷。而且得让过人家上厕所的高潮。八点多了，才赶着单套车到市里去。中午不回来。有时由我掏钱请客，去买一包“高价点心”，找个背风的角落，蹲下来，各人抓了几块嚼一气。老乔、我、小王拿一副老掉了牙的扑克牌接龙、蹩七。老刘在呼呼的风声里居然能把脑袋缩在老羊皮袄里睡一觉，还挺香！下午接着干。四点钟装车，五点多就回到七里茶坊了。

一进门，掌柜的已经拉动风箱，往灶火里添着块煤，为我们做晚饭了。

吃了晚饭，各人干各人的事。老乔看他的《啼笑因缘》。他这本《啼笑因缘》是个古本了，封面封底都没有了，书角都打了卷，当中还有不少缺页。可是他还是戴着老花镜津津有味地看，而且老看不完。小王写信，或是躺着想心事。老刘盘着腿一声不响地坐着。他这样一声不响地坐着，能够坐半天。在所里我就见过他到生产队请一天假，哪儿也不去，什么也不干，就是坐着。我发现不止一个人有这个习惯。一年到头的劳累，坐一天是很大的享受，也是他们迫切的需要。人，有时需要休息。他们不叫休息，就叫“坐一天”。他们去请假的理由，也是“我要坐一天。”中国的农民，对于生活的要求真是太小了。我，就靠在被窝上读杜诗，杜诗读完，就压在枕头底下。这铺炕，炕沿的缝隙跑烟，把我的《杜工部诗》的一册的封面熏成了褐黄色，留下一个难忘的、美好的纪念。

有时，就有一句没一句，东拉西扯地瞎聊天。吃着柿饼子，喝着蒸锅水，抽着掺了榆树叶子的烟。这烟是农民用包袱包着私卖的，颜色是灰绿的，劲头很不足，抽烟的人叫它“半口烟”。榆树叶子点着了，发出一种焦煳的，然而分明地辨得出是榆树的气味。这种气味使我多少年后还难于忘却。

小王和老刘都是“合同工”，是所里和公社订了合同，招来的。他们都是柴沟堡的人。

老刘是个老长工，老光棍。他在张家口专区几个县都打过长工，年轻时年年到坝上割莜麦。因为打了多年长工，庄稼活他样样精通。他有过老婆，跑了，因为他养不活她。从此他就不再找女人，对女人很有成见，认为女人是个累赘。他就这样背着一卷行李——一块毡子、一床“盖窝”（即被）、一个方顶的枕头，到处漂流。看他捆行李的利索劲儿和背行李的姿势，就知道是一个常年出门在外的老长工。他真也是自由自在，也不置什么衣服，有两个钱全喝了。他不大爱说话，但有时也能说一气，在他高兴的时候，或者不高兴的时候。这两年他常发牢骚，原因之一，是喝不到酒。他老是说：“这是咋搞的？咋搞的？”——“过去，七里茶坊，啥都有：驴肉、猪头肉、炖牛蹄子、茶鸡蛋……卖一黑夜。酒！现在！咋搞的！咋搞的！”——“‘楼上楼下，电灯电话’！做梦耍媳妇，净慕好事！多会儿？”[①] 他年轻时曾给八路军送过信，带过路。“俺们那阵，有什么好吃的，都给八路军留着！早知这样，哼！……”他说的话常常出了圈，老乔就喝住他：“你瞎说点啥！没喝酒，你就醉了！你是想‘进去’住几天是怎么的？嘴上没个把门的，亏你活了这么大！”

小王也有些不平之气。他是念过高小的。他给自己编了一口顺口溜：“高小毕业生，白费六年工。想去当教员，学生管我叫老兄。想去当会计，珠算又不通！”他现在一个月挣二十九块六毛四，要交社里一部分，刨去吃饭，所剩无几。他才二十五岁，对老刘那样的自由自在的生活并不羡慕。

老乔，所里多数人称之为乔师傅。这是个走南闯北，见多识广，老于世故的工人。他是怀来人。年轻时在天津学修理汽车。抗日战争时跑到大后方，在资源委员会的运输队当了司机，跑仰光、腊戍。抗战胜利后，他回张家口来开车，经常跑坝上各县。后来岁数大了，五十多了，血压高，不想再跑长途，他和农科所的所长是亲戚，所里新调来一辆拖拉机，他就来开拖拉机，顺便修修农业机械。他工资高，没负担。农科所附近一个小镇上有一家饭馆，他是常客。什么贵菜、新鲜菜，饭馆都给他留着。他血压高，还是爱喝酒。饭馆外面有一棵大槐树，夏天一地浓荫。他到休息日，喝了酒，就睡在树荫里。树荫在东，他睡在东面；树荫在西，他睡在西面，围着大树睡一圈！这是前二年的事了。现在，他也很少喝了。

---

① 那时农村宣传“共产主义”，都说是“楼上楼下，电灯电话”。慕，是思量、向往的意思。这是很古的语言，元曲中常见。张家口地区保留了很多宋元古语。

因为那个饭馆的酒提潮湿的时候很少了。他在昆明住过，我也在昆明呆过七八年，因此他老愿意找我聊天，抽着榆叶烟在一起怀旧。他是个技工，掏粪不是他的事，但是他自愿报了名。冬天，没什么事，他要来玩两天。来就来吧。

这天，我们收工特别早，下了大雪，好大的雪啊！

这样的天，凡是爱喝酒的都应该喝两盅，可是上哪儿找酒去呢？

吃了莜面，看了一会书，坐了一会，想了一会心事，照例聊天。

像往常一样，总是老乔开头。因为想喝酒，他就谈起云南的酒。市酒、玫瑰重升、开远的杂果酒、杨林肥酒……

“肥酒？酒还有肥瘦？”老刘问。

“蒸酒的时候，上面吊着一大块肥肉，肥油一滴一滴地滴在酒里。这酒是碧绿的。”

“像你们怀来的青梅煮酒？”

“不像。那是烧酒，不是甜酒。”

过了一会，又说：“有点像……”

接着，又谈起昆明的吃食。这老乔的记性真好，他可以从华山南路、正义路，一直到金碧路，数出一家一家大小饭馆，又岔到护国路和甬道街，哪一家有什么名菜，说得非常详细。他说到金钱片腿、牛干巴、锅贴乌鱼、过桥米线……

“一碗鸡汤，上面一层油，看起来连热气都没有，可是超过一百度。一盘子鸡片、腰片、肉片，都是生的。往鸡汤里一推，就熟了。”

“那就能熟了？”

“熟了！”

他又谈起汽锅鸡。描述了汽锅是什么样子，锅里不放水，全凭蒸汽把鸡蒸熟了，这鸡怎么嫩，汤怎么鲜……老刘很注意地听着，可是怎么也想象不出汽锅是啥样子，这道菜是啥滋味。

后来他又谈到昆明的菌子：牛肝菌、青头菌、鸡纵[①]，把鸡纵夸赞了又夸赞。

“鸡纵？有咱这儿的口蘑好吃吗？”

“各是各的味儿。”

老乔讲话的时候，小王一直似听不听，躺着，张眼看着房顶。忽然，他问我：

“老汪，你一个月挣多少钱？”

我下放的时候，曾经有人劝告过我，最好不要告诉农民自己的工资数目，但是我跟小王认识不止一天了，我不想骗他，便老实说了。小王没有说话，还是张眼躺着。过了好一会，他看着房顶说：

“你也是一个人，我也是一个人，为什么你就挣那么多？”他并没有要我回答，这问题也不好回答。

沉默了一会。

老刘说：“怨你爹没供你书[②]。人家老汪是大学毕业！”

老乔是个人情练达的人，他捉摸出小王为什么这两天老是发呆，为什么会提出这样的问题，说：“小王，你收到一封什么信，拿出来我看看！”

---

① 鸡纵是一种菌，长在白蚁窝上，味极腴美。

② “供书”是拿钱供学生读书的意思。

前天三套大车来拉粪水的时候，给小王捎来一封寄到所里的信。

事情原来是这样的：小王搞了一个对象。这对象搞得稍微有点离奇：小王有个表姐，嫁到邻村李家。李家有个姑娘，和小王年貌相当，也是高小毕业。这表姐就想给小姑子和表弟撮合撮合，写信来让小王寄张照片去。照片寄到了，李家姑娘看了，不满意。恰好李家姑娘的一个同学陈家姑娘来串门，她看了照片，对小王的表姐说："晓得人家要俺们不要？"表姐跟陈家姑娘要了一张照片，寄给小王，小王满意。后来表姐带了陈家姑娘到农科所来，两人当面相了一相，事情就算定了。农村的婚姻，往往就是这样简单，不像城里人有逛公园、轧马路、看电影、写情书这一套。

陈家姑娘的照片我们都见过，挺好看的，大眼睛，两条大辫子。

小王收到的信是表姐寄来的，催他办事。说人家姑娘一天一天大了，等不起。那意思是说，过了春节，再拖下去，恐怕就要吹。

小王发愁的是：春节他还办不成事！柴沟堡一带办喜事倒不尚铺张，但是一床里面三新的盖窝，一套花直贡呢的棉衣，一身灯芯绒裤袄、绒衣绒裤、皮鞋、球鞋、尼龙袜子……总是要有的。陈家姑娘没有额外提什么要求，只希望要一枚金星牌钢笔。这条件提得不俗，小王倒因此很喜欢。小王已经作了长期的储备，可是算来算去还差五六十块钱。

老乔看完信，说：

"就这个事吗？值得把你愁得直眉瞪眼的！叫老汪给你拿二十，我给你拿二十！"

老刘说："我给你拿上十块！现在就给！"说着从红布肚兜里

就摸出一张十圆的新票子。

问题解决了，小王高兴了，活泼起来了。

于是接着瞎聊。

从云南的鸡纵聊到内蒙的口蘑。说到口蘑，老刘可是个专家。黑片蘑、白蘑、鸡腿子、青腿子……

“过了正蓝旗，捡口蘑都是赶了个驴车去。一天能捡一车！”

不知怎么又说到独石口。老刘说他走过的地方没有比独石口再冷的了，那是个风窝。

“独石口我住过，冷！”老乔说，“那年我们在独石口吃了一洞子羊。”

“一洞子羊？”小王很有兴趣了。

“风太大了，公路边有一个涵洞，去避一会风吧。一看，涵洞里白糊糊的，都是羊。不知道是谁的羊，大概是被风赶到这里的，挤在涵洞里，全冻死了。这倒好，这是个天然冷藏库！俺们想吃，就进去拖一只，吃了整整一个冬天！”

老刘说：“肥羊肉炖口蘑，那叫香！四家子的莜面，比白面还白。坝上是个好地方。”

话题转到了坝上。老乔、老刘轮流说，我和小王听着。老乔说：坝上地广人稀，只要收一季莜麦，吃不完。过去山东人到口外打把势卖艺，不收钱。散了场子，拿一个大海碗挨家要莜面，“给！”一给就是一海碗。说坝上没果子。怀来人赶一个小驴车，装一车山里红到坝上，下来时驴车换成了三套大马车，车上满满地装的是莜面。坝上人都豪爽，大方。吃起肉来不是论斤，而是放开肚子吃饱。他说坝上人看见坝下人吃肉，一小碗，都奇怪：“这吃个什么劲儿呢？”他说，他们要是看见江苏人、广东人炒菜：几根油菜，两三片肉，就更会奇怪了。他还说坝上女人长得很好看。他说，都说水多的地方女人好看，坝上没水，为什么女人都长得白白净净？那么大的风沙，皮色都很好。他说他在崇孔县看过两姐妹，长得像傅全香。傅全香是谁，老刘、小王可都不知道。

老刘说：坝上地大，风大，雪大，雹子也大。他说有一年沽源下了一场大雪，西门外的雪跟城墙一般高。也是沽源，有一年下了一场雹子，有一个雹子有马大。

“有马大？那掉在头上不砸死了？”小王不相信有这样大的雹子！

老刘还说，坝上人养鸡，没鸡窝。白天开了门，把鸡放出去。鸡到处吃草籽，到处下蛋。他们也不每天去捡。隔十天半月，挑了一副筐，到处捡蛋，捡满了算。他说坝上的山都是一个一个馒头样的平平的山包。山上没石头。有些山很奇怪，只长一样东西。有一个山叫韭菜山，一山都是韭菜；还有一座芍药山，夏天开了满满一山的芍药花……老乔、老刘把坝上说得那样好，使小王和我都觉得这是个奇妙的、美丽的天地。

芍药山，满山开了芍药花，这是一种什么景象？

“咱们到韭菜山上掐两把韭菜，拿盐腌腌，明天蘸莜面吃吧。”小王说。

“见你的鬼！这会会有韭菜？满山大雪！——把钱收好了！”

聊天虽然有趣，终有意兴阑珊的时候。天已经很黑了，房顶上的雪一定已经堆了四五寸厚了，摊开被窝，我们该睡了。

正在这时，屋门开处，掌柜的领进三个人来。这三个人都反穿着白茬老羊皮袄，齐膝的毡疙瘩。为头是一个大高个儿，五十来岁，长方脸，戴一顶火红的狐皮帽。一个四十来岁，是个矮胖子，脸上有几颗很大的痘疤，戴一顶狗皮帽子。另一个是和小王岁数仿佛的后生，雪白的山羊头的帽子遮齐了眼睛，使他看起来像一个女孩子。——他脸色红润，眼睛太好看了！他们手里都拿着一根六道木二尺多长的短棍。虽然刚才在门外已经拍打了半天，帽子上、身上，还粘着不少雪花。

掌柜的说：“给你们做饭？——带着面了吗？”

“带着哩。”

后生解开老羊皮袄，取出一个面口袋。——他把面口袋系在腰带上，怪不道他看起来身上鼓鼓囊囊的。

“推窝窝？”

高个儿把面口袋交给掌柜的：“不吃莜面！一天吃莜面。你给俺们到老乡家换几个粑粑头吃[①]。多时不吃粑粑头，想吃个粑粑头。把火弄得旺旺的，烧点水，俺们喝一口。——没酒？”

“没。”

“没咸菜？”

“没。”

“那就甜吃！”[②]

老刘小声跟我说：“是坝上来的。坝上人管窝窝头叫粑粑头。是赶牲口的——赶牛的。你看他们拿的六道木的棍子。”随即，他和这三个坝上人搭咯起来：“今天一早从张北动的身？”

---

① 他们说“粑粑头”，“粑粑“作入声。
② 张家口一带不说“淡”，说“甜”。

“是。——这天气！”

“就你们仨？”

“还有仨。”

“那仨呢？”

“在十多里外，两头牛掉进雪窟窿里了。他们仨在往上弄。俺们把其余的牛先送到食品公司屠宰场，到店里等他们。”

“这样天气，你们还往下送牛？”

“没法子。快过年了。过年，怎么也得叫坝下人吃上一口肉！”不大一会，掌柜的搞了粑粑头来了，还弄了几个腌蔓菁来。他们把粑粑头放在火里烧了一会，水开了，把烧焦的粑粑头拍打拍打，就吃喝起来。

我们的酱碗里还有一点酱，老乔就给他们送过去。“你们那里今年年景咋样？”

“好！”高个儿回答得斩钉截铁。显然这是反话，因为痘疤脸和后生都噗嗤一声笑了。

“不是说去年你们已经过了‘黄河’了？”

“过了！那还不过！”

老乔知道他话里有话，就问：“也是假的？”

“不假。搞了‘标准田’。”

“啥叫‘标准田’？”

“把几块地里打的粮算在一起。”

“其余的地？”

“不算产量。”

“坝上过‘黄河’？不用什么‘科学家’，我就知道，不行！”

老刘用了一个很不文雅的字眼说：“过‘黄河’，过毬的个河吧？”

老乔向我解释：“老刘说的是对的。坝上的土层只有五寸，下面全是石头。坝上一向是广种薄收，要求单位面积产量，是主观主义。”

痘疤脸说：“就是！俺们和公社的书记说，这产量是虚的。他人家说：有了虚的，就会带来实的。”

后生说：“还说这是：以虚带实。”

我还从来没有听说过：“以虚带实”是这样的解释的。

高个儿沉重地叹了一口气：“这年月！当官的都说谎！”老刘接口说：“当官的说谎，老百姓遭罪！”

老乔把烟口袋递给他们：“牲畜不错？”

“不错！也经不起胡糟践。头二年，大跃进，大炼钢铁，夜战，把牛牵到地里，杀了，在地头架起了大锅，大块大块煮烂，大伙儿，吃！那会吃了个痛快；这会，想去吧！——他们仨咋还不来？去看看。”

高个儿说着把解开的老羊皮袄又系紧了。

痘疤脸说：“我们俩去。你啦[①]就甭去了。”

“去！”

他们和掌柜的借了两根木杠，把我们车上的缆绳也借去了，拉开门，就走了。

听见后生在门外大声说：“雪更大了！”

老刘起来解手，把地下三根六道木的棍子归在一起，上了炕，说：

---

① “你啦”是第二人称的尊称，相当于北京话的“您”，大概是“您老人家”的切音。

“他们真辛苦！”

过了一会，又自言自语地说：“咱们也很辛苦。”

老乔一面钻被窝，一面说：“中国人都很辛苦啊！”

小王已经睡着了。

“过年，怎么也得叫坝下人吃上一口肉！”我老是想着大个儿的这句话，心里很感动，很久未能入睡。这是一句朴素、美丽的话。

半夜，朦朦胧胧地听到几个人轻手轻脚走进来，我睁开眼，问：

“牛弄上来了？”

高个儿轻轻地说：

“弄上来了。把你吵醒了！睡吧！”

他们睡在对面的炕上。

第二天，我们起得很晚。醒来时，这六个赶牛的坝上人已经走了。

一九八一年五月十一日写成

载一九八一年第五期《收获》

晚饭花

/
/
/

晚饭花就是野茉莉。因为是在黄昏时开花，晚饭前后开得最为热闹，故又名晚饭花。

野茉莉，处处有之，极易繁衍。高二三尺，枝叶披纷，肥者可荫五六尺。花如茉莉而长大，其色多种易变。子如豆，深黑有细纹，中有瓤，白色，可作粉，故又名粉豆花。曝干作蔬，与马兰头相类。根大者如拳、黑硬，俚医以治吐血。

——吴其濬：《植物名实图考》

珠子灯

这里的风俗，有钱人家的小姐出嫁的第二年，娘家要送灯。送灯的用意是祈求多子。元宵节前几天，街上常常可以看到送灯的队伍。几个女佣人，穿了干净的衣服，头梳得光光的，戴着双喜字大红绒花，一人手里提着一盏灯；前面有几个吹鼓手吹着细乐。远远听到送灯的箫笛，很多人家的门就开了。姑娘、媳妇走出来，倚门而看，且指指点点，悄悄评论。这也是一年的元宵节景。

一堂灯一般是六盏。四盏较小，大都是染成红色或白色而画了红花的羊角琉璃泡子。一盏是麒麟送子：一个染色的琉璃角片扎成的娃娃骑在一匹麒麟上。还有一盏是珠子灯：绿色的玻璃珠子穿扎成的很大的宫灯。灯体是八扇玻璃，漆着红色的各体寿字，其余部分都是珠子，顶盖上伸出八个珠子的凤头，凤嘴里衔着珠子的小幡，下缀珠子的流苏。这盏灯分量相当的重，送来的时候，得两个人用一根小扁担抬着。这是一盏主灯，挂在房间的正中。旁边是麒麟送子，琉璃泡子挂在四角。到了“灯节”的晚上，这些灯里就插了红蜡烛。点亮了。从十三“上灯”到十八“落灯”，接连点几个晚上。平常这些灯是不点的。

屋里点了灯，气氛就很不一样了。这些灯都不怎么亮（点灯的目的原不是为了照明），但很柔和。尤其是那盏珠子灯，洒下一片淡绿的光，绿光中珠幡的影子轻轻地摇曳，如梦如水，显得异常安静。元宵的灯光扩散着吉祥、幸福和朦胧暧昧的希望。

孙家的大小姐孙淑芸嫁给了王家的二少爷王常生。她屋里就挂了这样六盏灯。不过这六盏灯只点过一次。

王常生在南京读书，秘密地加入了革命党，思想很新。订婚以后，他请媒人捎话过去：请孙小姐把脚放了。孙小姐的脚当真放了，放得很好，看起来就不像裹过的。

孙小姐是个才女。孙家对女儿的教育很特别，教女儿读诗词。除了《长恨歌》《琵琶行》，孙小姐能背全本《西厢记》。嫁过来以后，她也看王常生带回来的黄遵宪的《日本国志》和林译小说《迦茵小传》《茶花女遗事》……

两口子琴瑟和谐，感情很好。

不料王常生在南京得了重病，抬回来不到半个月，就死了。

王常生临死对夫人留下遗言："不要守节。"

但是说了也无用。孙王二家都是书香门第，从无再婚之女。改嫁，这种念头就不曾在孙小姐的思想里出现过。这是绝不可能的事。

从此，孙小姐就一个人过日子。这六盏灯也再没有点过了。

她变得有点古怪了，她屋里的东西都不许人动。王常生活着的时候是什么样子，永远是什么样子，不许挪动一点。王常生用过的手表、座钟、文具，还有他养的一盆雨花石，都放在原来的位置。孙小姐原是个爱洁成癖的人，屋里的桌子椅子、茶壶茶杯，每天都要用清水洗三遍。自从王常生死后，除了过年之前，她亲自监督着一个从娘家陪嫁过来的女佣人大洗一天之外，平常不许擦拭。里屋炕几上有一套茶具：一个白瓷的茶盘，一把茶壶，四个茶杯。茶杯倒扣着，上面落了细细的尘土。茶壶是荸荠形的扁圆的，茶壶的鼓肚子下面落不着尘土，茶盘里就清清楚楚留下一个干净的圆印子。

她病了，说不清是什么病。除了逢年过节起来几天，其余的时间都在床上躺着，整天地躺着。除了那个女佣人，没有人上她屋里去。

她就这么躺着，也不看书，也很少说话，屋里一点声音没有。她躺着，听着天上的风筝响，斑鸠在远远的树上叫着双声，“鹁鸪鸪——咕，鹁鸪鸪——咕”，听着麻雀在檐前打闹，听着一个大蜻蜓振动着透明的翅膀，听着老鼠咬啮着木器，还不时听到一串滴滴答答的声音，那是珠子灯的某一处流苏散了线，珠子落在地上了。

女佣人在扫地时，常常扫到一二十颗散碎的珠子。她这样躺了十年。

她死了。

她的房门锁了起来。

从锁着的房间里，时常还听见散线的玻璃珠子滴滴答答落在地板上的声音。

三姊妹出嫁

秦老吉是个挑担子卖馄饨的。他的馄饨担子是全城独一份，他的馄饨也是全城独一份。

这副担子非常特别。一头是一个木柜，上面有七八个扁扁的抽屉；一头是安放在木柜里的烧松柴的小缸灶，上面支一口紫铜浅锅。铜锅分两格，一格是骨头汤，一格是下馄饨的清水。扁担不是套在两头的柜子上，而是打的时候就安在柜子上，和两个柜子成一体。扁担不是直的，是弯的，像一个罗锅桥。这副担子是楠木的，雕着花，细巧玲珑，很好看。这好像是《东京梦华录》时期的东西，李嵩笔下画出来的玩意儿。秦老吉老远地来了，他挑的不像是馄饨担子，倒好像挑着一件什么文物。这副担子不知道传了多少代了，因为材料结实，做工精细，到现在还很完好。

别人卖的馄饨只有一种，葱花水打猪肉馅。他的馄饨除了猪肉馅的，还有鸡肉馅的、螃蟹馅的，最讲究的是荠菜冬笋肉末馅的——这种肉馅不是用刀刃而是用刀背剁的！作料也特别齐全，除了酱油、醋，还有花椒油、辣椒油、虾皮、紫菜、葱末、蒜泥、韭花、芹菜和本地人一般不吃的芫荽。馄饨分别放在几个抽屉里，作料敞放在外面，任凭顾客各按口味调配。

他的器皿用具也特别精洁——他有一个拌馅用的深口大盘，是雍正青花！

笃——笃笃，秦老吉敲着竹梆，走来了。找一个柳荫，把担子歇下，竹梆敲出一串花点，立刻就围满了人。

秦老吉就用这副担子，把三个女儿养大了。

秦老吉的老婆死得早，给他留下三个女儿。大凤、二凤和小凤。三个女儿，一个比一个小一岁，梯子蹬似的。三个丫头一个模样，像一个模子脱出来的。三个姑娘，像三张画。有人跟秦老吉说："应该叫你老婆再生一个的，好凑成一套四扇屏儿！"

姊妹三个，从小没娘，彼此提挈，感情很好。一家人都很勤快。一进门，清清爽爽，干净得像明矾澄过的清水。谁家娶了邋遢婆娘，丈夫气急了，就说："你到秦老吉家看看去！"三姊妹各有所长，分工负责。大裁大剪，单夹皮棉——秦老吉冬天穿一件山羊皮的背心，是大姐的；锅前灶后，热水烧汤，是二姐的；小妹妹小，又娇，两个姐姐惯着她，不叫她做重活，她就成天地挑花绣朵。她们两个姐姐绣得全身都是花。围裙上、鞋尖上、手帕上、包头布上，都是花。这些花里有一样必不可少的东西，是凤。

姊妹三个都大了。一个十八，一个十七，一个十六。该嫁了。这三只凤要飞到哪棵梧桐树上去呢？

三姊妹都有了人家了。大姐许了一个皮匠，二姐许了一个剃头的，小妹许的是一个卖糖的。

皮匠的脸上有几颗麻子，一街人都叫他麻皮匠。他在东街的“乾陞和”茶食店廊檐下摆一副皮匠担子。“乾陞和”的门面很宽大，除了一个柜台，两边竖着的两块碎白石底子堆刻黑漆大字的木牌——一块写着“应时糕点”，一块写着“满汉饽饽”。这之外，没有什么东西，放一副皮匠担子一点不碍事。麻皮匠每天一早，“乾陞和”才开了门，就拿起一把长柄的笤帚把店堂打扫干净，然后就在“满汉饽饽”下面支起担子，开始绱鞋。他是个手脚很快的人。走起路来腿快，绱起鞋来手快。只见他把锥子在头发里“光”两下，一锥子扎过鞋帮鞋底，两根用猪鬃引着的蜡线对穿过去，噌，——噌，两把就绱了一针。流利合拍，均匀紧凑。他绱鞋的时候，常有人歪着头看。绱鞋，本来没有看头，但是麻皮匠绱鞋就能吸引人。大概什么事做得很精熟，就很美了。因为手快，麻皮匠一天能比别的皮匠多绱好几双鞋。不但快，绱得也好。针脚细密，楦得也到家，穿在脚上，不易走样。因此，他生意很好。也因此，落下“麻皮匠”这样一个称号。人家做好了鞋，叫佣人或孩子送去绱，总要叮嘱一句：“送到麻皮匠那里去。”这街上还有几个别的皮匠。怕送错了。他脸上的那几颗麻子就成了他的标志。他姓什么呢？好像是姓马。

二姑娘的婆家姓时。老公公名叫时福海。他开了一爿剃头店，字号也就是“时福海记”。剃头的本属于“下九流”，他的店铺每年贴的春联都是：“头等事业，顶上生涯。”自从满清推翻，建立民国，人们剪了辫子，他的店铺主要是剃光头，以“水热刀快”为号召。时福海像所有的老剃头待诏一样，还擅长向阳取耳（掏耳朵），捶背拿筋。剃完头，用两只拳头给顾客哔哔剥剥地捶背（捶出各种节奏和清浊阴阳的脆响），噔噔地揪肩胛后的“懒筋”——捶、揪之后，真是“浑身通泰”。他还专会治“落枕”。睡落了枕，歪着脖子走进去，时福海把你的脑袋搁在他弓起的大腿上，两手扶着下腭，轻试两下“咔叭”——就扳正了！老年间，剃头匠是半个跌打医生。

这地方不知怎么会有这么一个传统，剃头的多半也是吹鼓手（不是所有的剃头匠都是吹鼓手，也不是所有的吹鼓手都是剃头匠）。时福海就也是一个吹鼓手。他吹唢呐，两腮鼓起两个圆圆的鼓包，憋得满脸通红。他还会“进曲”。好像一城的吹鼓手里只有他会，或只有他擅长于这个玩意儿。人家办丧事，“六七”开吊，在“初献”“亚献”之后，有“进曲”这个项目。赞礼的礼生喝道“进——曲！”时福海就拿了一面荸荠鼓，由两个鼓手双笛伴奏。唱一段曲子。曲词比昆曲还要古，内容是“神仙道化”，感叹人生无常，有《薤露》《蒿里》遗意，很可能是元代的散曲。时福海自己也不知道唱的是什么，但还是唱得感慨唏嘘，自己心里都酸溜溜的。

时代变迁，时福海的这一套有点吃不开了。剃光头的人少了，“水热刀快”不那么有号召力了。卫生部门天天宣传挖鼻孔、挖耳朵不卫生。懂得享受捶背揪懒筋的乐趣的人也不多了。时福海突然变成一个举动迟钝的老头。

时福海有两个儿子。下等人不避父讳，大儿子叫大福子，小儿子叫小福子。

大福子很能赶潮流。他把逐渐暗淡下去的“时福海记”重新装修了一下，门窗柱壁，油漆一新，全都是奶油色，添了三面四尺高、二尺宽的大玻璃镜子。三面大镜之间挂了两个狭长的镜框，里面嵌了磁青砑银的蜡笺对联，请一个擅长书法的医生汪厚基浓墨写了一副对子：

不教白发催人老

更喜春风满面生

他还置办了“夜巴黎”的香水，“司丹康”的发蜡。顶棚上安了一面白布制成的“风扇”，有滑车牵引，叫小福子坐着，一下一下地拉“风扇”的绳子，使理发的人觉得“清风徐来”，十分爽快。这样，“时福海记”就又兴旺起来了。

大福子也学了吹鼓手。笙箫管笛，无不精通。

这地方不知怎么会流传“倒扳桨”“跌断桥”“剪靛花”之类的《霓裳续谱》《白雪遗音》时期的小曲。平常人不唱，唱的多是理发的、搓澡的、修脚的、裁缝、做豆腐的年轻子弟。他们晚上常常聚在“时福海记”唱，大福子弹琵琶。“时福海记”外面站了好些人在听。

二凤要嫁的就是大福子。

三姑娘许的这家苦一点，姓吴，小人叫吴颐福，是个遗腹子。家里只有两个人，一个老母亲，是个踮脚，走起路来一踮一踮的。母子二人，相依为命。妈妈很慈祥，儿子很孝顺。吴颐福是个很聪明的人，十五岁上就开始卖糖。卖糖和卖糖可不一样。他卖的不是普通的芝麻糖、花生糖，他卖的是“样糖”。他跟一个师叔学会了一宗手艺：能把白糖化了，倒在模子里，做成大小不等的福禄寿三星、财神爷、麒麟送子。高的二尺，矮的五寸，衣纹生动，须眉清楚；还能把糖里加了色，不用模子，随手吹出各种瓜果，桃、梨、苹果、佛手，跟真的一样，最好看的是南瓜：金黄的瓜，碧绿的蒂子，还开着一朵淡黄的瓜花。这种糖，人家买去，都是当摆设，不吃。——吃起来有什么意思呢，还不是都是糖的甜味！卖得最多的是糖兔子。白糖加麦芽糖熬了，切成梭子形的一块一块，两头用剪刀剪开，一头窝进腹下，是脚；一头便是耳朵。耳朵下捏一下，便是兔子脸，两边嵌进两粒马料豆，一个兔子就成了！马料豆有绿豆大，一头是通红的，一头是漆黑的。这种豆药店里卖，平常配药很少用它，好像是天生就为了做糖兔的眼睛用的！这种糖兔子很便宜，一般的孩子都买得起。也吃了，也玩了。

师叔死后，这门手艺成了绝活儿，全城只有吴颐福一个人会，因此，他的生意是不错的。

他做的这些艺术品都放在擦得晶亮的玻璃橱子里，在肩上挑着。他的糖担子好像一个小型的展览会，歇在哪里，都有人看。

麻皮匠、大福子、吴颐福，都住得离秦老吉家不远。大姑娘、二姑娘、三姑娘几乎每天都能看到她们的女婿。姐儿仨有时在一起互相嘲戏。三姑娘小凤是个镴嘴子[1]，咭咭呱呱，对大姐姐说：

“十个麻子九个俏，不是麻子没人要！”

大姐啐了她一口。

她又对二姐姐说：

“姑娘姑娘真不丑，一嫁嫁个吹鼓手。吃冷饭，喝冷酒，坐人家大门口！”[2]

二姐也啐了她一口。

两个姐姐容不得小凤如此放肆，就一齐反唇相讥：“敲锣卖糖，各干各行！”

小妹妹不干了，用拳头捶两个姐姐：“卖糖怎么啦！卖糖怎么啦！”

秦老吉正在外面拌馅儿，听见女儿打闹，就厉声训斥道：“靠本事吃饭，比谁也不低。麻油拌芥菜，各有心中爱，谁也不许笑话谁！”

三姊妹听了，都吐了舌头。

姐儿仨同一天出门子，都是腊月二十三。一顶花桥接连送了三个人。时辰倒是错开了。头一个是小凤，日落酉时。第二个是大凤，戌时。最后才是二凤。因为大福子要吹唢呐送小姨子，又要吹唢呐送大姨子。轮到他拜堂时已是亥时。给他吹唢呐的是他的爸爸时福海。时福海吹了一气，又坐到喜堂去受礼。

三天回门。三个姑爷，三个女儿都到了。秦老吉办了一桌酒，

---

① 镴嘴子是一种鸟，喙大而硬。此地说嘴尖舌巧的姑娘为镴嘴子，其实镴嘴子哑着的时候多，不善鸣叫。

② 这是当地童谣：“吃冷饭，喝冷酒”也有说成“吃人家饭，喝人家酒”的。

除了鸡鸭鱼肉，他特意包了加料三鲜馅的绉纱馄饨，让姑爷尝尝他的手艺。鲜美清香，自不必说。

三个女儿的婆家，都住得不远，两三步就能回来看看父亲。炊煮扫除，浆洗缝补，一如往日。有点小灾小病，头疼脑热，三个女儿抢着来伺候，比没出门时还殷勤。秦老吉心满意足，毫无遗憾。他只是有点发愁：他一朝撒手，谁来传下他的这副馄饨担子呢？

笃——笃笃，秦老吉还是挑着担子卖馄饨。

真格的，谁来继承他的这副古典的，南宋时期的，楠木的馄饨担子呢？

一九八一年九月十日

晚饭花

李小龙的家在李家巷。

这是一条南北向的巷子，相当宽，可以并排走两辆黄包车。但是不长，巷子里只有几户人家。

西边的北口一家姓陈。这家好像特别的潮湿，门口总飘出一股湿布的气味，人的身上也带着这种气味。他家有好几棵大石榴，比房檐还高，开花的时候，一院子都是红通通的。结的石榴很大，垂在树枝上，一直到过年下雪时才剪下来。陈家往南，直到巷子的南口，都是李家的房子。

东边，靠北是一个油坊的堆栈，粉白的照壁上黑漆八个大字：

“双窨香油，照庄发客”。

靠南一家姓夏。这家进门就是锅灶，往里是一个不小的院子。这家特别重视过中秋。每年的中秋节，附近的孩子就上他们家去玩，去看院子里还在开着的荷花，几盆大桂花，缸里养的鱼；看他家在院子里摆好了的矮脚的方桌，放了毛豆、芋头、月饼、酒壶，准备一家赏月。

在油坊堆栈和夏家之间，是王玉英的家。

王家人很少，一共三口。王玉英的父亲在县政府当录事，每天一早便提着一个蓝布笔袋，一个铜墨盒去上班。王玉英的弟弟上小学。王玉英整天一个人在家。她老是在她家的门道里做针线。

王玉英家进门有一个狭长的门道。三面是墙：一面是油坊堆栈的墙，一面是夏家的墙，一面是她家房子的山墙。南墙尽头有一个小房门，里面才是她家的房屋。从外面是看不见她家的房屋的。这是一个长方形的天井，一年四季，照不进太阳。夏天很凉快，上面是高高的蓝天，正面的山墙脚下密密地长了一排晚饭花。王玉英就坐在这个狭长的天井里，坐在晚饭花前面做针线。

李小龙每天放学，都经过王玉英家的门外。他都看见王玉英（他看了陈家的石榴，又看了“双窨香油，照庄发客”，还会看看夏家的花木）。晚饭花开得很旺盛，它们使劲地往外开，发疯一样，喊叫着，把自己开在傍晚的空气里。浓绿的，多得不得了的绿叶子；殷红的，胭脂一样的，多得不得了的红花；非常热闹，但又很凄清。没有一点声音，在浓绿浓绿的叶子和乱乱纷纷的红花之前，坐着一个王玉英。

这是李小龙的黄昏。要是没有王玉英，黄昏就不成其为黄昏了。

李小龙很喜欢看王玉英，因为王玉英好看。王玉英长得很黑，但是两只眼睛很亮，牙很白。王玉英有一个很好看的身子。红花、绿叶、黑黑的脸、明亮的眼睛、白的牙，这是李小龙天天看的一张画。

王玉英一边做针线，一边等着她的父亲。她已经焖好饭了，等父亲一进门就好炒菜。

王玉英已经许了人家。她的未婚夫是钱老五。大家都叫他钱老五。不叫他的名字，而叫钱老五，有轻视之意。老人们说他“不学好”。人很聪明，会画两笔画，也能刻刻图章，但做事没有长性。教两天小学，又到报馆里当两天记者。他手头并不宽裕，却打扮得像个阔少爷，穿着细毛料子的衣裳，梳着油光光的分头，还戴了一副金丝眼镜。他交了许多“三朋四友”，风流浪荡，不务正业。都传说他和一个寡妇相好，有时就住在那个寡妇家里，还花寡妇的钱。

这些事也传到了王玉英的耳朵里，连李小龙也都听说了嘛，王玉英还能不知道？不过王玉英倒不怎么难过，她有点半信半疑。而且她相信她嫁过去，他就会改好的。她看见过钱老五，她很喜欢他的人才。

钱老五不跟他的哥哥住。他有一所小房，在臭河边。他成天不在家，门老是锁着。

李小龙知道钱老五在哪里住。他放学每天经过。他有时扒在门缝上往里看：里面有三间房，一个小院子，有几棵树。

王玉英也知道钱老五的住处。她路过时，看看两边没有人，也曾经扒在门缝上往里看过。

有一天，一顶花轿把王玉英抬走了。

从此，这条巷子里就看不见王玉英了。

晚饭花还在开着。

李小龙放学回家，路过臭河边，看见王玉英在钱老五家门前的河边淘米。只看见一个背影。她头上戴着红花。

李小龙觉得王玉英不该出嫁，不该嫁给钱老五。他很气愤。

这世界上再也没有原来的王玉英了。

载一九八二年第一期《十月》

异秉

王二是这条街的人看着他发达起来的。

不知从什么时候起，他就在保全堂药店廊檐下摆一个熏烧摊子。“熏烧”就是卤味。他下午来，上午在家里。

他家在后街濒河的高坡上，四面不挨人家。房子很旧了，碎砖墙，草顶泥地，倒是不仄逼，也很干净，夏天很凉快。一共三间。正中是堂屋，在“天地君亲师”的下面便是一具石磨。一边是厨房，也就是作坊。一边是卧房，住着王二的一家。他上无父母，嫡亲的只有四口人，一个媳妇，一儿一女。这家总是那么安静，从外面听不到什么声音。后街的人家总是吵吵闹闹的。男人揪着头发打老婆，女人拿火叉打孩子，老太婆用菜刀剁着砧板诅咒偷了她的下蛋鸡的贼。王家从来没有这些声音。他们家起得很早。天不亮王二就起来备料，然后就烧煮。他媳妇梳好头就推磨磨豆腐——王二的熏烧摊每天要卖出很多回卤豆腐干，这豆腐干是自家做的。磨得了豆腐，就帮王二烧火。火光照得她的圆盘脸红红的。（附近的空气里弥漫着王二家飘出的五香味。）后来王二喂了一头小毛驴，她就不用围着磨盘转了，只要把小驴牵上磨，不时往磨眼里倒半碗豆子，注一点水就行了。省出时间，好做针线。一家四口，大裁小剪，很费功夫。两个孩子，大儿子长得像妈，圆乎乎的脸，两个眼睛笑起来一道缝。小女儿像父亲，瘦长脸，眼睛挺大。

儿子念了几年私塾，能记账了，就不念了。他一天就是牵了小驴去饮，放它到草地上去打滚。到大了一点，就帮父亲洗料备料做生意，放驴的差事就归了妹妹了。

每天下午，在上学的孩子放学，人家淘晚饭米的时候，他就来摆他的摊子。他为什么选中保全堂来摆他的摊子呢？是因为这地点好，东街西街和附近几条巷子到这里都不远；因为保全堂的廊檐宽，柜台到铺门有相当的余地；还是因为这是一家药店，药店到晚上生意就比较清淡——很少人晚上上药铺抓药的，他摆个摊子碍不着人家的买卖，都说不清。当初还一定是请人向药店的东家说了好话，亲自登门叩谢过的。反正，有年头了。他的摊子的全副“生财”——这地方把做买卖的用具叫做“生财”，就寄放在药店店堂的后面过道里，挨墙放着，上面就是悬在二梁上的赵公元帅的神龛，这些“生财”包括两块长板，两条三条腿的高板凳（这种高凳一边两条腿，在两头；一边一条腿在当中），以及好几个一面装了玻璃的匣子。他把板凳支好，长板放平，玻璃匣子排开。这些玻璃匣子里装的是黑瓜子、白瓜子、盐炒豌豆、油炸豌豆、兰花豆、五香花生米。长板的一头摆开“熏烧”。“熏烧”除回卤豆腐干之外，主要是牛肉、蒲包肉和猪头肉。这地方一般人家是不大吃牛肉的。吃，也极少红烧、清炖，只是到熏烧摊子去买。这种牛肉是五香加盐煮好，外面染了通红的红曲，一大块一大块地堆在那里。买多少，现切，放在送过来的盘子里，抓一把青蒜，浇一勺辣椒糊。蒲包肉似乎是这个县里特有的。用一个三寸来长直径寸半的蒲包，里面衬上豆腐皮，塞满了加了粉子的碎肉，封了口，拦腰用一道麻绳系紧，成一个葫芦形。煮熟以后，倒出来，也是一个带有蒲包印迹的葫芦。切成片，很香。猪头肉则分门别类地卖，拱嘴、耳朵、脸子——脸子有个专门名词，叫“大肥”。要什么，切什么。到了上灯以后，王二的生意就到了高潮。只见他拿了刀不停地切，一面还忙着收钱，包油炸的、盐炒的豌豆、瓜子，很少有歇一歇的时候。一直忙到九点多钟，在他的两盏高罩的煤油灯里煤油已经点去了一多半，装熏烧的盘子和装豌豆的匣子都已经见了底的时候，他媳妇给他送饭来了，他才用热水擦一把脸，吃晚饭。吃完晚饭，总还有一些零零星星的生意，他不忙收摊子，就端了一杯热茶，坐到保全堂店里的椅子上，听人聊天，一面拿眼睛瞟着他的摊子，见有人走来，就起身切一盘，包两包。他的主顾都是熟人，谁什么时候来，买什么，他心里都是有数的。

这一条街上的店铺、摆摊的，生意如何，彼此都很清楚。近几年，景况都不大好。有几家好一些，但也只是能维持。有的是逐渐地败落下来了。先是货架上的东西越来越空，只出不进，最后就出让“生财”，关门歇业。只有王二的生意却越做越兴旺。他的摊子越摆越大，装炒货的匣子，装熏烧的洋瓷盘子，越来越多。每天晚上到了买卖高潮的时候，摊子外面有时会拥着好些人。好天气还好，遇上下雨下雪（下雨下雪买他的东西的比平常更多），叫主顾在当街打伞站着，实在很不过意。于是经人说合，出了租钱，他就把他的摊子搬到隔壁源昌烟店的店堂里去了。

源昌烟店是个老名号，专卖旱烟，做门市，也做批发。一边是柜台，一边是刨烟的作坊。这一带抽的旱烟是刨成丝的。刨烟师傅把烟叶子一张一张立着叠在一个特制的木床子上，用皮绳木楔卡紧，两腿夹着床子，用一个刨刃有半尺宽的大刨子刨。烟是黄的。他们都穿了白布套裤。这套裤也都变黄了。下了工，脱了套裤，他们身上也到处是黄的。头发也是黄的——手艺人都带着他那个行业特有的颜色。染坊师傅的指甲缝里都是蓝的，碾米师傅的眉毛总是白蒙蒙的。原来，源昌号每天有四个师傅、四副床子刨烟。每天总有一些大人孩子站在旁边看。后来减成三个，两个，一个。最后连这一个也辞了。这家的东家就靠卖一点纸烟、火柴、零包的茶叶维持生活，也还卖一点趸来的旱烟、皮丝烟。不知道为什么，原来挺敞亮的店堂变得黑暗了，牌匾上的金字也都无精打采了。那座柜台显得特别的大。大，而空。

王二来了，就占了半边店堂，就是原来刨烟师傅刨烟的地方。他的摊子原来在保全堂廊檐是东西向横放着的，迁到源昌，就改成南北向，直放了。所以，已经不能算是一个摊子，而是半个店铺了。他在原有的板子之外增加了一块，摆成一个曲尺形，俨然也就是一个柜台。他所卖的东西的品种也增加了。即以熏烧而论，除了原有的回卤豆腐干、牛肉、猪头肉、蒲包肉之外，春天，卖一种叫做“鵽”的野味——这是一种候鸟，长嘴长脚，因为是桃花开时来的，不知是哪位文人雅士给它起了一个名称叫“桃花鵽”；卖鹌鹑；入冬以后，他就挂起一个长条形的玻璃镜框，里面用大红蜡笺写了泥金字：“即日起新添美味羊糕五香兔肉”。这地方人没有自己家里做羊肉的，都是从熏烧摊上买。只有一种吃法：带皮白煮，冻实，切片，加青蒜、辣椒糊，还有一把必不可少的胡萝卜丝（据说这是最能解膻气的）。酱油、醋，买回来自己加。兔肉，也像牛肉似的加盐和五香煮，染了通红的红曲。

这条街上过年时的春联是各式各样的。有的是特制嵌了字号的。比如保全堂，就是由该店拔贡出身的东家拟制的“保我黎民，全登寿域”；有些大字号，比如布店，口气很大，贴的是“生涯宗子贡，贸易效陶朱”，最常见的是“生意兴隆通四海，财源茂盛达三江”；小本经营的买卖的则很谦虚地写出：“生意三春草，财源雨后花”。这末一副春联，用于王二的超摊子准铺子，真是再贴切不过了，虽然王二并没有想到贴这样一副春联——他也没处贴呀，这铺面的字号还是“源昌”。他的生意真是三春草、雨后花一样的起来了。“起来”最显眼的标志是他把长罩煤油灯撤掉，挂起一盏呼呼作响的汽灯。须知，汽灯这东西只有钱庄、绸缎庄才用，而王二，居然在一个熏烧摊子的上面，挂起来了。这白亮白亮的汽灯，越显得源昌柜台里的一盏煤油灯十分的暗淡了。

王二的发达，是从他的生活也看得出来的。第一，他可以自由地去听书。王二最爱听书。走到街上，在形形色色招贴告示中间，他最注意的是说书的报条。那是三寸宽，四尺来长的一条黄颜色的纸，浓墨写道：“特聘维扬×××先生在×××（茶馆）开讲××（三国、水浒、岳传……）是月×日起风雨无阻。”以前去听书都要经过考虑。一是花钱，二是费时间，更主要的是考虑这于他的身份不大相称：一个卖熏烧的，常常听书，怕人议论。近年来，他觉得可以了，想听就去。小蓬莱、五柳园（这都是说书的茶馆），都去，三国、水浒、岳传，都听。尤其是夏天，天长，穿了竹布的或夏布的长衫，拿了一吊钱，就去了。下午的书一点开书，不到四点钟就“明日请早”了（这里说书的规矩是在说书先生说到预定的地方，留下一个扣子，跑堂的茶房高喝一声“明日请早——”听客们就纷纷起身散场），这耽误不了他的生意。他一天忙到晚，只有这一段时间得空。第二，过年推牌九，他在下注时不犹豫。王二平常绝不赌钱，只有过年赌五天。过年赌钱不犯禁，家家店铺里都可赌钱。初一起，不做生意，铺门关起来，里面黑洞洞的。保全堂柜台里身，有一个小穿堂，是供神农祖师的地方，上面有个天窗，比较亮堂。拉开神农画像前的一张方桌，哗啦一声，骨牌和骰子就倒出来了。打麻将多是社会地位相近的，推牌九则不论。谁都可以来。保全堂的“同仁”（除了陶先生和陈相公），替人家收房钱的抡元，卖活鱼的疤眼——他曾得外症，治愈后左眼留一大疤，小学生给他起了个外号叫“巴颜喀拉山”，这外号竟传开了，一街人都叫他巴颜喀拉山，虽然有人不知道这是什么意思，——王二。输赢说大不大，说小可也不小。十吊钱推一庄。十吊钱相当于三块洋钱。下注稍大的是一吊钱三三四，一吊钱分三道：三百、三百、四百。七点赢一道，八点赢两道，若是抓到一副九点或是天地杠，庄家赔一吊钱。王二下“三三四”是常事。有时竟会下到五吊钱一注孤丁，把五吊钱稳稳地推出去，心不跳，手不抖。（收房钱的抡元下到五百钱一注时手就抖个不住。）赢得多了，他也能上去推两庄。

推牌九这玩意，财越大，气越粗，王二输的时候竟不多。

王二把他的买卖乔迁到隔壁源昌去了，但是每天九点以后他一定还是端了一杯茶到保全堂店堂里来坐个点把钟。儿子大了，晚上再来的零星生意，他一个人就可以应付了。

且说保全堂。

这是一家门面不大的药店。不知为什么，这药店的东家用人，不用本地人，从上到下，从管事的到挑水的，一律是淮城人。他们每年有一个月的假期，轮流回家，去干传宗接代的事。其余十一个月，都住在店里。他们的老婆就守十一个月的寡。药店的“同仁”，一律称为“先生”。先生里分为几等。一等的是“管事”，即经理。当了管事就是终身职务，很少听说过有东家把管事辞了的。除非老管事病故，才会延聘一位新管事。当了管事，就有“身股”，或称“人股”，到了年底可以按股分红。因此，他对生意是兢兢业业，忠心耿耿的。东家从不到店，管事负责一切。他照例一个人单独睡在神农像后面的一间屋子里，名叫“后柜”。总账、银钱，贵重的药材如犀角、羚羊、麝香，都锁在这间屋子里，钥匙在他身上，——人参、鹿茸不算什么贵重东西。吃饭的时候，管事总是坐在横头末席，以示代表东家奉陪诸位先生。熬到“管事”能有几人？全城一共才有那么几家药店。保全堂的管事姓卢。二等的叫“刀上”，管切药和“跌”丸药。药店每天都有很多药要切，“饮片”切得整齐不整齐，漂亮不漂亮，直接影响生意好坏。内行人一看，就知道这药是什么人切出来的。“刀上”是个技术人员，薪金最高，在店中地位也最尊。吃饭时他照例坐在上首的二席，——除了有客，头席总是虚着的。逢年过节，药王生日（药王不是神农氏，却是孙思邈），有酒，管事的举杯，必得“刀上”先喝一口，大家才喝。保全堂的“刀上”是全县头一把刀，他要是闹脾气辞职，马上就有别家抢着请他去。好在此人虽有点高傲，有点倔，却轻易不发脾气。他姓许。其余的都叫“同事”。那读法却有点特别，重音在“同”字上。他们的职务就是抓药，写账。“同事”是没有什么了不起的，每年都有被辞退的可能。辞退时“管事”并不说话，只是在腊月有一桌辞年酒，算是东家向“同仁”道一年的辛苦，只要是把哪位“同事”请到上席去，该“同事”就二话不说，客客气气地卷起铺盖另谋高就。当然，事前就从旁漏出一点风声的，并不当真是打一闷棍。该辞退“同事”在八月节后就有预感。有的早就和别家谈好，很潇洒地走了；有的则请人斡旋，留一年再看。后一种，总要作一点“检讨”，下一点“保证”。“回炉的烧饼不香”，辞而不去，面上无光，身价就低了。保全堂的陶先生，就已经有三次要被请到上席了。他咳嗽痰喘，人也不精明。终于没有坐上席，一则是同行店伙纷纷来说情：辞了他，他上谁家去呢？谁家会要这样一个痰篓子呢？这岂非绝了他的生计？二则，他还有一点好处，即不回家。他四十多岁了，却没有传宗接代的任务，因为他没有娶过亲。这样，陶先生就只有更加勤勉，更加谨慎了。每逢他的喘病发作时，有人问：“陶先生，你这两天又不大好吧？”他就一面喘嗽着一面说：“啊不，很好，很（呼噜呼噜）好！”

以上，是“先生”一级。“先生”以下，是学生意的。药店管学生意的却有一个奇怪称呼，叫做“相公”。

因此，这药店除煮饭挑水的之外，实有四等人：“管事”“刀上”“同事”“相公”。

保全堂的几位“相公”都已经过了三年零一节，满师走了。现有的“相公”姓陈。

陈相公脑袋大大的，眼睛圆圆的，嘴唇厚厚的，说话声气粗粗的——呜噜呜噜地说不清楚。

他一天的生活如下：起得比谁都早。起来就把“先生”们的尿壶都倒了涮干净控在厕所里。扫地。擦桌椅、擦柜台。到处掸土。开门。这地方的店铺大都是“铺闼子门”[①]，——一列宽可一尺的厚厚的门板嵌在门框和门槛的槽子里。陈相公就一块一块卸出来，按“东一”、“东二”、“东三”、“东四”、“西一”、“西二”、“西三”、“西四”次序，靠墙竖好。晒药，收药。太阳出来时，把许先生切好的“饮片”、“跌”好的丸药，——都放在匾筛里，用头顶着，爬上梯子，到屋顶的晒台上放好；傍晚时再收下来。这是他一天最快乐的时候。他可以登高四望。看得见许多店铺和人家的房顶，都是黑黑的。看得见远处的绿树，绿树后面缓缓移动的帆。看得见鸽子，看得见飘动摇摆的风筝。到了七月，傍晚，还可以看巧云。七月的云多变幻，当地叫做“巧云”。那是真好看呀：灰的、白的、黄的、橘红的，镶着金边，一会一个样，像狮子的，像老虎的，像马、像狗的。此时的陈相公，真是古人所说的“心旷神怡”。其余的时候，就很刻板枯燥了。碾药。两脚踏着木板，在一个船形的铁碾槽子里碾。倘若碾的是胡椒，就要不停地打喷嚏。裁纸。用一个大弯刀，把一沓一沓的白粉连纸裁成大小不等的方块，包药用。刷印包装纸。他每天还有两项例行的公事。上

① 这地方店铺的门一般都是一块一块狭长的门板，上在门坎的槽里，称为“铺闼子”。

午，要搓很多抽水烟用的纸枚子。把装铜钱的钱板翻过来，用“表心纸”一根一根地搓。保全堂没有人抽水烟，但不知什么道理每天都要搓许多纸枚子，谁来都可取几根，这已经成了一种“传统”。下午，擦灯罩。药店里里外外，要用十来盏煤油灯。所有灯罩，每天都要擦一遍。晚上，摊膏药。从上灯起，直到王二过店堂里来闲坐，他一直都在摊膏药。到十点多钟，把先生们的尿壶都放到他们的床下，该吹灭的灯都吹灭了，上了门，他就可以准备睡觉了。先生们都睡在后面的厢屋里，陈相公睡在店堂里。把铺板一放，铺盖摊开，这就是他一个人的天地了。临睡前他总要背两篇《汤头歌诀》——药店的先生总要懂一点医道。小户人家有病不求医，到药店来说明病状，先生们随口就要说出：“吃一剂小柴胡汤吧”，“服三付藿香正气丸”，“上一点七厘散”。有时，坐在被窝里想一会家，想想他的多年守寡的母亲，想想他家房门背后的一张贴了多年的麒麟送子的年画。想不一会，困了，把脑袋放倒，立刻就响起了很大的鼾声。

陈相公已经学了一年多生意了。他已经给赵公元帅和神农爷烧了三十次香。初一、十五，都要给这二位烧香，这照例是陈相公的事。赵公元帅手执金鞭，身骑黑虎，两旁有一副八寸长的黑地金字的小对联：“手执金鞭驱宝至，身骑黑虎送财来”。神农爷虬髯披发，赤身露体，腰里围着一圈很大的树叶，手指甲、脚指甲都很长，一只手捏着一棵灵芝草，坐在一块石头上。陈相公对这二位看得很熟，烧香的时候很虔敬。

陈相公老是挨打。学生竟没有不挨打的，陈相公挨打的次数也似稍多了一点。挨打的原因大都是因为做错了事：纸裁歪了，灯罩擦破了。这孩子也好像不大聪明，记性不好，做事迟钝。打他的多是卢先生。卢先生不是暴脾气，打他是为他好，要他成人。有一次可挨了大打。他收药，下梯一脚踩空了，把一匾筛泽泻翻到了阴沟里。这回打他的是许先生。他用一根闩门的木棍没头没脑地把他痛打了一顿，打得这孩子哇哇地乱叫：“哎呀！哎呀！我下回不了！下回不了！哎呀！哎呀！我错了！哎呀！哎呀！”谁也不能去劝，因为知道许先生的脾气，越劝越打得凶，何况他这回的错是不小（泽泻不是贵药，但切起来很费工，要切成厚薄一样，状如铜钱的圆片）。后来还是煮饭的老朱来劝住了。这老朱来得比谁都早，人又出名的忠诚梗直。他从来没有正经吃过一顿饭，都是把大家吃剩的残汤剩水泡一点锅巴吃。因此，一店人都对他很敬畏。他一把夺过许先生手里的门闩，说了一句话：“他也是人生父母养的！”

陈相公挨了打，当时没敢哭。到了晚上，上了门，一个人呜呜地哭了半天。他向他远在故乡的母亲说：“妈妈，我又挨打了！妈妈，不要紧的，再挨两年打，我就能养活你老人家了！”

王二每天到保全堂店堂里来，是因为这里热闹。别的店铺到九点多钟，就没有什么人，往往只有一个管事在算账，一个学徒在打盹。保全堂正是高朋满座的时候。这些先生都是无家可归的光棍，这时都聚集到店堂里来。还有几个常客，收房钱的抡元，卖活鱼的巴颜喀拉山，给人家熬鸦片烟的老炳，还有一个张汉。这张汉是对门万顺酱园连家的一个亲戚兼食客，全名是张汉轩，大家却都叫他张汉。大概是觉得已经沦为食客，就不必“轩”了。此人有七十岁了，长得活脱像一个伏尔泰，一张尖脸，一个尖尖的鼻子。他年轻时在外地做过幕，走过很多地方，见多识广，什么都知道，是个百事通。比如说抽烟，他就告诉你烟有五种：水、旱、鼻、雅、潮，“雅”是鸦片。“潮”是潮烟，这地方谁也没见过。说喝酒，他就能说出山东黄、状元红、莲花白……说喝茶，他就告诉你狮峰龙井、苏州的碧螺春，云南的“烤茶”是在怎样一个罐里烤的，福建的功夫茶的茶杯比酒盅还小，就是吃了一只炖肘子，也只能喝三杯，这茶太酽了。他熟读《子不语》《夜雨秋灯录》，能讲许多鬼狐故事。他还知道云南怎样放蛊，湘西怎样赶尸。他还亲眼见到过旱魃、僵尸、狐狸精，有时间，有地点，有鼻子有眼。三教九流，医卜星相，他全知道。他读过《麻衣神相》《柳庄神相》，会算“奇门遁甲”“六壬课”“灵棋经”。他总要到快九点钟时才出现（白天不知道他干什么），他一来，大家精神为之一振，这一晚上就全听他一个人白话。他很会讲，起承转合，抑扬顿挫，有声有色。他也像说书先生一样，说到筋节处就停住了，慢慢地抽烟，急得大家一劲地催他：“后来呢？后来呢？”这也是陈相公一天比较快乐的时候。他一边摊着膏药，一边听着。有时，听得太入神了，摊膏药的扦子停留在油纸上，会废掉一张膏药。他一发现，赶紧偷偷塞进口袋里。这时也不会被发现，不会挨打。

有一天，张汉谈起人生有命。说朱洪武、沈万山、范丹是同年同月同日同时，都是丑时建生，鸡鸣头遍。但是一声鸡叫，可就命分三等了：抬头朱洪武，低头沈万山，勾一勾就是穷范丹。朱洪武贵为天子，沈万山富甲天下，穷范丹冻饿而死。他又说凡是成大事业，有大作为，兴旺发达的，都有异相，或有特殊的秉赋。汉高祖刘邦，股有七十二黑子——就是屁股上有七十二颗黑痣，谁有过？明太祖朱元璋，生就是五岳朝天——两额、两颧、下巴，都突出，状如五岳，谁有过？樊哙能把一个整猪腿生吃下去，燕人张翼德，睡着了也睁着眼睛。就是市井之人，凡有走了一步好运的，也莫不有与众不同之处。必有非常之人，乃成非常之事。大家听了，不禁暗暗点头。

张汉猛吸了几口旱烟，忽然话锋一转，向王二道："即以王二而论，他这些年飞黄腾达，财源茂盛，也必有其异秉。"

"……？"

王二不解何为"异秉"。

"就是与众不同，和别人不一样的地方。你说说，你说说！"

大家也都怂恿王二："说说！说说！"

王二虽然发了一点财，却随时不忘自己的身份，从不僭越自大，在大家敦促之下，只有很诚恳地欠一欠身说："我呀，有那么一点：大小解分清。"他怕大家不懂，又解释道："我解手时，总是先解小手，后解大手。"

张汉一听，拍了一下手，说："就是说，不是屎尿一起来，难得！"

说着，已经过了十点半了，大家起身道别。该上门了。卢先生向柜台里一看，陈相公不见了，就大声喊："陈相公！"喊了几声，没人应声。

原来陈相公在厕所里。这是陶先生发现的。他一头走进厕所，发现陈相公已经蹲在那里。本来，这时候都不是他们俩解大手的时候。

一九四八年旧稿

一九八〇年五月二十日重写

载一九八一年第一期《雨花》

云致秋行状

/
/
/

云致秋是个乐天派，凡事看得开，生死荣辱都不太往心里去，要不他活不到他那个岁数。

我认识致秋时，他差不多已经死过一次。肺病。很严重了。医院通知了剧团，剧团的办公室主任上他家给他送了一百块钱。云致秋明白啦：这是让我想吃点什么吃点什么呀！——吃！涮牛肉，一天涮二斤。那阵牛肉便宜，也好买。卖牛肉的和致秋是老街坊，“发孩”，又是个戏迷，致秋常给他找票看戏。他知道致秋得的这个病，就每天给他留二斤嫩的，切得跟纸片儿似的，拿荷叶包着，等着致秋来拿。致秋把一百块钱牛肉涮完了，上医院一检查，你猜怎么着：好啦！大夫直纳闷：这是怎么回事呢？致秋说：“我的火炉子好！”他说的“火炉子”指的是消化器官。当然他的病也不完全是涮牛肉涮好了的，组织上还让他上小汤山疗养了一阵。致秋说：“还是共产党好啊！要不，就凭我，一个唱戏的，上小汤山，疗养——姥姥！”肺病是好了，但是肺活量小了。他说：“我这肺里好些地方都是死膛儿，存不了多少气！”上一趟四楼，到了二楼，他总得停下来，摆摆手，意思是告诉和他一起走的人先走，他缓一缓，一会就来。就是这样，他还照样到楼梓庄参加劳动，到番字牌搞四清，上井冈山去体验生活，什么也没有落下。

除了肺不好，他还有个“犯肝阳”的毛病。“肝阳”一上来，两眼一黑，什么都看不见了。他从口袋里摸出一个干辣椒（他口袋里随时都带几个干辣椒）放到嘴里嚼嚼，闭闭眼，一会就好了。他说他平时不吃辣，“肝阳”一犯，多辣的辣椒嚼起来也不辣。这病我没听说过，不知是一种什么怪病。说来就来，一会儿又没事了。原来在起草一个什么材料，戴上花镜接茬儿下笔千言离题万里地写下去；原来在给人拉胡琴说戏，把合上的弓子抽开，定定弦，接茬儿说；原来在聊天，接茬儿往下聊。海聊穷逗，谈笑风生，一点不像刚刚犯过病。

致秋家贫，少孤。他家原先开一个小杂货铺，不是唱戏的，是外行。——梨园行把本行以外的人和人家都称为“外行”。“外行”就是不是唱戏的，并无褒贬之意。谁家说了一门亲事，俩老太太遇见了，聊起来。一个问：“姑娘家里是干什么的？”另一个回答是干嘛干嘛的，完了还得找补一句：“是外行。”为什么要找补一句呢？因为梨园行的嫁娶，大都在本行之内选择。门当户对，知根知底。因此剧团的演员大都沾点亲，“论”得上，“私底下”都按亲戚辈分称呼。这自然会影响到剧团内部人跟人的关系。剧团领导曾召开大会反过这种习气，但是到了还是没有改过来。

致秋上过学，读到初中，还在青年会学了两年英文。他文笔通顺，字也写得很清秀，而且写得很快。照戏班里的说法是写得很“溜”。他有一桩本事，听报告的时候能把报告人讲的话一字不落地记下来。他曾在邮局当过一年练习生，后来才改了学戏。因此他和一般出身于梨园世家的演员有些不同，有点“书卷气”。

原先在致兴成科班。致兴成散了，他拜了于连萱。于先生原先也是“好角”，后来塌了中[①]，就不再登台，在家教戏为生。

那阵拜师学戏，有三种。一种是按月致送束脩的。先生按时到学生家去，或隔日一次，或一个月去个十来次。一种本来已经坐了科，能唱了，拜师是图个名，借先生一点“仙气”，到哪儿搭班，一说是谁谁谁的徒弟，“那没错！”台上台下都有个照应。这就说不上固定报酬了，只是三节两寿——五月节，八月节，年下，师父、师娘生日，送一笔礼。另一种，是“写”给先生的。拜师时立了字据。教戏期间，分文不取。学成之后，给先生效几年力。搭了班，唱戏了，头天晚上开了戏份——那阵都是当天开份，戏没有打住，后台管事都把各人的戏份封好了，第二天，原封交给先生。先生留下若干，剩下的给学生。也有的时候，班里为了照顾学生，会单开一个“小份”，另外封一封，这就不必交先生了。先生教这样的学生，是实授的，真教给东西。这种学生叫做“把手”的徒弟。师徒之间，情义很深。学生在先生家早晚出入，如一家人。

---

① 中年嗓子失音，谓之：“塌中”。

云致秋很聪明，摹仿能力很强，他又有文化，能抄本子，这比口传心授自然学得快得多，于先生很喜欢他。没学几年，就搭班了。他是学“二旦”的，但是他能唱青衣，——一般二旦都只会花旦戏，而且文的武的都能来，《得意缘》的郎霞玉，《银空山》的代战公主，都行。《四郎探母》，他的太后。——那阵班里派戏，都有规矩。比如《探母》，班里的旦角，除了铁镜公主，下来便是萧太后，再下来是四夫人，再下来才是八姐、九妹。谁来什么，都有一定。所开戏份，自有差别。致秋唱了几年戏，不管搭什么班，只要唱《探母》，太后都是他的。

致秋有一条好嗓子。据说年轻时扮相不错，——我有点怀疑。他是一副窄长脸，眼睛不大，鼻子挺长，鼻子尖还有点翘。我认识他时，他已经是干部，除了主演特忙或领导上安排布置，他不再粉墨登场了。我一共看过他两出戏：《得意缘》和《探母》。他那很多地方是死膛肺里的氧气实在不够使，我看他扮着郎霞玉，拿着大枪在台上一通折腾，不停地呼嗤呼嗤喘气，真够他一呛！不过他还是把一出《得意缘》唱下来了。《探母》那回是“大合作”，在京的有名的须生、青衣都参加了，在中山公园音乐堂。那么多的“好角”，可是他的萧太后还真能压得住，一出场就来个碰头好。观众也有点起哄。一来，他确实有个太后的气派，“身上”，穿着花盆底那两步走，都是样儿；再则，他那扮相实在太绝了。京剧演员扮戏，早就改了用油彩。梅兰芳、程砚秋、尚小云，后来都是用油彩。他可还是用粉彩，鹅蛋粉、胭脂，眉毛描得笔直，樱桃小口一点红，活脱是一幅“同光十三绝”，俨然陈德霖再世。

云致秋到底为什么要用粉彩化妆，这是出于一种什么心理，我一直没有捉摸透。问他，他说：“粉彩好看！油彩哪有粉彩精神呀！”这是真话么？这是标新（旧）立异？玩世不恭？都不太像。致秋说：“粉彩怎么啦，公安局管吗？”公安局不管，领导上不提意见，就许他用粉彩扮戏。致秋是个凡事从众随俗的人，有的时候，在无害于人，无损于事的情况下，也应该容许他发一点小小的狂。这会使他得到一点快乐，一点满足：“这就是我——云致秋！”

致秋有个习惯，说着说着话，会忽然把眉毛、眼睛、鼻子“纵”在一起，嘴唇紧闭；然后又用力把嘴张开，把眼睛鼻子挣回原处。这是用粉彩落下的毛病。小时在科班里，化妆，哪儿给你准备蜜呀，用一大块冰糖，拿开水一沏，师父给你抹一脸冰糖水，就往上扑粉。冰糖水干了，脸上绷得难受，老想活动活动肌肉，好松快些，久而久之，成了习惯，几十年也改不了。看惯了，不觉得。生人见面，一定很奇怪。我曾跟致秋说过：“你当不了外交部长！——接见外宾，正说着世界大事，你来这么一下，那怎么行？”致秋说：“对对对，我当不了外交部长！——我会当外交部长吗？”

致秋一辈子走南闯北，跑了不少码头，搭过不少班，“傍”过不少名角。他给金少山、叶盛章、唐韵笙都挎过刀[①]。他会的戏多，见过的也多，记性又好，甭管是谁家的私房秘本，什么四大名旦，哪叫麒派、马派，什么戏缺人，他都来顶一角，而且不用对戏，拿起来就唱。他很有戏德，在台上保管能把主角傍得严严实实，不撒

① 当主要配角，叫做“挎刀”。

汤，不漏水，叫你唱得舒舒服服。该你得好的地方，他事前给你垫足了，主角略微一使劲，“好儿”就下来了；主角今天嗓音有点失润，他也能想法帮你“遮”过去，不特别“卯上”，存心“啃”你一下。临时有个演员，或是病了，或是家里出了点事，上不去，戏都开了，后台管事急得乱转：“云老板，您来一个！”“救场如救火”，甭管什么大小角色，致秋二话不说，包上头就扮戏。他好说话。后台嘱咐“马前”，他就可以掐掉几句；“马后”，他能在台上多“绷”一会。有一次唱《桑园会》，老生误了场，他的罗敷，愣在台上多唱出四句大慢板！——临时旋编词儿。一边唱，一边想，唱了上句，想下句。打鼓佬和拉胡琴的直纳闷：他怎还唱呀！下来了，问他：“您这是哪一派？”——“云派！”他聪明，脑子快，能“钻锅”，没唱过的戏，说说，就上去了，还保管不会出错。他台下人缘也好。从来不“拿糖”“吊腰子”。为了戏份、包银不合适，临时把戏“砍”下啦，这种事他从来没干过。戏班里的事，也挺复杂，三叔二大爷，师兄，师弟，你厚啦，我薄啦，你鼓啦，我瘪啦，仨一群，俩一伙，你踩和我，我挤兑你，又合啦，又“咧”啦……经常闹纷纷。常言说：“宁带千军，不带一班。”这种事，致秋从来不往里掺和。戏班里流传两句“名贤集”式的处世格言，一是“小心干活，大胆拿钱”，一是“不多说，不少道”，致秋是身体力行的。他爱说，但都是海聊穷逗，从不勾心斗角，播弄是非。因此，从南到北，都愿意用他，来约的人不少，他在家赋闲当“散仙”的时候不多。

他给言菊朋挂过二牌，有时在头里唱一出，也有时陪着言菊朋唱唱《汾河湾》一类的“对儿戏”。这大概是云致秋的艺术生涯登峰造极的时候了。

我曾问过致秋："你为什么不自己挑班？"致秋说："有人撺掇过我。我也想过。不成，我就这半碗。唱二路，我有富裕，挑大梁，我不够。不要小鸡吃绿豆，强努。挑班，来钱多，事儿还多哪。挑班，约人，处好了，火炉子，热烘烘的：处不好，'虱子皮袄'，还得穿它，又咬得慌。还得到处请客、应酬、拜门子，我淘不了这份神。这样多好，我一个唱二旦的，不招风，不惹事。黄金荣、杜月笙、袁良、日本宪兵队，都找寻不到我头上。得，有碗醋卤面吃就行啦！"

致秋在外码头搭班唱戏了，所得包银，就归自己了。不过到哪儿，回北京，总得给于先生带回点什么。于先生病故，他出钱买了口好棺材，披麻戴孝，致礼尽哀。

攒了点钱，成了家。媳妇相貌平常，但是性情温厚，待致秋很好，净变法子给他做点好吃的，好让他的"火炉子"烧得旺旺的。

跟云致秋在一起，呆一天，你也不会闷得慌。他爱聊天，也会聊。他的聊天没有什么目的。聊天还有什么目的？——有。有人爱聊，是在显示他的多知多懂。剧团有一位就是这样，他聊完了一段，往往要来这么几句："这种事你们哪知道啊！爷们，学着点吧！"致秋的爱聊，只是反映出他对生活，对人，充满了近于童心的兴趣。致秋聊天，极少臧否人物。"闲谈莫论人非"，他从不发人阴私，传播别人一点不大见得人的秘闻，以博大家一笑。有时说到某人某事，也会发一点善意的嘲笑，但都很有分寸，决不流于挖苦刻薄。他的嘴不损。他的语言很生动，但不装腔作势，故弄玄虚。有些话说得很逗，但不是“隔肢”人，不“贫”。他走南闯北，知道的事情很多，而且每个细节都记得非常清楚，——这真是一种少有的才能，一个小说家必备的才能！这事发生在哪一年，那年洋面多少钱一袋；是樱桃、桑椹下来的时候，还是韭花开的时候，一点错不了。我写过一个关于裘盛戎的剧本，把初稿送给他看过，为了核对一些事实，主要是盛戎到底跟杨小楼合唱过《阳平关》没有。他那时正在生病，给我写了一个字条：

盛戎和杨老板合演《阳平关》实有其事。那是一九三五年，盛戎二十，我十七。在华乐。那天杨老板的三出。头里一出是朱琴心的《采花赶府》（我的丫环）。盛戎那时就有观众，一个引子满堂好……

这大概是致秋留在我这里的唯一的一张“遗墨”了。头些日子我翻出来看过，不胜感慨。

致秋是北京解放后戏曲界第一批入党的党员。在第一届戏曲演员讲习会的时候就入党了。他在讲习会表现好，他有文化，接受新事物快。许多闻所未闻的革命道理，他听来很新鲜，但是立刻就明白了，“是这么个理儿！”许多老艺人对“猴变人”，怎么也想不通。在学习“谁养活谁”时，很多底包演员一死儿认定了是“角儿”养活了底包。他就掰开揉碎地给他们讲，他成了一个实际上的学习辅导员——虽然讲了半天，很多老艺人还是似通不通。解放，对于云致秋，真正是一次解放，他的翻身感是很强烈的。唱戏的不再是“唱戏低”了，不是下九流了。他一辈子傍角儿。他和挑班的角儿关系处得不错，但他毕竟是个唱二旦的，不能和角儿平起平坐。“是龙有性”，角儿都有角儿的脾气。角儿今天脸色不好，全班都像顶着个雷。入了党，致秋觉得精神上长了一块，打心眼儿里痛快。“从今往后，我不再傍角儿！我傍领导！傍组织！”

他回剧团办过扫盲班。这个“盲”真不好扫呀。

舞台工作队有个跟包打杂的，名叫赵旺。他本叫赵旺财。《荷珠配》里有个家人，叫赵旺，专门伺候员外吃饭。员外后来穷了，还是一来就叫“赵旺——我要吃饭了！”“赵旺”和“吃饭”变成了同义语。剧团有时开会快到中午了，有人就提出：“咱们该赵旺了吧！”这就是说：该吃饭了。大家就把赵旺财的财字省了，上上下下都叫他赵旺。赵旺出身很苦（他是个流浪孤儿，连自己的出生年月都不知道），又是“工人阶级”，“文化大革命”中就成了几个战斗组争相罗致的招牌，响当当的造反派。

就是这位赵旺老兄，曾经上过扫盲班。那时扫盲没有新课本，还是沿用“人手足刀尺”。云致秋在黑板上写了个“足”字，叫赵旺读。赵旺对着它相了半天面。旁边有个演员把脚伸出来，提醒他。赵旺读出来了：“鞋！”云致秋摇摇头。那位把鞋脱了，赵旺又读出来了：“哦，袜子”。云致秋又摇摇头。那位把袜子也脱了，赵旺大声地读了出来：“脚巴丫子！”（云致秋想：你真行！一个字会读成四个字！）

扫盲班结束了，除了赵旺，其余的大都认识了不少字，后来大都能看《北京晚报》了。

后来，又办了一期学员班。

学员班只有三个人是脱产的，都是从演员里抽出来的，一个贾世荣，是唱里子老生的，一个云致秋，算是正副主任。还有一个看功的老师马四喜。

马四喜原是唱武花脸的，台上不是样儿，看功却有经验。他父亲就是在科班里抄功的。他有几个特点。一是抽关东烟，闻鼻烟，绝对不抽纸烟。二是肚子里很宽，能读“三列国”，《永庆升平》《三侠剑》，倒背如流。另一个特点是讲话爱用成语，又把成语的最后一个字甚至几个字“歇”掉。他在学员练功前总要讲几句话：

“同志们，你们可都是含苞待，大家都有锦绣前！这练功，一定要硬砍实，可不能偷工减！千万不要少壮不，将来可就要老大徒啦！——踢腿：走！”

贾世荣是个慢性子，什么都慢。台上一场戏，他一上去，总要比别人长出三五分钟。他说话又喜欢咬文嚼字，引经据典。所据经典，都是戏。他跟一个学员谈话，告诫他不要骄傲：“可记得关云长败走麦城之故耳？……”下面就讲开了《走麦城》。从科班到戏班，除此以外，他哪儿也没去过。不知道谁的主意，学员班要军事化。他带操，“立正！报数！齐步走！”这都不错。队伍走到墙根了，他不叫“左转弯走”或“右转弯走”，也不知道叫“立定”，一下子慌了，就大声叫：“吁！……”云致秋和马四喜也跟在队后面走。马四喜炸了：“怎么碴！把我们全当成牲口啦！”

贾世荣和马四喜各执其事，不负全面责任，学员班的一切行政事务，全面由云致秋一个人操持。借房子，招生，考试，政审，请教员。谁的五音不全，谁的上下身不合。谁正在倒仓，能倒过来不能。谁的半月板扭伤了，谁撕裂了韧带，请大夫，上医院。男生干架，女生斗嘴……事无巨细，都得要管。每天还要说戏。凡是小嗓的，他全包了，青衣、花旦、刀马，唱做念打，手眼身法步，一招一式地教。

学员班结业，举行了汇报演出。剧团的负责人，主要演员都到场看了——一半是冲着云致秋的面子去的。“咱们捧捧致秋！办个学员班，不易”——“捧捧！”党委书记讲话，说学员班办得很有成绩，为剧团输送了新的血液。实际上是输送了一些“院子过道”、宫女丫环。真能唱一出的，没有两个。当初办学员班，目的就在招“院子过道”、宫女丫环，没打算让他们唱一出。这一期学员，后来在“文化大革命”中可没少热闹。

致秋后来又当了一任排练科长。排练科是剧团最敏感的部门。演员们说，剧团只有两件事是“过真格”的。一是“拿顶”。“拿顶”就是领工资——剧团叫“开支”。过去领工资不兴签字，都要盖戳。戳子都是字朝下，如拿顶，故名“戳子拿顶”。一简化，就光剩下“拿顶”了。“嗨，快去，拿顶来！”另一件，是排戏。一个演员接连排出几出戏，观众认可了，噌噌噌，就许能红了。几年不演戏，本来有两下子的，就许窝了回去。给谁排啦，不给谁排啦；派谁什么角色啦，讨俏不讨俏，费力不费力，广告上登不登，戏单上有没有名字……剧团到处嘁嘁喳喳，交头接耳，咬牙跺脚，两眼发直，整天就是这些事儿。排练科长，官不大，权不小。权这个东西是个古怪东西，人手里有它，就要变人性。说话调门儿也高啦，用的字眼儿也不同啦，神气也变啦。谁跟我不错，“好，有在那里！”谁得罪过我，“小子，你等着吧，只要我当一天科长，你就甭打算痛快！”因此，两任排练科长，没有不招恨的。有人甚至在死后还挨骂：“×××，真他妈不是个东西！”云致秋当了两年排练科长，风平浪静。他排出来的戏码，定下的“人位”（戏班把分派角色叫做“定人位”），一碗水端平，谁也挑不出什么来。有人给他家装了一条好烟，提了两瓶酒，几斤苹果，致秋一概婉词拒绝：“哥们！咱们不兴这个！我要不想抽您那条大中华，喝您那两瓶西凤，我是孙子！可我现在在这个位置上，不能让人戳我的脊梁骨。您拿回去！咱们天知地知，你知我知，就当没有这回事！”

后来致秋调任了办公室副主任——主任是贾世荣。他这个副主任没地儿办公。办公室里会计、出纳、总务、打字员，还有贾主任独据一张演《林则徐》时候特制的维多利亚时代硬木雕花的大写字台（剧团很多家具都是舞台上撤下来的大道具），都满了。党委办公室还有一张空桌子，“得来，我就这儿就乎就乎吧！”我们很欢迎他来，他来了热闹。他不把我们看成“外行”，对于从老解放区来的，部队下来的，老郭、老吴、小冯、小梁，还有像我这样的“秀才”，天生来有一种好感。我们很谈得来。他事实上成了党委会的一名秘书。党委和办公室的工作原也不大划得清。在党委会工作的几个人，没有十分明确的分工。有了事，大家一齐动手；没事，也可以瞎聊。致秋给自己的工作概括成为四句话：跑跑颠颠，上传下达，送往迎来，喜庆堂会。

党委会经常要派人出去开会。有的会，谁也不愿去，就说：“嗨，致秋，你去吧！”“好，我去！”市里或区里布置春季卫生运动大检查、植树、“交通安全宣传周”，以及参加刑事杀人犯公审（公审后立即枪决）……这都是他的事。回来，传达。他的笔记记得非常详细，有闻必录。让他念念笔记，他开始念了：“张主任主持会议。张主任说：‘老王，你的糖尿病好了一点没有？’……”问他会议的主要精神是什么，什么是张主任讲话的要点，答曰：“不知道。”他经常起草一些向上面汇报的材料，翻翻笔记本，摊开横格纸就写，一写就是十来张。写到后来，写不下去了，就叫我：“老汪，你给我瞧瞧，我这写的是什么呀？”我一看：遢遢拉拉，噜苏重复，不知所云。他写东西还有个特点，不分段，从第一个字到末一个句号，一气到底，一大篇！经常得由我给他“归置归置”，重新整理一遍。他看了说：“行！你真有两下。”我说：“你写之前得先想想，想清楚再写呀。李笠翁说，要袖手于前，才能疾书于后哪！”——“对对对！我这是疾书于前，袖手于后！写到后来，没了辙了！”

他的主要任务，实际是两件。一是做上层演员的统战工作。剧团的党委书记曾有一句名言：剧团的工作，只要把几大头牌的工作做好，就算搞好了一半（这句话不能算是全无道理，可是在“文化大革命”中成为群众演员最为痛恨的一条罪状）。云致秋就是搞这种工作的工具。另一件，是搞保卫工作。

致秋经常出入于头牌之门，所要解决的都是些难题。主要演员彼此常为一些事情争，争剧场（谁都愿上工人俱乐部、长安、吉祥，谁也不愿去海淀，去圆恩寺……），争日子口（争节假日，争星期六、星期天），争配角，争胡琴，争打鼓的。致秋得去说服其中的一个顾全大局，让一让。最近“业务”不好，希望哪位头牌把本来预订的“歇工戏”改成重头戏；为了提拔后进，要请哪位头牌“捧捧”一个青年演员，跟她合唱一出“对儿戏”；领导上决定，让哪几个青年演员“拜”哪几位头牌，希望头牌能“收”他们……这些等等，都得致秋去说。致秋的工作方法是进门先不说正事，三叔二舅地叫一气，插科打诨，嘻嘻哈哈，然后才说："我今儿来，一来是瞧瞧您，再，还有这么档事……"他还有一个偏方，是走内线。不找团长（头牌都是团长、副团长），却找"团太"。这是戏班里兴出来的特殊称呼，管团长的太太叫"团太"。团太知道他无事不登三宝殿，有时绷着脸："三婶今儿不高兴，给三婶学一个！"致秋有一手绝活：学人。甭管是台上、台下，几个动作，神情毕肖。凡熟悉梨园行的，一看就知道是谁。他经常学的是四大须生出场报名，四人的台步各有特色，音色各异，对比鲜明。"漾（杨）抱（宝）森"（声音浑厚，有气无力）；"谭富音（英）"（又高又急又快，"英"字抵腭不穿鼻，读成"鬼音"）；"奚啸伯"（嗓音很细，"奚、啸"皆读尖字，"伯"字读为入声）；"马——连——良呃！"（吊儿郎当，满不在乎）。逗得三婶哈哈一乐："什么事？说吧！"致秋把事情一说。"就这么点事儿呀？嗐！没什么大不了的！行了，等老头子回来，我跟他说说！"事情就算办成了。

党委会的同志对他这种做法很有意见。有时小冯或小梁跟他一同去，出了门就跟他发作："云致秋！你这是干什么！——小丑！"——"是小丑！咱们不是为把这点事办圆全了吗？这是党委交给我的任务，我有什么办法？你当我愿意哪！"

云致秋上班有两个专用的包。一个是普通双梁人造革黑提包，一个是带拉链、有一把小锁的公文包。他一出门，只要看他的自行车把上挂的是什么包，就知道大概是上哪里去。如果是双梁提包，就不外是到区里去，到文化局或是市委宣传部去。如果是拉锁公文包，就一定是到公安局去。大家还知道公文包里有一个蓝皮的笔记本。这笔记本是编了号的，并且每一页都用打号机打了页码。这里记的都是有关治安保卫的材料。材料有的是公安局传达的，有的是他向公安局汇报的。这些笔记本是绝对保密的。他从公安局开完会，立刻回家，把笔记本锁在一口小皮箱里。云致秋那么爱说，可是这些笔记本里的材料，他绝对守口如瓶，没有跟任何人谈过。谁也不知道这里面写的是什么，不少人都很想知道。因为他们知道这些材料关系到很多人的命运。出国或赴港演出；谁能去，谁不能去；谁不能进人民大会堂，谁不能到小礼堂演出；到中南海给毛主席演戏，名单是怎么定的……这些等等，云致秋的小本本都起着作用。因为那只拉锁公文包和包里的蓝皮笔记本，使很多人暗暗地对云致秋另眼相看，一看见他登上车，车把上挂着那个包，就彼此努努嘴，暗使眼色。这些笔记本，在云致秋心里，是很有分量的。他感到党对自己的信任，也为此觉得骄傲，有时甚至有点心潮澎湃，壮怀激烈。

因为工作关系，致秋不但和党委书记、团长随时联系，和文化局的几位局长也都常有联系。主管戏曲的、主管演出的和主管外事的副局长，经常来电话找他。这几位局长的办公室，家里，他都是推门就进。找他，有时是谈工作，有时是托他办点私事——在全聚德订两只烤鸭，到前门饭店买点好烟、好酒……有时甚至什么也不为，只是找他来瞎聊，解解闷（少不得要喝两盅）。他和局长们虽未到了称兄道弟的程度，但也可以说是“忘形到尔汝”了。他对局长，从来不称官衔，人前人后，都是直呼其名。他在局长们面前这种自由随便的态度很为剧团许多演员所羡慕，甚至嫉妒。他们很纳闷：云致秋怎么能和头儿们混得这样熟呢？

致秋自己说的“四大任务”之一的“喜庆堂会”，不是真的张罗唱堂会——现在还有谁家唱堂会呢？第一是张罗拜师。有一阵戏曲界大兴拜师之风。领导上提倡，剧团出钱。只要是看来有点出息的演员，剧团都会由一个老演员把他（她）们带着，到北京来拜一个名师。名演员哪有工夫教戏呀？他们大都有一个没有嗓子可是戏很熟的大徒弟当助教。外地的青年演员来了，在北京住个把月，跟着大师哥学一两出本门的戏，由名演员的琴师说说唱腔，临了，走给老师看看，老师略加指点，说是“不错！”这就高高兴兴地回去，在海报上印上“×××老师亲授”字样，顿时身价十倍，提级加薪。到北京来，必须有人“引见”。剧团的老演员很多都是先投云致秋，因为北京的名演员的家里，致秋哪家都能推门就进。拜师照例要请客。文化局的局长、科长，剧团的主要演员、琴师、鼓师，都得请到。云致秋自然少不了。致秋这辈子经手操办过的拜师仪式，真是不计其数了。如果你愿意听，他可以给你报一笔总账，保管落不下一笔。

致秋忙乎的另一件事是帮着名角办生日。办生日不过是借名请一次客。致秋是每请必到，大都是头一个。他既是客人，也一半是主人——负责招待。他是不会忘记去吃这一顿的，名角们的生辰他都记得烂熟。谁今年多大，属什么的，问他，张口就能给你报出来。

我们对致秋这种到处吃喝的作风提过意见。他说：“他们愿意请，不吃白不吃！”

致秋火炉子好，爱吃喝，但平常家里的饭食也很简单。有一小包天福号的酱肘子，一碟炒麻豆腐，就酒菜、饭菜全齐了。他特别爱吃醋卤面。跟我吹过几次，他一做醋卤，半条胡同都闻见香。直到他死后，我才弄清楚醋卤面是一种什么面。这是山西“吃儿”（致秋原籍山西）。我问过山西人，山西人告诉我：“嗐！茄子打卤，搁上醋！”这能吃到哪里去么？然而我没能吃上致秋亲手做的醋卤面，想想还是有些怅然，因为他是诚心请我的。

“文化大革命”一来，什么全乱了。

京剧团是个凡事落后的地方，这回可是跑到前面去了。一夜之间，剧团变了模样。成立了各色各样，名称奇奇怪怪的战斗组。所有的办公室、练功厅、会议室、传达室，甚至堆煤的屋子、烧暖气的锅炉间、做刀枪靶子的作坊……全都给瓜分占领了。不管是什么人，找一个地方，打扫一番，搬来一些箱箱柜柜，都贴了封条，在门口挂出一块牌子，这就是他们的领地了。——只有会计办公室留下了，因为大家知道每个月月初还得“拿顶”，得有个地方让会计算账。大标语，大字报，高音喇叭，语录歌，五颜六色，乱七八糟。所有的人都变了人性。“小心干活，大胆拿钱”，“不多说，不少道”，全都不时兴了。平常挺斯文的小姑娘，会站在板凳上跳着脚跟人辩论，口沫横飞，满嘴脏字，完全成了一个泼妇。连贾世荣也上台发言搞大批判了。不过他批远不批近，不批团领导、局领导，他批刘少奇，批彭真。他说的都是报上的话，但到了他嘴里都有点“上韵”的味道。他批判这些大头头，不用“反革命修正主义”之类的帽子，他一律称之为“××老儿！”云致秋在下面听着，心想：真有你的！大家听着他满口“××老儿”，都绷着。一个从音乐学院附中调来的弹琵琶的女孩终于忍不住噗嗤一声笑出来了。有一回，他又批了半天“××老儿”，下面忽然有人大声嚷嚷：“去你的‘××老儿’吧！你给他们捧的臭脚还少哇！——下去啵你！”这是马四喜。从此，贾世荣就不再出头露面。他自动地走进了牛棚。进来跟“黑帮”们抱拳打招呼，说：“我还是这儿好。”

从学员班毕业出来的这帮小爷可真是神仙一样的快活。他们这辈子没有这样自由过，没有这样随心所欲，想干什么就干什么过。他们跟社会上的造反团体挂钩，跟“三司”，跟“西纠”，跟“全艺造”，到处拉关系。他们学得很快。社会上有什么，剧团里有什么。不过什么事到了他们手里，就都还有所发明，有所创造，有所前进，就都带上了京剧团的特点，也更加闹剧化。京剧团真是藏龙卧虎哇！一下子出了那么多司令、副司令，出了那么多理论家，出了那么多笔杆子（他们被称为刀笔）和那么多“浆子手”。——这称谓是京剧团以外所没有的，即专门刷大字报浆糊的。戏台上有“牢子手”“刽子手”，专刷浆子的于是被称为“浆子手”。赵旺就是一名“浆子手”。外面兴给黑帮挂牌子了，他们也挂！可是他们给黑帮挂的牌子却是外面见不到的：《拿高登》里的石锁，《空城计》诸葛亮抚的瑶琴，《女起解》苏三戴的鱼枷。——这些“砌末”上自然都写黑帮的姓名过犯。外面兴游街，他们也得让黑帮游游。几个战斗组开了联席会议，会上决定，给黑帮“扮上”：给这些“敌人”勾上阴阳脸，戴上反王盔，插一根翎子，穿上各色各样古怪戏装，让黑帮打着锣，自己大声报名，谁声音小了，就从后腰眼狠狠地杵一锣槌。

马四喜跟这些小将不一样。他一个人成立一个战斗组。他这个战斗组随时改换名称，这些名称多半与“独”字有关，一会叫“独立寒秋战斗组”，一会叫“风景这边独好战斗组”。用得较久的是“不顺南不顺北战士”（北京有一句俗话：“骑着城墙骂鞑子，不顺南不顺北”）。团里分为两大派，他哪一派不参加，所以叫“不顺南不顺北”。他上午睡觉。下午写大字报。天天写，谁都骂，逮谁骂谁，晚上是他最来精神的时候。他自愿值夜，看守黑帮。看黑帮，他并不闲着，每天找一名黑帮“单个教练”。他喝完了酒，沏上一壶酽茶，抽上关东烟，就开始“单个教练”了。所谓“单个教练”，是他给黑帮上课，讲马列主义。黑帮站着，他坐着。一教练就是两个小时，从十二点到次日凌晨两点，准时不误。

（不知道为什么，他没有把我叫去“教练”过，因此，我不知道他讲马列主义时是不是也是满口的歇后成语。要是那样，那可真受不了！）

云致秋完全懵了。他从旧社会到新社会形成的、维持他的心理平衡的为人处世哲学彻底崩溃了。他不但不知道怎么说话，怎么待人，甚至也不知道怎么思想。他习惯了依靠组织，依靠领导，现在组织砸烂了，领导都被揪了出来。他习惯于有事和同志们商量商量，现在同志们一个个都难于自保，谁也怕担干系，谁也不给谁拿什么主意。他想和老伴谈谈，老伴吓得犯了心脏病躺在床上，他什么也不敢跟她说。他发现他是孤孤仃仃一个人活在这个乱乱糟糟的世界上，这可真是难哪！每天都听到熟人横死的消息。言慧珠上吊了（他是看着她长大的）。叶盛章投了河（他和他合演过《酒丐》）。侯喜瑞一对爱如性命的翎子叫红卫兵撅了（他知道这对翎子有多长）。裘盛戎演《铫期》的白满叫人给铰了（他知道那是多少块现大洋买的。）……“今夜脱了鞋，不知明天来不来”。谁也保不齐今天会发生什么事。过一天，算一日！云致秋倒不太担心被打死：他担心被打残废了，那可就恶心了！每天他还得上团里去。老伴每天都嘱咐：“早点回来！”——“晚不了！”每天回家，老伴都得问一句：“回来了？——没什么事？”——“没事。全须全尾——吃饭！”好像一吃饭，他今天就胜利了，这会儿至少不会有人把他手里的这杯二锅头夺过去泼在地上！不过，他喝着喝着酒，又不禁重重地叹气：“唉！这乱到多会儿算一站？”

云致秋在“文化大革命”中做了三件他在平时绝不会做的事。这三件事对致秋以后的生活产生了相当深远的影响。

一件是揭发批判剧团的党委书记。他是书记的亲信，书记有些直送某某首长“亲启”的机密信件都是由致秋用毛笔抄写送出的。他不揭发，就成了保皇派。他揭发了半天，下面倒都没有太强烈的反应，有一个地方，忽然爆发出哄堂的笑声。致秋说：“你还叫我保你！——我保你，谁保我呀！”这本来是一句大实话，这不仅是云致秋的真实思想，也是许多人灵魂深处的秘密，很多人“造反”其实都是为了保住自己。不过这种话怎么可以公开地，在大庭广众之前说出来呢？于是大家觉得可笑，就大声地笑了，笑得非常高兴。他们不是笑自己的自私，而是笑云致秋的老实。

第二件，是他把有关治安保卫工作的材料，就是他到公安局开会时记了本团有关人事的蓝皮笔记本，交出去了。那天他下班回家，正吃饭，突然来了十几个红卫兵：“云致秋！你他妈的还喝酒！跪下！”红卫兵随即展读了一道“勒令”，大意谓：云致秋平日专与人民为敌，向反动的公检法多次提供诬陷危害革命群众的黑材料。是可忍熟（原文如此）不可忍。云致秋必须立即将该项黑材料交出，否则后果自负。“后果自负”是具有很大威力的恐吓性的词句，云致秋糊里糊涂地把放这些材料的皮箱的钥匙交给了革命群众。革命群众拿到材料，点点数目，几个人分别装进挎包，登上自行车，呼啸而去。

第二天上班，几个党员就批评他。“这种材料怎么可以交出去？”——“他们说这是黑材料。”——“这是黑材料吗？你太软弱了！如果国民党来了，你怎么办！你还算个党员吗？”——“我怕他们把我媳妇吓死。”这也是一句实情话，可是别人是不会因此而原谅他的。当时事情也就过去了，后来到整党时，他为这件事多次通不过，他痛哭流涕地检查了好多回。他为这件事后悔了一辈子。他知道，以后他再也不适合干带机要性质的工作了。

第三件，是写了不少揭发材料，关于局领导的，团领导的。这些材料大都不是什么重大政治问题，都是些鸡毛蒜皮的生活小事。但是这些材料都成了斗争会上的炮弹，虽然打不中要害，但是经过添油加醋，对“搞臭”一个人却有作用。被批判的人心里明白，这些材料是云致秋提供的，只有他能把时间、地点、事情的经过记得那样清楚。

除了陪着黑帮游了两回街，听了几次马四喜的“单个教练”，云致秋在“文化大革命”中没有受太大的罪。他是旧党委的“黑班底”，但够不上是走资派，他没有进牛棚，只是由革命群众把他和一些中层干部集中在“干部学习班”学习，学毛选，写材料。后来两派群众热衷于打派仗，也不大管他们，他觉得心里踏实下来，在没人注意他们时，他又悄悄传播一些外面的传闻，而且又开始学人、逗乐了。干部学习班的空气有时相当活跃。

云致秋“解放”得比较早。

成立了革委会。上面指示：要恢复演出。团里的几出样板戏，原来都是云致秋领着到样板团去“刻模子”刻出来的，他记性好，能把原剧复排出来。剧中有几个角色有政治问题，得由别人顶替，这得有人给说。还有几个红五类的青年演员要培养出来接班。军代表、工宣队和革委会的委员们一起研究：还得把云致秋“请”出来。说是排戏，实际上是教戏。云致秋爱教戏，教戏有瘾，也会教。有的在北京、天津、南京已经颇有名气的演员，有时还特意来找云致秋请教，不管哪一出，他都能说出个幺二三，官中大路是怎样的，梅在哪里改了改，程在哪里走的是什么，简明扼要，如数家珍。单是《长坂坡》的“抓帔”，我就见他给不下七八个演员说过。只要高盛麟来北京演出《长坂坡》，给盛麟配戏的旦角都得来找致秋。他教戏还是有教无类，什么人都给说。连在党委会工作的小梁，他都愣给她说了一出《玉堂春》，一出《思凡》。

不过培养这几个红五类接班人，可把云致秋给累苦了。这几个接班人完全是“小老斗”[①]，连脚步都不会走，致秋等于给她们重新开蒙。他给她们“掰扯”嘴里，“抠嗤”身上，得给她们说“范儿”。“要先有身上，后有手”，“劲儿在腰里，不在肩膀上”，“先出左脚，重心在右脚，再出右脚，把重心移过来”……他帮她

① 未经过严格训练，一举一动都不是样儿，叫做“老斗”。

们找共鸣，纠正发音位置，哪些字要用丹田，哪些字“嘴里唱”就行了。有一个演员嗓音缺乏弹性，唱不出“擞音”，声音老是直的，他恨不得钻进她的嗓子，提喽着她的声带让它颤动。好不容易，有一天，这个演员有了一点“擞”，云致秋大叫了一声：“我的妈呀，你总算找着了！”致秋一天三班，轮番给这几位接班人说戏，每说一个“工时”，得喝一壶开水。

致秋教学生不收礼，不受学生一杯茶。剧团有这么一个不成文的规矩，老师来教戏，学生得给预备一包好茶叶。先生把保温杯拿出来，学生立刻把茶叶折在里面，给沏上，闷着。有的老师就有一个杯子由学生保存，由学生在提兜里装着，老师未到，茶已沏好。致秋从不如此，他从来是自己带着一个“瓶杯”——玻璃水果罐头改制的，里面装好了茶叶。他倒有几个很好看的杯套，是女生用玻璃丝编了送他的。

于是云致秋又成了受人尊敬的“云老师”，“云老师”长，“云老师”短，叫得很亲热。因为他教学有功，几出样板戏都已上演，有时有关部门招待外国文化名人的宴会，他也收到请柬。他的名字偶尔在报上出现，放在“知名人士”类的最后一名。“还有知名人士×××、×××、云致秋”。干部学习班的“同学”有时遇见他，便叫他“知名人士”，云致秋：“别逗啦！我是‘还有’！”

在云致秋又“走正字”的时候，他得了一次中风，口眼歪斜。他找了小孔。孔家世代给梨园行瞧病，演员们都很信服。致秋跟小孔大夫很熟。小孔说：“你去找两丸安宫牛黄来，你这病，我包治！”两丸安宫牛黄下去，吃了几剂药，真好了。致秋拄了几天拐棍，后来拐棍也扔了，他又来上班了。

“致秋，又活啦！”

“又活啦。我寻思这回该上八宝山了，没想到，到了五棵松，这又回来啦！”

“还喝吗？”

“还喝！——少点。”

打倒“四人帮”，百废俱兴，政策落实，没想到云致秋倒成了闲人。

原来的党委书记兼团长调走了。新由别的剧团调来一位党委书记兼团长。辛团长（他姓辛）和云致秋原来也是老熟人，但是他带来了全部班底，从副书记到办公室、政工、行政各部门的主任、会计出纳、医务室的大夫，直到扫楼道的工人、看传达室的……他没有给云致秋安排工作。局里的几位副局长全都“起复”了，原来分工干什么的还干什么。有人劝致秋去找找他们，致秋说：“没意思。”这几位头头，原来三天不见云致秋，就有点想他。现在，他们想不起他来了。局长们的胸怀不会那样狭窄，他们不会因为致秋曾经揭发过他们的问题而耿耿于怀，只是他们对云致秋的感情已经很薄了。有时有人在他们面前提起致秋，他们只是淡淡地说：“云致秋，还是那么爱逗吗？”致秋是个热闹惯了、忙活惯了的人，他闲不住。闲着闲着，就闲出病来了。病走熟路，他那些老毛病挨着个儿来找他，他于是就在家里歇病假，哪儿也不去。他的工资还是团里领，每月月初，由他的女儿来“拿顶”。他连团里大门也不想迈。

他的老伴忽然死了，死于急性心肌梗死。这对于致秋的打击是难以想象的。他整个的垮了。在他老伴的追悼会上，他站不起来，只是瘫坐在一张椅子里，不停地流泪。熟人走过，跟他握手，他反复地说："我完了！我完了！"老伴火化了，他也就被送进了医院。

他出院后，我和小冯、小梁去看他。他精神还好，见了我们挺高兴。

"哎呀，你们几位还来呀！——我这儿现在没有什么人来了！"

我们给他带了一点水果，一只烧鸡，还有一瓶酒。他用手把烧鸡撕开，喝起来。

喝着酒，他说："老汪，小冯，小梁，我告诉你们，我活不了多久了。"

我们都说："别瞎说！你现在挺好的。"

"不骗你们！这一阵我老是做梦，梦见我媳妇。昨儿夜里还梦见。我出外，她送我。跟真事一模一样。那年，李世芳坐飞机摔死那年，我要上青岛去。下大雨。前门火车站前面水深没脚脖子。她蹚着水送我。火车快开了。她说：'咱们别去了！咱们不挣那份钱！'那回她是这么说来着。一样！清清楚楚，说话的声音，神气！快了，我们就要见面了。"

小冯说："你是一个人在家里闷的，胡思乱想！身体再好些，外边走走，找找熟人，聊聊！"

"我原说我走在她头里，没想到她倒走在我头里。一辈子的夫妻，没红过脸。现在我要换衣服，得自己找了。——我女儿她们不知道在哪儿。这是怎么话说的，就那么走了！"

又喝了两杯酒，他说，像是问我们，又像是自言自语："我这也是一辈子。我算个什么人呢？"

小冯调到戏校管人事，她和戏校的石校长说："云致秋为什么老让他闲着？他还能发挥作用。咱们还缺教员，是不是把他调过来？"

石校长一听，立刻同意："这个人很有用！他们不要，我们要！你就去办这件事！"

小冯找到致秋，致秋欣然同意。他说："过了冬天，等我身体好一点，不太喘了，就去上班。"

我因事到南方去转了一圈，回来时，听小梁说："云致秋死了。"

"什么病？"

"他的病多了！前一阵他觉得身体好了些，想到戏校上班。别人劝他再休息休息。他弄了一架录音机，对着录音机说戏，想拿到戏校给学生先听着。接连说了五天，第六天，不行了。家里没有人。邻居老关发现了，赶紧叫了几个人，弄了一辆车，把他送到医院，到了医院，已经没有脉了。他在车上人还清楚，还说了一句话：'给我一条手绢。'车上人很急乱，他的声音很小，谁也没注意，只老关听见了。"

这时候，他要一条手绢干什么？"给我一条手绢"是他最后说的一句话，但是这大概不能算是"遗言"。

要给致秋开追悼会。我们几个人算是他的老战友了，大家都说："去，一定去！别人的追悼会可以不去，致秋的追悼会一定得去！"

我们商量着要给致秋送一副挽联。我想了想，拟了两句。小梁到荣宝斋买了两张云南宣，粘接好了，我试了试笔，就写起来：

> 跟着谁，傍着谁，立志甘当二路角；
> 会几出，教几出，课徒不受一杯茶。

大家看了，都说：“贴切。”

论演员，不过是二路；论职务，只是办公室副主任和戏校教员，我们知道，致秋的追悼会的规格是不会高的，——追悼会也讲规格，真是叫人丧气！但是没有想到会是这样凄惨。来的人很少。一个小礼堂，稀稀落落地站了不满半堂人。戏曲界的名人，致秋的“生前好友”，甚至他教过的学生，很多都没有来。来的都是剧团的一些老熟人：贾世荣、马四喜、赵旺……花圈倒不少，把两边墙壁都摆满了。这是向火葬场一总租来的。落款的人名好些是操办追悼会的人自作主张地写上去的，本人都未必知道。挽联却只有我们送的一副，孤零零的，看起来颇有点嘲笑的味道。石校长致悼词。上面供着致秋的遗像。致秋大概第一次把照片放得这样大。小冯入神地看着致秋的像，轻轻地说：“致秋这张像拍得很像。”小梁点点头：“很像！”

我们到后面去向致秋的遗体告别。我参加追悼会，向来不向遗体告别，这次是破例。致秋和生前一样，只是好像瘦小了些。头发发干了，干得像草。脸上很平静。一个平日爱跟致秋逗的演员对着致秋的脸端详了很久，好像在想什么。他在想什么呢？该不会是想：你再也不能把眉毛眼睛鼻子纵在一起了吧？

天很晴朗。

我坐在回去的汽车里，听见一个演员说了一句什么笑话，车里一半人都笑了起来。我不禁想起陶渊明的《拟挽歌辞》：“向来相送人，各自还其家。亲戚或余悲，他人亦已歌。”不过，在云致秋的追悼会后说说笑话，似乎是无可非议的，甚至是很自然的。

致秋死后，偶尔还有人谈起他：“致秋人不错。”

“致秋教戏有瘾。他也会教，说的都是地方，能说到点子上。——他会得多，见得也多。”

最近剧团要到香港演出，还有人念叨：“这会要是有云致秋这样一个又懂业务，又能做保卫工作的党员，就好了！”

一个人死了，还会有人想起他，就算不错。

一九八三年七月二日写完，为纪念一位亡友而作。

（注：这是小说，不是报告文学。文中所写，并不都是真事。）

载一九八三年第十一期《北京文学》

故里三陈

/

/

/

陈小手

我们那地方，过去极少有产科医生。一般人家生孩子，都是请老娘。什么人家请哪位老娘，差不多都是固定的。一家宅门的大少奶奶、二少奶奶、三少奶奶，生的少爷、小姐，差不多都是一个老娘接生的。老娘要穿房入户，生人怎么行？老娘也熟知各家的情况，哪个年长的女佣人可以当她的助手，当“抱腰的”，不须临时现找。而且，一般人家都迷信哪个老娘“吉祥”，接生顺当。——老娘家都供着送子娘娘，天天烧香。谁家会请一个男性的医生来接生呢？——我们那里学医的都是男人，只有李花脸的女儿传其父业，成了全城仅有的一位女医人。她也不会接生，只会看内科，是个老姑娘。男人学医，谁会去学产科呢？都觉得这是一桩丢人没出息的事，不屑为之。但也不是绝对没有。陈小手就是一位出名的男性的产科医生。

陈小手的得名是因为他的手特别小，比女人的手还小，比一般女人的手还更柔软细嫩。他专能治难产。横生、倒生，都能接下来（他当然也要借助于药物和器械）。据说因为他的手小，动作细腻，可以减少产妇很多痛苦。大户人家，非到万不得已，是不会请他的。中小户人家，忌讳较少，遇到产妇胎位不正，老娘束手，老娘就会建议："去请陈小手吧。"陈小手当然是有个大名的，但是都叫他陈小手。

接生，耽误不得，这是两条人命的事。陈小手喂着一匹马。这匹马浑身雪白，无一根杂毛，是一匹走马。据懂马的行家说，这马走的脚步是"野鸡柳子"，又快又细又匀。我们那里是水乡，很少人家养马。每逢有军队的骑兵过境，大家就争着跑到运河堤上去看"马队"，觉得非常好看。陈小手常常骑着白马赶着到各处去接生，大家就把白马和他的名字联系起来，称之为"白马陈小手"。

同行的医生，看内科的、外科的，都看不起陈小手，认为他不是医生，只是一个男性的老娘。陈小手不在乎这些，只要有人来请，立刻跨上他的白马，飞奔而去。正在呻吟惨叫的产妇听到他的马脖上的銮铃的声音，立刻就安定了一些。他下了马，即刻进产房。过了一会（有时时间颇长），听到"哇"的一声，孩子落地了。陈小手满头大汗，走了出来，对这家的男主人拱拱手："恭喜恭喜！母子平安！"男主人满面笑容，把封在红纸里的酬金递过去。陈小手接过来，看也不看，装进口袋里，洗洗手，喝一杯热茶，道一声“得罪”，出门上马。只听见他的马的銮铃声“哗楞哗楞”……走远了。

陈小手活人多矣。

有一年，来了联军。我们那里那几年打来打去的，是两支军队。一支是国民革命军，当地称之为“党军”；相对的一支是孙传芳的军队。孙传芳自称“五省联军总司令”，他的部队就被称为“联军”。联军驻扎在天王庙，有一团人。团长的太太（谁知道是正太太还是姨太太），要生了，生不下来。叫来几个老娘，还是弄不出来。这太太杀猪也似的乱叫。团长派人去叫陈小手。

陈小手进了天王庙。团长正在产房外面不停地“走柳”。见了陈小手，说：

“大人，孩子，都得给我保住！保不住要你的脑袋！进去吧！”

这女人身上的脂油太多了，陈小手费了九牛二虎之力，总算把孩子掏出来了。和这个胖女人较了半天劲，累得他筋疲力尽。他迤里歪斜走出来，对团长拱拱手：“团长！恭喜您，是个男伢子，少爷！”

团长龇牙笑了一下，说：“难为你了！——请！”

外边已经摆好了一桌酒席。副官陪着。陈小手喝了两盅。团长拿出二十块现大洋，往陈小手面前一送：“这是给你的！——别嫌少哇！”

“太重了！太重了！”

喝了酒，揣上二十块现大洋，陈小手告辞了：“得罪！得罪！”

“不送你了！”

陈小手出了天王庙，跨上马。团长掏出枪来，从后面，一枪就把他打下来了。

团长说："我的女人，怎么能让他摸来摸去！她身上，除了我，任何男人都不许碰！这小子，太欺负人了！日他奶奶！"团长觉得怪委屈。

陈 四

陈四是个瓦匠，外号"向大人"。

我们那个城里，没有多少娱乐。除了听书，瞧戏，大家最有兴趣的便是看会，看迎神赛会，——我们那里叫做"迎会"。

所迎的神，一是城隍，一是都土地。城隍老爷是阴间的一县之主，但是他的爵位比阳间的县知事要高得多，敕封"灵应侯"。他的气派也比县知事要大得多。县知事出巡，哪有这样威严，这样多的仪仗队伍，还有各种杂耍玩艺的呢？再说打我记事起，就没见过县知事出巡过，他们只是坐了一顶小轿或坐了自备的黄包车到处去拜客。都土地东西南北四城都有，保佑境内的黎民，地位相当于一个区长。他比活着的区长要神气得多，但比城隍菩萨可就差了一大截了。他的爵位是"灵显伯"。都土地都是有名有姓的。我所居住的东城的都土地是张巡。张巡为什么会到我的家乡来当都土地呢，他又不是战死在我们那里的，这一点我始终没有弄明白。张巡是太守，死后为什么倒降职成了区长了呢？我也不明白。

都土地出巡是没有什么看头的。短簇簇的一群人，打着一些稀稀落落的仪仗，把都天菩萨（都土地为什么被称为"都天菩萨"，这一点我也不明白）抬出来转一圈，无声无息地，一会儿就过完了。所谓“看会”，实际上指的是看赛城隍。

我记得的赛城隍是在夏秋之交，阴历的七月半，正是大热的时候。不过好像也有在十月初出会的。

那真是万人空巷，倾城出观。到那天，凡城隍所经的耍闹之处的店铺就都做好了准备：燃香烛，挂宫灯，在店堂前面和临街的柜台里面放好了长凳，有楼的则把楼窗全部打开，烧好了茶水，等着东家和熟主顾人家的眷属光临。这时正是各种瓜果下来的时候，牛角酥、奶奶哼（一种很“面”的香瓜）、红瓤西瓜、三白西瓜、鸭梨、槟子、海棠、石榴，都已上市，瓜香果味，飘满一街。各种卖吃食的都出动了，争奇斗胜，吟叫百端。到了八九点钟，看会的都来了。老太太、大小姐、小少爷。老太太手里拿着檀香佛珠，大小姐衣襟上挂着一串白兰花。佣人手里提着食盒，里面是兴化饼子、绿豆糕，各种精细点心。远远听见鞭炮声、锣鼓声，“来了，来了！”于是各自坐好，等着。

我们那里的赛会和鲁迅先生所描写的绍兴的赛会不尽相同。前面并无所谓“塘报”。打头的是“拜香的”。都是一些十六七岁的小伙子，光头净脸，头上系一条黑布带，前额缀一朵红绒球，青布衣衫，赤脚草鞋，手端一个红漆的小板凳，板凳一头钉着一个铁管，上插一支安息香。他们合着节拍，依次走着，每走十步，一齐回头，把板凳放到地上，算是一拜，随即转向再走。这都是为了父母生病到城隍庙许了愿的，“拜香”是还愿。后面是“挂香”的，则都是壮汉，用一个小铁钩勾进左右手臂的肉里，下系一个带链子的锡香炉，炉里烧着檀香。挂香多的可至香炉三对。这也是还愿的。后面就是各种玩艺了。

十番锣鼓音乐篷子。一个长方形的布篷，四面绣花篷檐，下缀走水流苏。四角支竹竿，有人撑着。里面是吹手，一律是笙箫细乐，边走边吹奏。锣鼓篷悉有五七篷，每隔一段玩艺有一篷。

茶担子。金漆木桶。桶口翻出，上置一圈细瓷茶杯，桶内和杯内都装了香茶。

花担子。鲜花装饰的担子。

挑茶担子、花担子的扁担都极软，一步一颤。脚步要匀，三进一退，各依节拍，不得错步。茶担子、花担子虽无很难的技巧，但几十副担子同时进退，整整齐齐，亦颇婀娜有致。

舞龙。

舞狮子。

跳大头和尚戏柳翠。[①]

跑旱船。

跑小车。

最清雅好看的是“站高肩”。下面一个高大结实的男人，挺胸调息，稳稳地走着，肩上站着一个孩子，也就是五六岁，都扮着戏，青蛇、白蛇、法海、许仙，关、张、赵、马、黄，李三娘、刘知远、咬脐郎、火公窦老……他们并无动作，只是在大人的肩上站着，但是衣饰鲜丽，孩子都长得清秀伶俐，惹人疼爱。“高肩”不是本城所有，是花了大钱从扬州请来的。

后面是高跷。

---

① 即唐宋杂戏里的《月明和尚戏柳翠》，演和尚的戴一个纸浆做成的很大的和尚脑袋，白色的脑袋，淡青的头皮，嘻嘻地笑着。我们那里已不知和尚法名月明，只是叫他“大头和尚”。

再后面是跳判的。判有两种，一种是“地判”，一文一武，手执朝笏，边走边跳。一种是“抬判”。两根杉篙，上面绑着一个特制的圈椅，由四个人抬着。圈椅上蹲着一个判官。下面有人举着一个扎在一根细长且薄的竹片上的红绸做的蝙蝠，逗着判官。竹片极软，有弹性，忽上忽下，判官就追着蝙蝠，做出各种带舞蹈性的动作。他有时会跳到椅背上，甚至能在上面打飞脚。抬判不像地判只是在地面做一些滑稽的动作，这是要会一点“轻功”的。有一年看会，发现跳抬判的竟是我的小学的一个同班同学，不禁哑然。

迎会的玩艺到此就结束了。这些玩艺的班子，到了一些大店铺的门前，店铺就放鞭炮欢迎，他们就会停下来表演一会，或绕两个圈子。店铺常有犒赏。南货店送几大包蜜枣，茶食店送糕饼，药店送凉药洋参，绸缎店给各班挂红，钱庄则干脆扛出一钱板一钱板的铜元，俵散众人。

后面才真正是城隍老爷（叫城隍为“老爷”或“菩萨”都可以，随便的）自己的仪仗。

前面是开道锣。几十面大筛同时敲动。筛极大，得吊在一根杆子上，前面担在一个人的肩上，后面的人担着杆子的另一头，敲。大筛的节奏是非常单调的：哐（锣槌头一击）定定（槌柄两击筛面）哐定定哐，哐定定哐定定哐……如此反复，绝无变化。唯其单调，所以显得很庄严。

后面是虎头牌。长方形的木牌，白漆，上画虎头，黑漆扁宋体黑字，大书“肃静”“回避”“敕封灵应侯”“保国佑民”。

后面是伞——万民伞。伞有多柄，都是各行同业公会所献，彩缎绣花，缂丝平金，各有特色。我们县里最讲究的几柄伞却是纸伞。硖石所出。白宣纸上扎出芥子大的细孔，利用细孔的虚实，衬出虫鱼花鸟。这几柄宣纸伞后来被城隍庙的道士偷出来拆开一扇一扇地卖了，我父亲曾收得几扇。我曾看过纸伞的残片，真是精细绝伦。

最后是城隍老爷的“大驾”。八抬大轿，抬轿的都是全城最好的轿夫。他们踏着细步，稳稳地走着。轿顶四面鹅黄色的流苏均匀地起伏摆动着。城隍老爷一张油白大脸，疏眉细眼，五绺长须，蟒袍玉带，手里捧着一柄很大的折扇，端端地坐在轿子里。这时，人们的脸上都严肃起来了，正如鲁迅先生所说：诚惶诚恐，不胜屏营待命之至。

城隍老爷要在行宫（也是一座庙里）呆半天，到傍晚时才“回宫”。回宫时就只剩下少许人扛着仪仗执事，抬着轿子，飞跑着从街上走过，没有人看了。

且说高跷。

我见过几个地方的高跷，都不如我们那里的。我们那里的高跷，一是高，高至丈二。踩高跷的中途休息，都是坐在人家的房檐口。我们县的踩高跷的都是瓦匠，无一例外。瓦匠不怕高。二是能玩出许多花样。

高跷队前面有两个“开路”的，一个手执两个棒槌，不停地“郭郭，郭郭”地敲着。一个手执小铜锣，敲着“光光，光光”。他们的声音合在一起，就是“郭郭，光光；郭郭，光光”。我总觉得这“开路”的来源是颇久远的。老远地听见“郭郭，光光”，就知道高跷来了，人们就振奋起来。

高跷队打头的是渔、樵、耕、读。就中以渔公、渔婆最逗。

他们要矮身蹲在高跷上横步跳来跳去做钓鱼撒网各种动作，重心很不好掌握。后面是几出戏文。戏文以《小上坟》最动人。小丑和旦角都要能踩“花梆子”碎步。这一出是带唱的。唱的腔调是柳枝腔。当中有一出“贾大老爷”。这贾大老爷不知是何许人，只是一个衙役在戏弄他，贾大老爷不时对着一个夜壶口喝酒。他的颟顸总是引得看的人大笑。殿底的是“火烧向大人”。三个角色：一个铁公鸡，一个张嘉祥，一个向大人。向大人名荣，是清末的大将，以镇压太平天国有功，后死于任。看会的人是不管他究竟是谁的，也不论其是非功过，只是看扮演向大人的“演员”的功夫。那是很难的。向大人要在高跷上蹚马，在高跷上坐轿，——两只手抄在前面，“存”着身子，两只脚（两只跷）一蹽一蹽地走，有点像戏台上“走矮子”。他还要能在高跷上做“探海”“射雁”这些在平地上也不好做的高难动作（这可真是“高难”，又高又难）。到了挨火烧的时候，还要左右躲闪，簸脑袋，甩胡须，连连转圈。到了这时，两旁店铺里的看会人就会炸雷也似的大声叫起“好”来。

擅长表演向大人的，只有陈四，别人都不如。

到了会期，陈四除了在县城表演一回，还要到三垛去赶一场。县城到三垛，四十五里。陈四不卸装，就登在高跷上沿着澄子河堤赶了去。赶到那里，准不误事。三垛的会，不见陈四的影子，菩萨的大驾不起。

有一年，城里的会刚散，下了一阵雷暴雨，河堤上不好走，他一路赶去，差点没摔死。到了三垛，已经误了。

三垛的会首乔三太爷抽了陈四一个嘴巴，还罚他当众跪了一炷香。

陈四气得大病了一场。他发誓从此再也不踩高跷。陈四还是当他的瓦匠。

到冬天，卖灯。

冬天没有什么瓦匠活，我们那里的瓦匠冬天大都以糊纸灯为副业，到了灯节前，摆摊售卖。陈四的灯摊就摆在保全堂廊檐下。他糊的灯很精致。荷花灯、绣球灯、兔子灯。他糊的蛤蟆灯，绿背白腹，背上用白粉点出花点，四只爪子是活的，提在手里，来回划动，极其灵巧。我每年要买他一盏蛤蟆灯，接连买了好几年。

陈泥鳅

邻近几个县的人都说我们县的人是黑屁股。气得我的一个姓孙的同学，有一次当着很多人褪下了裤子让人看："你们看！黑吗？"我们当然都不是黑屁股。黑屁股指的是一种救生船。这种船专在大风大浪的湖水中救人、救船，因为船尾涂成黑色，所以叫做黑屁股。说的是船，不是人。

陈泥鳅就是这种救生船上的一个水手。

他水性极好，不愧是条泥鳅。运河有一段叫清水潭。因为民国十年、民国二十年都曾在这里决口，把河底淘成了一个大潭。据说这里的水深，三篙子都打不到底。行船到这里，不能撑篙，只能荡桨。水流也很急，水面上拧着一个一个漩涡。从来没有人敢在这里游水。陈泥鳅有一次和人打赌，一气游了个来回。当中有一截，他半天不露脑袋，半天半天，岸上的人以为他沉了底，想不到一会，他笑嘻嘻地爬上岸来了！

他在通湖桥下住。非遇风浪险恶时，救生船一般是不出动的。他看看天色，知道湖里不会出什么事，就呆在家里。他也好义，也好利。湖里大船出事，下水救人，这时是不能计较报酬的。有一次一只装豆子的船在琵琶闸炸了，炸得粉碎。事后知道，是因为船底有一道小缝漏水，水把豆子浸湿了，豆子吃了水，突然间一齐膨胀起来，“砰”的一声把船撑炸了——那力量是非常之大的。船碎了，人掉在水里。这时跳下水救人，能要钱么？民国二十年，运河决口，陈泥鳅在激浪里救起了很多人。被救起的都已经是家破人亡，一无所有了，陈泥鳅连人家的姓名都没有问，更谈不上要什么酬谢了。在活人身上，他不能讨价；在死人身上，他却是不少要钱的。

人淹死了，尸首找不着。事主家里一不愿等尸首泡胀了漂上来，二不愿尸首被“四水捋子”[①]钩得稀烂八糟，这时就会来找陈泥鳅。陈泥鳅不但水性好，且在水中能开眼见物。他就在出事地点附近，察看水流风向，然后一个猛子扎下去，潜入水底，伸手摸触。几个猛子之后，他准能把一个死尸托上来。不过得事先讲明，捞上来给多少酒钱，他才下去。有时讨价还价，得磨半天。陈泥鳅不着急，人反正已经死了，让他在水底多呆一会没事。

陈泥鳅一辈子没少挣钱，但是他不置产业，一个积蓄也没有。他花钱很撒漫，有钱就喝酒尿了，赌钱输了。有的时候，也偷偷地赒济一些孤寡老人，但嘱咐千万不要说出去。他也不娶老婆。有人劝他成个家，他说：“瓦罐不离井上破，大将难免阵头亡。淹死会

---

① “四水捋子”是一种在水中打捞东西的用具，四面有弯钩，状如一小铁锚，而钩尖极锐利。

水的。我见天跟水闹着玩，不定哪天龙王爷就把我请了去。留下孤儿寡妇，我死在阴间也不踏实。这样多好，吃饱了一家子不饥，无牵无挂！”

通湖桥桥洞里发现了一具女尸。怎么知道是女尸？她的长头发在洞口外飘动着。行人报了乡约，乡约报了保长，保长报到地方公益会。桥上桥下，围了一些人看。通湖桥是直通运河大闸的一道桥，运河的水由桥下流进澄子河。这座桥的桥洞很高，洞身也很长，但是很狭窄，只有人的肩膀那样宽。桥以西，桥以东，水面落差很大，水势很急，翻花卷浪，老远就听见訇訇的水声，像打雷一样。大家研究，这女尸一定是从大闸闸口冲下来的，不知怎么会卡在桥洞里了。不能就让她这么在桥洞里堵着。可是谁也想不出办法，谁也不敢下去。去找陈泥鳅。

陈泥鳅来了，看了看。他知道桥洞里有一块石头，突出一个尖角（他小时候老在洞里钻来钻去，对洞里每一块石头都熟悉）。这女人大概是身上衣服在这个尖角上绊住了。这也是个巧劲儿，要不，这样猛的水流，早把她冲出来了。“十块现大洋，我把她弄出来。”

“十块？”公益会的人吃了一惊，“你要得太多了！”

“是多了点。我有急用。这是玩命的事！我得从桥洞西口顺水窜进桥洞，一下子把她拨拉动了，就算成了。就这一下。一下子拨拉不动，我就会塞在桥洞里，再也出不来了！你们也都知道，桥洞只有肩膀宽，没法转身。水流这样急，退不出来。那我就只好陪着她了。”

大家都说：“十块就十块吧！这是砂锅捣蒜，一锤子！”陈泥鳅把浑身衣服脱得光光的，道了一声：“对不起了！”纵身入水，顺着水流，笔直地窜进了桥洞。大家都捏着一把汗。只听见欻的一声，女尸冲出来了。接着陈泥鳅从东面洞口凌空窜进了水面。大家伙发了一声喊：“好水性！”

陈泥鳅跳上岸来，穿了衣服，拿了十块钱，说了声“得罪得罪！”转身就走。

大家以为他又是进赌场、进酒店了。没有，他径直地走进陈五奶奶家里。

陈五奶奶守寡多年。她有个儿子，去年死了，儿媳妇改了嫁，留下一个孩子。陈五奶奶就守着小孙子过，日子很折皱[①]。这孩子得了急惊风，浑身滚烫，鼻翅扇动，四肢抽搐，陈五奶奶正急得两眼发直。陈泥鳅把十块钱交在她手里，说：“赶紧先到万全堂，磨一点羚羊角，给孩子喝了，再抱到王淡人那里看看！”

说着抱了孩子，拉了陈五奶奶就走。

陈五奶奶也不知哪里来的劲，跟着他一同走得飞快。

一九八三年八月一日急就

载一九八三年第九期《人民文学》

---

① 这是我的家乡话，意思是很困难，很不顺利。

昙花、鹤和鬼火

/

/

/

邻居夏老人送给李小龙一盆昙花。昙花在这一带是很少见的。夏老人很会养花，什么花都有。李小龙很小就听说过“昙花一现”。夏老人指给他看：“这就是昙花。”李小龙欢欢喜喜地把花抱回来了。他的心欢喜得咚咚地跳。

李小龙给他浇水，松土。白天搬到屋外。晚上搬进屋里，放在床前的高茶几上。早上睁开眼第一件事便是看看他的昙花。放学回来，连书包都不放，先去看看昙花。

昙花长得很好，长出了好几片新叶，嫩绿嫩绿的。李小龙盼着昙花开。

昙花茁了骨朵儿了！

李小龙上课不安心，他总是怕昙花在他不在身边的时候开了。

他听说昙花开，无定时，说开就开了。

晚上，他睡得很晚，守着昙花。他听说昙花常常是夜晚开。昙花就要开了。

昙花还没有开。

一天夜里，李小龙在梦里闻到一股醉人的香味。他忽然惊醒了：昙花开了！

李小龙一骨碌坐了起来，划根火柴，点亮了煤油灯：昙花真的开了！

李小龙好像在做梦。

昙花真美呀！雪白雪白的。白得像玉，像通草，像天上的云。花心淡黄，淡得像没有颜色，淡得真雅。她像一个睡醒的美人，正在舒展着她的肢体，一面吹出醉人的香气。啊呀，真香呀！香死了！

李小龙两手托着下巴，目不转睛地看着昙花。看了很久，很久。

他困了。他想就这样看它一夜，但是他困了。吹熄了灯，他睡了。一睡就睡着了。

睡着之后，他做了一个梦，梦见昙花开了。

于是李小龙有了两盆昙花。一盆在他的床前，一盆在他的梦里。

李小龙已经是中学生了。过了一个暑假，上初二了。

初中在东门里，原是一个道士观，叫赞化宫。李小龙的家在北门外东街。从李小龙家到中学可以走两条路。一条进北门走城里，一条走城外。李小龙上学的时候都是走城外，因为近得多。放学有时走城外，有时走城里。走城里是为了看热闹或是买纸笔，买糖果零吃。

从李小龙家的巷子出来，是越塘。越塘边经常停着一些粪船。那是乡下人上城来买粪的。李小龙小时候刚学会折纸手工时，常折的便是“粪船”。其实这只纸船是空的，装什么都可以。小孩子因为常常看见这样的船装粪，就名之曰粪船了。

从越塘的坡岸走上来，右手有几家种菜的。左边便是菜地。李小龙看见种菜的种青菜，种萝卜。看他们浇粪，浇水。种菜的用一个长把的水舀子舀满了水，手臂一挥舞，水就像扇面一样均匀地洒开了。青菜一天一个样，一天一天长高了，全都直直地立着，都很精神，很水灵。萝卜原来像菜，后来露出红红的“背儿”，就像萝卜了。他看见扁豆开花，扁豆结角了。看见芝麻。芝麻可不好看，直不老挺，四方四棱的秆子，结了好些带小毛刺的蒴果。蒴果里就是芝麻粒了。“你就是芝麻呀！”李小龙过去没有见过芝麻。他觉得芝麻能榨油，给人吃，这非常神奇。

过了菜地，有一条不很宽的石头路。铺路的石头不整齐，大大小小，而且都是光滑的，圆乎乎的，不好走。人不好走，牛更不好走。李小龙常常看见一头牛的一只前腿或后腿的蹄子在圆石头上“霍——哒”一声滑了一下，——然而他没有看见牛滑得摔倒过。牛好像特别爱在这条路上拉屎。路上随时可以看见几堆牛屎。

石头路两侧各有两座牌坊，都是青石的。大小、模样都差不多。李小龙知道，这是贞节牌坊。谁也不知道这是谁家的，是为哪一个守节的寡妇立的。那么，这不是白立了么？牌坊上有很多麻雀做窠。麻雀一天到晚叽叽喳喳地叫，好像是牌坊自己叽叽喳喳叫着似的。牌坊当然不会叫，石头是没有声音的。

石头路的东边是农田，西边是一片很大的苇荡子。苇荡子的尽头是一片乌猛猛的杂树林子。林子后面是善因寺。从石头路往善因寺有一条小路，很少人走。李小龙有一次一个人走了一截，觉得怪瘆得慌。

春天，苇荡子里有很多蝌蚪，忙忙碌碌地甩着小尾巴。很快，就变成了小蛤蟆。小蛤蟆每天早上横过石头路乱蹦。你们干嘛乱蹦，不好老实呆着吗？小蛤蟆很快就成了大蛤蟆，咕呱乱叫！

走完石头路，是傅公桥。从东门流过来的护城河往北，从北城流过来的护城河往东，在这里汇合，流入澄子河。傅公侨正跨在汇流的河上。这是一座洋松木桥。两根桥梁，上面横铺着立着的洋松木的扁方子，用巨大的铁螺丝固定在桥梁上。洋松扁方并不密接，每两方之间留着和扁方宽度相等的空隙。从桥上过，可以看见水从下面流。有时一团青草，一片破芦席片顺水漂过来，也看得见它们从桥下悠悠地漂过去。

李小龙从初一读到初二了，来来回回从桥上过，他已经过了多少次了？

为什么叫做傅公桥？傅公是谁？谁也不知道。

过了傅公桥，是一条很宽很平的大路，当地人把它叫做“马路”。走在这样很宽很平的大路上，是很痛快的，很舒服的。马路东，是一大片农田。这是“学田”。这片田因为可以直接从护城河引水灌溉，所以庄稼长得特别的好，每年的收成都是别处的田地比不了的。

李小龙看见过割稻子。看见过种麦子。春天，他爱下了马路，从麦子地里走，一直走到东门口。麦子还没有“起身”的时候，是不怕踩的，越踩越旺。麦子一天一天长高了。他掰下几粒青麦子，搓去外皮，放进嘴里嚼。他一辈子记得青麦子的清香甘美的味道。他看见过割麦子。看见过插秧。插秧是个大喜的日子，好比是娶媳妇，聘闺女。插秧的人总是精精神神的，脾气也特别温和。又忙碌，又从容，凡事有条有理。他们的眼睛里流动着对于粮食和土地的脉脉的深情。一天又一天，哈，稻子长得齐李小龙的腰了。不论是麦子，是稻子，挨着马路的地边的一排长得特别好。总有几丛长得又高又壮，比周围的稻麦高出好些。李小龙想，这大概是由于过路的行人曾经对着它撒过尿。小风吹着丰盛的庄稼的绿叶，沙沙地响，像一首遥远的、温柔的歌。李小龙在歌里轻快地走着……

李小龙有时挨着庄稼地走，有时挨着河沿走。河对岸是一带黑黑的城墙，城墙垛子一个、一个、一个，整齐地排列着。城墙外面，有一溜荒地，长了好些狗尾巴草、扎蓬、苍耳和风播下来的旅生的芦秫。草丛里一定有很多蝈蝈，蝈蝈把它们的吵闹声音都送到河这边来了。下面，是护城河。随着上游水闸的启闭，河水有时大，有时小；有时急，有时慢。水急的时候，挨着岸边的水会倒流回去，李小龙觉得很奇怪。过路的大人告诉他：这叫“回溜”。水是从运河里流下来的，是浑水，颜色黄黄的。黑黑的城墙，碧绿的田地，白白的马路，黄黄的河水。去年冬天，有一天，下大雪，李小龙一大早上学去，他发现河水是红颜色的！很红很红，红得像玫瑰花。李小龙想：也许是雪把河变红了。雪那样厚，雪把什么都盖成一片白，于是衬得河水是红的了。也许是河水自己这一天发红了。他捉摸不透。但是他千真万确看见了一条红水河。雪地上还没有人走过，李小龙独自一人，踏着积雪，他的脚踩得积雪咯吱咯吱地响。

雪白雪白的原野上流着一条玫瑰红色的河，那样单纯，那样鲜明而奇特，这种景色，李小龙从来没有看见过，以后也没有看见过。

有一天早晨，李小龙看到一只鹤。秋天了，庄稼都收割了，扁豆和芝麻都拔了秧，树叶落了，芦苇都黄了，芦花雪白，人的眼界空阔了。空气非常凉爽。天空淡蓝淡蓝的，淡得像水。李小龙一抬头，看见天上飞着一只东西。鹤！他立刻知道，这是一只鹤。李小龙没有见过真的鹤，他只在画里见过，他自己还画过。不过，这的的确确是一只鹤。真奇怪，怎么会有一只鹤呢？这一带从来没有人家养过一只鹤，更不用说是野鹤了。然而这真是一只鹤呀！鹤沿着北边城墙的上空往东飞去。飞得很高，很慢，雪白的身子，雪白的翅膀，两只长腿伸在后面。李小龙看得很清楚，清楚极了！李小龙看得呆了。鹤是那样美，又教人觉得很凄凉。

鹤慢慢地飞着，飞过傅公桥的上空，渐渐地飞远了。李小龙痴立在桥上。

李小龙多少年还忘不了那天的印象，忘不了那种难遇的凄凉的美，那只神秘的孤鹤。

李小龙后来长大了，到了很多地方，看到过很多鹤。不，这都不是李小龙的那只鹤。

世界上的诗人们，你们能找到李小龙的鹤么？

李小龙放学回家晚了。教图画手工的张先生给了他一个任务，让他刻一副竹子的对联。对联不大，只有三尺高。选一段好毛竹，一剖为二，刳去竹节，用砂纸和竹节草打磨光滑了，这就是一副对子。联文是很平常的：

惜花春起早
爱月夜眠迟

字是请善因寺的和尚石桥写的，写的是石鼓。因为李小龙上初一的时候就在家跟父亲学刻图章，已经刻了一年，张先生知道他懂得一点篆书的笔意，才把这副对子交给他刻。刻起来并不费事，把字的笔划的边廓刻深，再用刀把边线之间的竹皮铲平，见到“二青”就行了。不过竹皮很滑，竹面又是圆的，需要手劲。张先生怕他带来带去，把竹皮上墨书的字蹭模糊了，教他就在他的画室里刻。张先生的画室在一个小楼上。小楼在学校东北角，是赞化宫的遗物，原来大概是供吕洞宾的，很旧了。楼的三面都是紫竹，——紫竹城里别处极少见，学生习惯就把这座楼叫成“紫竹楼”。李小龙每天下课后，上楼来刻一个字，刻完回家。已经刻了一个多星期了。这天就剩下“眠迟”两个字了，心想一气刻完了得了，明天好填上石绿挂起来看看，就贪刻了一会。偏偏石鼓文体的“迟”字笔画又多，时间不知不觉就过去了。刻完了“迟”字的“走之”，揉揉眼睛，一看：呀，天都黑了！而且听到隐隐的雷声——要下雨了：赶紧走。他背起书包直奔东门。出了东门，听到东门外铁板桥下轰鸣震耳的水声，他有点犹豫了。

东门外是刑场（后来李小龙到过很多地方，发现别处的刑场都在西门外。按中国的传统观念，西方主杀，不知道本县的刑场为什么在东门外）。对着东门不远，有一片空地，空地上现在还有一些浅浅的圆坑，据说当初杀人就是让犯人跪在坑里，由背后向第三个颈椎的接缝处切一刀。现在不兴杀头了，枪毙犯人——当地叫做

“铳人”，还是在这里。李小龙的同学有时上着课，听到街上拉长音的凄惨的号声，就知道要铳人了。他们下了课赶去看，有时能看到尸首，有时看到地下一摊血。东门桥是全县唯一的一座铁板桥。桥下有闸。桥南桥北水位落差很大，河水倾跌下来，声音很吓人。当地人把这座桥叫做掉魂桥，说是临刑的犯人到了桥上，听到水声，魂就掉了。

有关于这里的很多鬼故事。流传得最广的是一个：有一个人赶夜路，远远看见一个瓜棚，点着一盏灯。他走过去，想借个火吸一袋烟。里面坐着几个人。他招呼一下，就掏出烟袋来凑在灯火上吸烟，不想怎么吸也吸不着。他很纳闷，用手摸摸灯火，火是凉的！坐着的几个人哈哈大笑。笑完了，一齐用手把脑袋搬了下来。行路人吓得赶紧飞奔。奔了一气，又碰得几个人在星光下坐着聊天，他走近去，说刚才他碰见的事，怎么怎么，他们把头就搬下来了。这几个聊天的人说：“这有什么稀奇，我们都能这样！”……李小龙犹豫了一下，还是走上铁板桥了。他的脚步踏得桥上的铁板当当地响。

天骤然黑下来了，雨云密结，天阴得很严。下了桥，他就掉在黑暗里了。什么也看不见，只能看到一条灰白的痕迹，是马路；黑糊糊的一片，是稻田。好在这条路他走得很熟，闭着眼也能走到，不会掉到河里去，走吧！他听见河水哗哗地响，流得比平常好像更急。听见稻子的新秀的穗子摆动着，稻粒磨擦着发出细碎的声音。一个什么东西窜过马路！——大概是一只獾子。什么东西落进河水了，——“卜嗵”！他的脚清楚地感觉到脚下的路。一个圆形的浅坑，这是一个牛蹄印子，干了。谁在这里扔了一块西瓜皮！差点摔了我一跤！天上不时扯一个闪。青色的闪，金色的闪，紫色的闪。

闪电照亮一块黑云，黑云翻滚着，绞扭着，像一个暴怒的人正在憋着一腔怒火。闪电照亮一棵小柳树，张牙舞爪，像一个妖怪。

李小龙走着，在黑暗里走着，一个人。他走得很快，比平常要快得多，真是“大步流星”，踏踏踏踏地走着。他听见自己的两只裤脚擦得剎剎地响。

一半沉着，一半害怕。

不太害怕。

刚下掉魂桥，走过刑场旁边时，头皮紧了一下，有点怕，以后就好了。

他甚至觉得有点豪迈。

快要到了。前面就是傅公桥。“行百里者半九十”，今天上国文课时他刚听高先生进过这句古文。

上了傅公桥，李小龙的脚步放慢了。

这是什么？

他从来没有看见过。

一道一道碧绿的光。在苇荡上。

李小龙知道，这是鬼火。他听说过。

绿光飞来飞去。它们飞舞着，一道一道碧绿的抛物线。绿光飞得很慢，好像在幽幽地哭泣。忽然又飞快了，聚在一起；又散开了，好像又笑了，笑得那样轻。绿光纵横交错，织成了一面疏网；忽然又飞向高处，落下来，像一道放慢了的喷泉。绿光在集会，在交谈。你们谈什么？……李小龙真想多停一会，这些绿光多美呀！

但是李小龙没有停下来，说实在的，他还是有点紧张的。

但是他也没有跑。他知道他要是一跑，鬼火就会追上来。他在小学上自然课时就听老师讲过，“鬼火”不过是空气里的磷，在大雨将临的时候，磷就活跃起来。见到鬼火，要沉着，不能跑，一跑，把气流带动了，鬼火就会跟着你追。你跑得越快，它追得越紧。虽然明知道这是磷，是一种物质，不是什么“鬼火”，不过一群绿光追着你，还是怕人的。

李小龙用平常的速度轻轻地走着。

到了贞节牌坊跟前倒真的吓了他一跳！一条黑影，迎面向他走来。是个人！这人碰到李小龙，大概也有点紧张，跟小龙擦身而过，头也不回，匆匆地走了。这个人，那么黑的天，你跑到马上要下大雨的田野里去干什么？

到了几户种菜人家的跟前，李小龙的心才真的落了下来。种菜人家的窗缝里漏出了灯光。

李小龙一口气跑到家里。刚进门，“哇——”大雨就下下来了。

李小龙搬了一张小板凳，在灯光照不到的廊檐下，对着大雨倾注的空庭，一个人呆呆地想了半天。他要想想今天的印象。

李小龙想：我还是走回来了。我走在半道上没有想退回去，如果退回去，我就输了，输给黑暗，又输给了我自己。李小龙回想着鬼火，他觉得鬼火很美。

李小龙看见过鬼火了，他又长大了一岁。

一九八三年九月十三日于北京蒲黄榆新居

载一九八四年第一期《东方少年》

鉴赏家

/
/
/

全县第一个大画家是季匋民，第一个鉴赏家是叶三。

叶三是个卖果子的。他这个卖果子的和别的卖果子的不一样。不是开铺子的，不是摆摊的，也不是挑着担子走街串巷的。他专给大宅门送果子。也就是给二三十家送。这些人家他走得很熟，看门的和狗都认识他。到了一定的日子，他就来了。里面听到他敲门的声音，就知道：是叶三。挎着一个金丝篾篮，篮子上插一把小秤，他走进堂屋，扬声称呼主人。主人有时走出来跟他见见面，有时就隔着房门说话。“给您称——？”——“五斤”。什么果子，是看也不用看的，因为到了什么节令送什么果子都是一定的。叶三卖果子从不说价。买果子的人家也总不会亏待他。有的人家当时就给钱，大多数是到节下（端午、中秋、新年）再说。叶三把果子称好，放在八仙桌上，道一声“得罪”，就走了。他的果子不用挑，个个都是好的。他的果子的好处，第一是得四时之先。市上还没有见这种果子，他的篮子里已经有了。第二是都很大，都均匀，很香，很甜，很好看。他的果子全都从他手里过过，有疤的、有虫眼的、挤筐、破皮、变色、过小的全都剔下来，贱价卖给别的果贩。他的果子都是原装；有些是直接到产地采办来的，都是“树熟”，——不是在米糠里闷熟了的。他经常出外，出去买果子比他卖果子的时间要多得多。他也很喜欢到处跑。四乡八镇，哪个园子里，什么人家，有一棵什么出名的好果树，他都知道，而且和园主打了多年交道，熟得像是亲家一样了。——别的卖果子的下不了这样的功夫，也不知道这些路道。到处走，能看很多好景致，知道各地乡风，可资谈助，对身体也好。他很少得病，就是因为路走得多。

立春前后，卖青萝卜。“棒打萝卜”，摔在地下就裂开了。杏子、桃子下来时卖鸡蛋大的香白杏，白得像一团雪，只嘴儿以下有一根红线的“一线红”蜜桃。再下来是樱桃，红的像珊瑚，白的像玛瑙。端午前后，枇杷。夏天卖瓜。七八月卖河鲜：鲜菱、鸡头、莲蓬、花下藕。卖马牙枣、卖葡萄。重阳近了，卖梨：河间府的鸭梨、莱阳的半斤酥，还有一种叫做“黄金坠子”的香气扑人个儿不大的甜梨。菊花开过了，卖金橘，卖蒂部起脐子的福州蜜橘。入冬以后，卖栗子、卖山药（粗如小儿臂）、卖百合（大如拳）、卖碧绿生鲜的檀香橄榄。

他还卖佛手、香橼。人家买去，配架装盘，书斋清供，闻香观赏。

不少深居简出的人，是看到叶三送来的果子，才想起现在是什么节令了的。

叶三卖了三十多年果子，他的两个儿子都成人了。他们都是学布店的，都出了师了。老二是三柜，老大已经升为二柜了。谁都认为老大将来是会升为头柜，并且会当管事的。他天生是一块好材料。他是店里头一把算盘，年终结总时总得由他坐在账房里哔哔剥剥打好几天。接待厂家的客人，研究进货（进货是个大学问，是一年的大计，下年多进哪路货，少进哪路货，哪些必须常备，哪些可以试销，关系全年的盈亏），都少不了他。老二也很能干。量尺、撕布（撕布不用剪子开口，两手的两个指头夹着，借一点巧劲，嗤——的一声，布就撕到头了），干净利落。店伙的动作快慢，也是一个布店的招牌。顾客总愿意从手脚麻利的店伙手里买布。这是天分，也靠练习。有人就一辈子都是迟钝笨拙，改不过来。不管干哪一行，都是人比人，这是没有办法的事。弟兄俩都长得很神气，眉清目秀，不高不矮。布店的店伙穿得都很好。什么料子时新，他们就穿什么料子。他们的衣料当然是价廉物美的。他们买衣料是按进货价算的，不加利润；若是零头，还有折扣。这是布店的规矩，也是老板乐为之的，因为店伙穿得时髦，也是给店里装门面的事。有的顾客来买布，常常指着店伙的长衫或翻在外面的短衫的袖子：“照你这样的，给我来一件。”

弟兄俩都已经成了家，老大已经有一个孩子——叶三抱孙子了。

这年是叶三五十岁整生日，一家子商量怎么给老爷子做寿。老大老二都提出爹不要走宅门卖果子了，他们养得起他。

叶三有点生气了：

“嫌我给你们丢人？两位大布店的‘先生’，有一个卖果子的老爹，不好看？”

儿子连忙解释：

“不是的。你老人家岁数大了，老在外面跑，风里雨里，水路旱路，做儿子的心里不安。”

“我跑惯了。我给这些人家送惯了果子。就为了季四太爷一个人，我也得卖果子。”

季四太爷即季匋民。他大排行是老四，城里人都称之为四太爷。

“你们也不用给我做什么寿。你们要是有孝心，把四太爷送我的画拿出去裱了，再给我打一口寿材。”这里有这样一种风俗，早早就把寿材准备下了，为的讨个吉利：添福添寿。于是就都依了他。

叶三还是卖果子。

他真是为了季匋民一个人卖果子的。他给别人家送果子是为了挣钱，他给季匋民送果子是为了爱他的画。

季匋民有一个脾气，一边画画，一边喝酒。喝酒不就菜，就水果。画两笔，凑着壶嘴喝一大口酒，左手拈一片水果，右手执笔接着画。画一张画要喝二斤花雕，吃斤半水果。

叶三搜罗到最好的水果，总是首先给季匋民送去。

季匋民每天一起来就走进他的小书房——画室。叶三不须通报，由一个小六角门进去，走过一条碎石铺成的冰花曲径，隔窗看见季匋民，就提着、捧着他的鲜果走进去。

“四太爷，枇杷，白沙的！”

“四太爷，东墩的西瓜，三白！——这种三白瓜有点梨花香味，别处没有！”

他给季匋民送果子，一来就是半天。他给季匋民磨墨。漂朱膘、研石青石绿、抻纸。季匋民画的时候，他站在旁边很入神地看，专心致意，连大气都不出。有时看到精彩处，就情不自禁地深深吸一口气，甚至小声地惊呼起来。凡是叶三吸气、惊呼的地方，也正是季匋民的得意之笔。季匋民从不当众作画，他画画有时是把书房门锁起来的。对叶三可例外，他很愿意有这样一个人在旁边看着，他认为叶三真懂，叶三的赞赏是出于肺腑，不是假充内行，也不是谀媚。

季匋民最讨厌听人谈画。他很少到亲戚家应酬。实在不得不去的，他也是到一到，喝半盏茶就道别。因为席间必有一些假名士高谈阔论。因为季匋民是大画家，这些名士就特别爱在他面前评书论画，借以卖弄自己高雅博学。这种议论全都是道听途说，似通不通。季匋民听了，实在难受。他还知道，他如果随声答应，应付几句，某一名士就会在别的应酬场所重贩他的高论，且说：‘兄弟此言，季匋民亦深为首肯。”

但是他对叶三另眼相看。

季匋民最佩服李复堂[①]。他认为扬州八怪里李复堂功力最深，

---

① 李复堂，名鱓，字宗扬，复堂是他的号，又号懊道人。他是康熙年间的举人，当过滕县知县，因为得罪上级，功名和官都被革掉了，终年只作画师。他作画有时得向郑板桥去借纸，大概是相当穷困的。他本画工笔，是宫廷画家蒋廷锡的高足。后到扬州，改画写意，师法高其佩，受徐青藤、八大、石涛的影响，风度大变，自成一家。

大幅小品都好，有笔有墨，也奔放，也严谨，也浑厚，也秀润，而且不装模作样，没有江湖气。有一天叶三给他送来四开李复堂的册页，使季匋民大吃一惊：这四开册页是真的！季匋民问他是多少钱买的，叶三说没花钱。他到三垛贩果子，看见一家的柜橱的玻璃里镶了四幅画，他在四太爷这里看过不少李复堂的画，能辨认，他用四张“苏州片”[①]跟那家换了。“苏州片”花花绿绿的，又是簇新的，那家还很高兴。

叶三只是从心里喜欢画，他从不瞎评论。季匋民画完了画，钉在壁上，自己负手远看，有时会问叶三：

“好不好？”

“好！”

“好在哪里？”

叶三大都能一句话说出好在何处。

季匋民画了一幅紫藤，问叶三。

叶三说：“紫藤里有风。”

“唔！你怎么知道？”

“花是乱的。”

“对极了！”

季匋民提笔题了两句词：

深院悄无人，风拂紫藤花乱。

---

① 仿旧的画，多为工笔花鸟，设色娇艳，旧时多为苏州画工所作，行销各地，故称“苏州片”。苏州片也有仿制得很好的，并不俗气。

季匋民画了一张小品，老鼠上灯台。叶三说："这是一只小老鼠。"

"何以见得。"

"老鼠把尾巴卷在灯台柱上。它很顽皮。"

"对！"

季匋民最爱画荷花。他画的都是墨荷。他佩服李复堂，但是画风和复堂不似。李画多凝重，季匋民飘逸。李画多用中锋，季匋民微用侧笔——他写字写的是章草。李复堂有时水墨淋漓，粗头乱服，意在笔先；季匋民没有那样的恣悍，他的画是大写意，但总是笔意俱到，收拾得很干净，而且笔致疏朗，善于利用空白。他的墨荷参用了张大千，但更为舒展。他画的荷叶不勾筋，荷梗不点刺，且喜作长幅，荷梗甚长，一笔到底。

有一天，叶三送了一大把莲蓬来，季匋民一高兴，画了一幅墨荷，好些莲蓬。画完了，问叶三："如何？"

叶三说："四大爷，你这画不对。"

"不对？"

"'红花莲子白花藕'。你画的是白荷花，莲蓬却这样大，莲子饱，墨色也深，这是红荷花的莲子。"

"是吗？我头一回听见！"

季匋民于是展开一张八尺生宣，画了一张红莲花，题了一首诗：

红花莲子白花藕，
果贩叶三是我师。

惭愧画家少见识，

为君破例著胭脂。

季匋民送了叶三很多画。——有时季匋民画了一张画，不满意，团掉了。叶三捡起来，过些日子送给季匋民看看，季匋民觉得也还不错，就略改改，加了题，又送给了叶三。季匋民送给叶三的画都是题了上款的。叶三也有个学名。他五行缺水，起名润生。季匋民给他起了个字，叫泽之。送给叶三的画上，常题“泽之三兄雅正”。有时径题“画与叶三”。季匋民还向他解释：以排行称呼，是古人风气，不是看不起他。

有时季匋民给叶三画了画，说：“这张不题上款吧，你可以拿去卖钱——有上款不好卖。”

叶三说：“题不题上款都行。不过您的画我不卖。”

“不卖？”

“一张也不卖！”

他把季匋民送他的画都放在他的棺材里。

十多年过去了。

季匋民死了。叶三已经不卖果子，但是他四季八节，还四处寻觅鲜果，到季匋民坟上供一供。

季匋民死后，他的画价大增。日本有人专门收藏他的画。大家知道叶三手里有很多季匋民的画，都是精品。很多人想买叶三的藏画。叶三说：

“不卖。”

有一天有一个外地人来拜望叶三，叶三看了他的名片，这人的姓很奇怪，姓“辻’，叫“辻听涛”。一问，是日本人。辻听涛说他是专程来看他收藏的季匋民的画的。

因为是远道来的，叶三只得把画拿出来。辻听涛非常虔诚，要了清水洗了手，焚了一炷香，还先对画轴拜了三拜，然后才展开。他一边看，一边不停地赞叹：

“喔！喔！真好！真是神品！”

辻听涛要买这些画，要多少钱都行。

叶三说：

“不卖。”

辻听涛只好怅然而去。

叶三死了。他的儿子遵照父亲的遗嘱，把季匋民的画和父亲一起装进棺材里，埋了。

一九八二年二月二十八日

载一九八二年第五期《北京文学》

天鹅之死

/

/

/

“阿姨，都白天了，怎么还有月亮呀？

“阿姨，月亮是白色的，跟云的颜色一样。

“阿姨，天真蓝呀。

“蓝色的天，白色的月亮，月亮里有蓝色的云，真好看呀！”

“真好看！”

“阿姨，树叶都落光了。树是紫色的。树干是紫色的。树枝也是紫色的。树上的风也是紫色的。真好看！”

“真好看！”

“阿姨，你好看！”

“我从前好看。”

“不！你现在也好看。你的眼睛好看。你的脖子，你的肩，你的腰，你的手，都好看。你的腿好看。你的腿多长呀。阿姨，我们爱你！”

“小朋友，我也爱你们！”

“阿姨，你的腿这两天疼了吗？”

“没有。要上坡了，小朋友，小心！”

“哦！看见玉渊潭了！”

“玉渊潭的水真清呀！”

“阿姨，那是什么？雪白雪白的，像花一样的发亮，一，二，三，四。”

白蘋从心里发出一声惊呼：“是天鹅！”

“是天鹅？”

“冬泳的叔叔，那是天鹅吗？”

“是的，小朋友。”

“它们是怎么来的？”

“它们是自己飞来的。”

“它们从哪儿飞来？”

“从很远很远的北方。”

“是吗？——欢迎你，白天鹅！”

“欢迎你到我们这儿来作客！”

天鹅在天上飞翔，

去寻找温暖的地方。

飞过了大兴安岭，

雪压的落叶松的密林里，闪动着鄂温克族狩猎队篝火的红光。

白蕤去看乌兰诺娃，去看天鹅。

大提琴的柔风托起了乌兰诺娃的双臂，钢琴的露珠从她的指尖流出。

她的柔弱的双臂伏下了。

又轻轻地挣扎着，抬起了脖颈。

钢琴流尽了最后的露滴，再也没有声音了。

天鹅死了。

白蕤像是在一个梦里。

她的眼睛里都是泪水。

她的眼泪流进了她的梦。

天鹅在天上飞翔。

去寻找温暖的地方。

飞过了呼伦贝尔草原，草原一片白茫茫。

圈儿河依恋着家乡，

它流去又回头。

在雪白的草原上，

画出了一个又一个铁青色的圆圈。

白蕤考进了芭蕾舞校。经过刻苦地训练，她的全身都变成了音乐。

她跳《天鹅之死》。

大提琴和钢琴的旋律吹动着她的肢体，她的手指和足尖都在想象。

天鹅在天上飞翔，

去寻找温暖的地方。

某某去看了芭蕾。

他用猥亵的声音说：

“这他妈的小妞儿！那胸脯，那小腰，那么好看的大腿！……”

他满嘴喷着酒气。

他做了一个淫荡的梦。

天鹅在天上飞翔，

去寻找温暖的地方。

“文化大革命”。中国的森林起了火了。

白蕤被打成了现行反革命。因为她说：“《天鹅之死》就是美！乌兰诺娃就是美！”

天鹅在天上飞翔。

某某成了“工宣队员”。他每天晚上都想出一种折磨演员的花样。

他叫她们背着床板在大街上跑步。

他叫她们做折损骨骼的苦工。

他命令白蕤跳《天鹅之死》。

“你不是说《天鹅之死》就是美吗？你给我跳，跳一夜！”

录音机放出了音乐。音乐使她忘记了眼前的一切。她快乐。

她跳《天鹅之死》。

她看看某某，发现他的下牙突出在上牙之外。北京人管这种长相叫“地包天”。

她跳《天鹅之死》。

她羞耻。

她跳《天鹅之死》。

她愤怒。

她跳《天鹅之死》。

她摔倒了。

她跳《天鹅之死》。

天鹅在天上飞翔，
去寻找温暖的地方。
飞过太阳岛，
飞过松花江。
飞过华北平原，
越冬的麦粒在松软的泥土里睡得正香。
经过长途飞行，天鹅的体重减轻了，但是翅膀上增添了力量。

天鹅在天上飞翔，
在天上飞翔，
玉渊潭在月光下发亮。

“这儿真好呀！这儿的水不冻，这儿暖和，咱们就在这儿过冬，好吗？”

四只天鹅翩然落在玉渊潭上。

白蕤转业了。她当了保育员。她还是那样美，只是因为左腿曾经骨折，每到阴天下雨，就隐隐发痛。

自从玉渊潭来了天鹅，她隔两三天就带着孩子们去看一次。

孩子们对天鹅说：

“天鹅天鹅你真美！”

“天鹅天鹅我爱你！”

“天鹅天鹅真好看！”

“我们和你来作伴！”

甲、乙两青年，带了一枝猎枪，偷偷走近玉渊潭。天已经黑了。

一声枪响，一只天鹅毙命。其余的三只，惊恐万状，一夜哀鸣。

被打死的天鹅的伴侣第二天一天不鸣不食。

傍晚七点钟时还看见它。

半夜里，它飞走了。

白蕤看着报纸，她的眼前浮现出一张“地包天”的脸。

“阿姨，咱们去看天鹅。”

“今天不去了，今天风大，要感冒的。”

“不嘛！去！”

天鹅还在吗?

在!

在那儿，在靠近南岸的水面上。

“天鹅天鹅你害怕吗？”

“天鹅天鹅你别怕！”

湖岸上有好多人来看天鹅。

他们在议论。

“这个家伙，这么好看的东西，你打它干什么？”

“想吃天鹅肉。”

“想吃天鹅肉。”

“都是这场‘文化大革命’闹的！把一些人变坏了，变得心狠了！不知爱惜美好的东西了！”

有人说，那一只也活不成。天鹅是非常恩爱的。死了一只，那一只就寻找一片结实的冰面，从高高的空中摔下来，把自己的胸脯在坚冰上撞碎。

孩子们听着大人的议论，他们好像是懂了，又像是没有懂。他们对着湖面呼喊：“天鹅天鹅你在哪儿？”

“天鹅天鹅你快回来！”

孩子们的眼睛里有泪。

他们的眼睛发光，像钻石。

他们的眼泪飞到天上，变成了天上的星。

一九八〇年十二月二十九日清晨
一九八七年六月七日校，泪不能禁。
载一九八一年四月十四日《北京日报》

迟开的玫瑰或胡闹

/

/

/

邱韵龙是唱二花脸的。考科班的时候，教师看看他的长相，叫他喊两嗓子，说：“学花脸吧。”科班教花脸戏，头几年行当分得没有那样细，一般的花脸戏都教。学花脸的，谁都愿意唱铜锤——大花脸，大花脸挣钱多。邱韵龙自然也愿学大花脸。铜锤戏，《大（保国）、探（皇陵）、二（进宫）》《御果园》《锁五龙》……这些戏他都学过。但是祖师爷没赏他这碗饭，他的条件不够。唱铜锤得有一条好嗓子。他的嗓子只是“半条吭”（“吭”字读阴平），一般铜锤戏能勉强唱下来，但是“逢高不起”，遇有高音，只是把字报出来，使不了大腔，往往一句腔的后半截就“交给胡琴了”。内行所谓“龙音”“虎音”，他没有。不响堂，不打远，不挂味。铜锤要求有个好脑袋。最好的脑袋要数金少山。铜锤要有个锛儿头（大脑门儿），金少山有；大眼睛，他有；高鼻梁、高颧骨，有；方下巴、大嘴岔，有！这样扮出戏来才好看。可是邱韵龙没有。他的脑袋不小，但是圆乎乎的，肌肉松弛，轮廓不清楚，嘴唇挺厚，无威猛之气。唱铜锤也要讲身材，得是高个儿、宽肩膀、细腰，这样穿上蟒、靠，尤其是箭衣，才是样儿。邱韵龙个头不算很矮，但是上下身比例不对，有点五短。而且小时候就是个挺大的肚子。他还不大服气。出科以后，唱了几年，有了点名气，他曾经约了一个唱青衣的坤角贴过一出《霸王别姬》。一出台，就招了一个敞笑。霸王的脸谱属于“无双谱”，既不是“三块瓦”，也不是“十字门”，眼窝朝下耷拉着，是个“愁脸”。这样的脸谱得是个长脸勾出来才好看。杨小楼是个长脸，勾出来好看。可是邱韵龙的脸短，勾出来不是样儿；再加上他的五短身材、大肚子，后台看他扮出戏，早就窃窃地笑开了：活脱像个熊猫。打那以后，他就死了唱大花脸这条心。他学过架子花，《醉打山门》《芦花荡》这些戏也都会，但是出科就没有唱过。架子花要“身上”，要功架，要腰腿，要脆，要媚。他自己知道，以他那样的身材，唱这样的戏讨不了俏。因此，他唱偏重文戏的二花脸。他自有优势。他会“做戏”，台上的“尺寸”比较好，“傍角儿”演戏傍得很“严”。他的最好的戏是《四进士》的顾读，“一公堂”“二公堂”烘托得很有气氛。他有一出算是主角的戏（二花脸多是配角），是《野猪林》。《野猪林》的鲁智深得袒着肚子，正合适。全国唱花脸的都算上，要找这么个肚子，还真找不出来。他唱戏很认真，不懈场，不“撒儿哄”，不洒汤，不漏水。他奉行梨园行的一句格言：“小心干活，大胆拿钱。”因此名角班社都愿用他。他是个很称职的二路。海报上、报纸广告上总有他的名字，在京剧界“有这么一号”。他挣钱不少。比起挑班儿唱红了的“好角”，没法儿比；比起三路、四路乃至“底帏子”，他可是阔佬。“别人骑马我骑驴，回头再看推车的汉——比上不足，比下有余”。

他在戏班里有一种优越感，他的文化程度比起同行师兄弟，要高出一截，用他自己的说法，是“头挑”。唱戏的，一般都是“幼而失学”，他是高小毕了业的。打小，他爱瞧书，瞧报。他有个叔叔，是个小学教员，有一架子书，他差不多全看过。在戏班里，能看“三列国”（《三国演义》《东周列国志》，戏班里合称之为“三列国”），就是圣人。他的书底子可远远超过“三列国”了。眼面前的小说，不但是《西游》《水浒》《红楼》，全都看得很熟，就连外国小说《基督山恩仇记》《茶花女》《莎氏乐府本事》，也都记得很清楚。他还有一样长处，是爱瞧电影，国产片、外国片——主要是美国电影，都看。他能背出很多美国电影故事和美国电影明星的名字。不过他把美国明星的名字一律都变成北京话化了。他叫卓别林为贾波林，秀兰邓波儿为沙利邓波，范朋克成了“小飞来伯”，把奥丽薇得哈弗兰（这个名字也实在太长）简化为哈蕙兰，而且“哈”字读成上声，听起来好像是家住牛街的一位回民姑娘。他的叔叔鼓励他看电影，以为这对他的舞台表演有帮助。那倒也是。他会做戏，跟瞧电影多不无关系。更重要的是许多缠绵悱恻，风流浪漫的电影故事于不知不觉之中对他产生了影响，进入了潜意识。

他熟知北京的掌故、传说、故事、新闻。他爱聊，也会聊。戏班里的底包，尤其是跑龙套、跑宫女的年轻人，很爱听他白话。什么四大凶宅、八大奇案，每天说一段，也能说个把月，不亚于王杰魁的《包公案》，陈士和的《聊斋》。他以此为乐，也以此为荣。试举他说过不止一次的两件奇闻为例：

有一个老花子在前门、大栅栏一带要饭。有一天，来了一个阔少，趴在地下就给老花子磕了三个头：“哎呀爸爸！您怎么在这儿，儿子找了您多少年了！快跟我回家去吧！”老花子心想：这是哪儿的事呀？我怎么出来个儿子——一个阔少爷！不管它，家去再说！到了家，给老太爷更衣，到澡塘洗澡，剃头，戴上帽盔儿：嗨，还真有个福相。带着老太爷吃馆子、看戏。反正，怎么能讨老太爷喜欢怎么来。前门一带，这就嚷嚷动了：冯家的少爷（不知是哪位闲人，打听到这家姓冯）认了失散多年的老父亲。每逢父子俩坐着两辆包月车，踩着脚铃，一路叮叮当当地过去，总有人指指点点，谈论半天。天凉了，该给老太爷换季了。上哪儿买料子？——瑞蚨祥[①]。扶着老太爷，挑了好些料子，绸缎呢绒，都是整匹的，外搭上两件皮筒子，一件西狐肷，一件貉绒，都是贵重的稀物。一算账，哎呀，带的钱不够。“这么着吧，我回去取一趟，让老爷子在这儿坐会儿。东西，我先带着。我一会就来。快！”瑞蚨祥的上上下下对冯大少爷都有个耳闻，何况还有老太爷在这儿坐着呢？掌柜的就说：“没事，没事！您尽管去。”一面给老太爷换了一遍茶叶。不想一等也不来，二等也不来，过了两个钟头了，掌柜的有点犯嘀咕，问：“老太爷，您那少爷怎么还不来？”——“什么少爷！我跟他不认识！”掌柜的这才知道，受了骗了。行骗，总得先

① 瑞蚨祥是北京最大的绸缎庄。

下点本儿，花一点时间。

廊坊头条的珠宝店，现在没有多少值钱的东西了。在以前，哪一家每天都要进出上万洋钱。有一家珠宝店，除了一般的首饰，专卖钻戒。有一天，来了一位阔少，要买钻戒。二柜拿出三盒钻戒请他挑。他坐在茶几旁边的椅子上，一面喝茶，一面挑选，左挑右挑，没有中意的。站起来，说了一声："对不起，麻烦你们了！"这就要走。二柜喊了一声："等等！"他发现钻戒少了一只。"你们要怎么样？"——"我们要搜！"——"搜不出来呢？"——"摆酒请客，赔偿名誉损失！""请搜。"解衣服，脱袜子，浑身上下，搜了一个遍：没有。珠宝店只好履行诺言，请客、赔偿。二柜直纳闷，这只钻戒是怎么丢的呢？除了柜上的伙计，顾客就他一个人呀。过了一些日子，珠宝店刷洗全堂家具，一个伙计在茶几背面发现一张膏药的痕迹，膏药当中正是那只钻戒的印子。原来，阔少挑钻戒时把这只钻戒贴在了茶几背面，过了几天，又由别的人来取走了。贴钻戒，这要手疾眼快。骗案，大都不是一个人，必有连裆。

邱韵龙把这些奇闻说得活灵活现，好像他亲眼目睹似的。其实都有所本。头一件奇闻，出于《三刻拍案惊奇》第九回。第二件奇闻的出处待查。他白话的故事大都出于坊刻小说或《三六九画报》之类的小报。有些是道听途说。比如他说川岛芳子（金碧辉）要敲翡翠大王铁三一笔竹杠，铁三把她请到家里去，打开珍宝库的铁门，请她随便挑。这么多的"水碧"，连金碧辉也没有见过。她拿了一件，从此再不找铁三的麻烦。这件事就不知道可靠不可靠。不过铁三他是见过的，他说铁三有那么多钱，可是自奉却甚薄，爱吃个芝麻烧饼，这也有几分可信。金碧辉他也见过，经常穿着男装，或长袍马褂，或军装大马靴，爱到后台来鬼混。金碧辉枪毙，他没有赶上。有一个敌伪时期的汉奸，北京市副市长丁三爷绑赴刑场，他是看见的。这位丁三爷恶迹很多，但是对梨园行却很照顾。有戏班里的人犯了事，叫公安局或侦缉队螃去了，托一个名角去求他，他一个电话，就能把人要出来。因此，戏班里的人对他很有好感。那天，邱韵龙到前门外去买茶叶，正好赶上。他亲眼看到丁三爷五花大绑，押在卡车上。不过他没有赶去看丁三爷挨那一枪。他谨遵父亲大人的庭训：不入三场——杀场、火场、赌场。

不但上海绿宝之类的赌场他没有去过，就是戏班里耍钱，他也概不参加。过去，戏班赌风很盛，后台每天都有一桌牌九。坐庄的常是一个唱大丑的李四爷。他推出一条，开了门，手里捏着色子，叫道："下呀！下呀！"大家纷纷下注，邱韵龙在一旁看着，心里冷笑：今天你下（注）了，明天拿什么蒸（窝头）呀！

他不赌钱，不抽烟，不喝酒，唯一的爱好是吃。吃肉，尤其是肘子。冰糖肘子、红焖肘子、东坡肘子、锅烧肘子、四川菜的豆瓣肘子，是肘子就行。至不济，上海菜的小白蹄也凑合了。年轻的时候，晋阳饭庄的扒肘子，一个有小二斤，九寸盘，他用一只筷子由当中一豁，分成两半，掇过盘子来，呼噜呼噜，几口就"喝"了一半；把盘子掉个边，呼噜呼噜，那一半也下去了。中年以后，他对吃肉有点顾虑。他有个中医朋友，是心血管专家，自己也有高血压心脏病，也爱吃肉吃肘子。他问他："您是大夫，又有这样的病，还这么吃？"大夫回答他："他不明儿才死吗？"意思是说：今天不死，今天还吃。邱韵龙一想：也有道理！

邱韵龙精于算计。有时有几个师兄弟说，“咱们来一顿”，得找上邱韵龙，因为他和好几家大饭馆的经理、跑堂的、掌勺的大师傅都熟，有他去，价廉物美。“来一顿”都是“吃公墩”，即“打平伙”，费用平摊。饭还没有吃完，他已经把账算出来，每人该多少钱，大家当场掏钱，由他汇总算账，准保一分也不差。他有时也请请客，有一个和他是“发小”[①]，现在又当了剧团领导的师弟，他有时会约他出来来一顿小吃，那不外是南横街的卤煮小肠、门框胡同的褡裢火烧、朝阳门大街的门钉肉饼，那费不了几个钱。

他二十二岁结的婚，娶的是著名武戏教师林恒利的女儿，比他大两岁。是林恒利相中的。他跟女儿说：“你也别指望嫁一个挑班唱头牌的，我看也不会有唱头牌的相中你。再说，唱头牌的哪个不有点花花事儿？那气，你也受不了。我看韵龙不错，人老实。二牌，钱不少挣。”托人一说，成了。媳妇模样平常，人很贤惠，干什么都是利利索索的。他们生了个女儿。女儿像韵龙，胖乎乎的，挺好玩。邱韵龙爱若掌上明珠，常带她到后台来玩。媳妇每天得给他捉摸吃什么，不能老是肘子。有时给他煽一个锅子（涮羊肉），有时煨牛（肉）[②]，或是炒一盘羊尾巴油炒麻豆腐[③]。一来给他调剂调剂，二来也得照顾照顾女儿的口味。女儿读了外贸学院，工作了，结婚了，生孩子了。一转眼，邱韵龙结婚小四十年了。一家子过得风平浪静，和和美美。

万万没有想到：邱韵龙谈恋爱了！

---

① “发小”是从小一块长大的意思。

② 煨牛是用牛肋条肉文火煨透，得煨一夜。

③ 麻豆腐是制粉丝下脚料，本身很便宜，但配料费钱，羊尾巴油很不易得。

消息传开了，很多人都不相信。

“邱韵龙谈恋爱？别逗啦！”

“他？他都六十出头啦！”

“谁要他呀？这么大的肚子！”

事实就是事实，邱韵龙不否认。

女的是公共汽车公司卖月票的售票员，模样不错，照邱韵龙的说法是：“高鼻梁，大眼睛，一笑俩酒窝。”她四十几了，一年前死了丈夫。因为没有生过孩子，身材还挺苗条，说是三十大几，也说得过去。邱韵龙每月买月票，渐渐熟了，每次隔着售票处的窗口，总要搭搁几句。有一次，女的跟他说：“我昨儿晚上瞧见您了——在电视里。”——“你瞧见了吗？”那是一次春节晚会，有一个游艺节目，电影明星和体育健将的排球赛——用气球，只许用头顶，邱韵龙是裁判。那天他穿了一件大花粗线毛衣，喊着裁判口令：“红队，得分！”——“蓝队，过网击球，换发球!”本来这是逢场作戏，逗人一乐的事，比赛场内外笑声不绝，邱韵龙可是认真其事，奔过来，跑过去，吹哨子，叫口令，一丝不苟，神气十足。“您真精神！样子那么年轻，一点不显老！”——“是吗？”邱韵龙就爱听这句话，心里美不滋儿的。邱韵龙送过两回戏票，请她看戏。两个人看过几场电影，吃过几回小馆子。说话，这就到夏天了，他们逛了一回西山八大处。回来，邱韵龙送她回家。天热，女的拧了一个手巾把儿递给他：“你擦擦汗。我到里屋擦把脸，你少坐一会。”过了一会，女的撩开门帘出来：一丝不挂。

有人劝邱韵龙：“您都这么大的岁数了，您这是干什么？”

邱韵龙的回答是：“你说吃，咱们什么没吃过？你说穿，咱们什么没穿过？就这个，咱们没有干过呀！”

女的不愿这么不明不白，偷偷摸摸地过，她让他和老婆离婚，和她正式结婚。

他回家和老婆提出，老婆说：“你说什么？”

他的一个弟妹（师弟的媳妇）劝他不要这样，他说：

“我宁可精精致致地过几个月，也不愿窝窝囊囊地过几年。”

这实在是一句十分漂亮，十分精彩的话，“精精致致”，字眼下得极好，想不到邱韵龙的厚嘴唇里会吐出这样漂亮的语言！

他天天跟老婆蘑菇，没完没了。最后说：“你老不答应，赶明儿那大红花叫别人戴上了[①]，你心里不难受呀？”

他的女儿听到母亲告诉她父亲的原话，说：“这是什么逻辑！”

老婆叫他纠缠得没有办法，说：“离！离！”他自觉于心有愧，什么也没有带，大彩电、电冰箱、洗衣机，成堂沙发，组合家具，全都留给发妻，只带了一个存折，两箱衣裳，“扫地出门”，去过他那精精致致的日子去了。

他很注意保重身体。家里五屉柜一个抽屉里装的都是常用药。血压稍有波动，只要低压超过九十，高压超过一百三，就上医务室要降压灵。家里常备氧气袋，见了过了六十的干部就奉劝道：“像咱们这个年龄，一定要有氧气袋！”他还举出最近过世的两个熟人，说：“那样的病情，吸一点氧气就过来了。家里人无知呀！”他犯过两次心绞痛，都不典型，心电图看不出太大的问题。这一

---

① 做新郎，例于胸前戴绢制大红花一朵。

天，他早餐后觉得心脏不大舒服，胸闷气短，就上医院去看看。医院离他家——他的新居很近，几步就到了，他是步行去的。他精神还挺好。头戴英国兔毛呢便帽——唱花脸的得剃光头，不能留发，所以他对帽子就特别在意，他有好几顶便帽，都是进口货；穿着铁灰色澳毛薄呢大衣，脚下是礼服呢千层底布鞋，——他不爱穿皮鞋，上面不管穿什么，哪怕是西服，脚下也总是礼服呢面布鞋。他双手插在大衣兜里，缓缓地，然而是轻轻松松地在人行道上走着，像一个洋绅士在散步。他自我感觉良好，觉得自己很潇洒，觉得自己有一种美。这种美不是泰隆保华、罗拔泰勒那样的美，这是“旱香瓜——另一个味儿”。他觉得自己很有艺术家的气质、风度，他很有自信。这种自信在他恋爱之后就更加强化，更加实在了。他时时不免顾影自怜——在商店大橱窗的反光的玻璃前一瞥他自己的风采。他原以为没有事儿，上医院领一点药就回来了，没想到左前胸忽然剧痛，浑身冷汗下来了，几乎休克过去。医生一检查，当即决定，住院抢救：大面积心肌梗死。

住院抢救，须有家属陪住。叫谁来陪住呢？他的虽已登记，尚未正式结婚的新夫人不便前来；医院和剧团领导研究，还是得请他已经离婚的元配夫人来。

到底是结发夫妻，他的原先的老伴接到通知，二话没说，就到医院里来了，对他侍候得很周到。他大小便失禁，拉了一床，还得给人家医院洗床单。他神志清醒，也很知情，很感激。

他还没有过危险期，但是并没有把日子过糊涂了。正是月初，发薪的日子，他跟老伴说：“你去给我把工资领来。”老伴说：“你都病成这相儿了，还惦着这个干什么？”——“你去给我领来，我爱瞧这个！”老伴给他领来了工资，把一沓人民币放在他的枕边。他看了看人民币，一笑而逝。享年六十二岁。

他死后，由于种种原因，没有开追悼会。悼词不好写，写什么？追悼会的会场上家属位置谁站着？

他死后，剧团的同事说：“邱韵龙简直是胡闹！”

他的女儿说：“我爸爸纯粹是自己嘬的！”①

一九九〇年十月三日

载一九九一年第一期《香港文学》

---

①“嘬”是地道北京话，有自作自受，自己找死的意思，但语气更重。

小芳

小芳在我们家当过一个时期保姆，看我的孙女卉卉。从卉卉三个月一直看她到两岁零八个月进幼儿园日托。

她是安徽无为人。无为木田镇程家湾。无为是个穷县，地少人多。地势低，种水稻油菜。平常年月，打的粮食勉强够吃。地方常闹水灾。往往油菜正在开花，满地金黄，一场大水，全都完了。因此无为人出外谋生的很多。年轻女孩子多出来当保姆。北京人所说的“安徽小保姆”，多一半是无为人。她们大都沾点亲。即或是不沾亲带故，一说起是无为哪里哪里的，很快就熟了。亲不亲，故乡人。她们互通声气，互相照应，常有来往。有时十个八个，约齐了同一天休息（保姆一般两星期休息一次），结伴去逛北海，逛颐和园；逛大栅栏，逛百货大楼。她们很快就学会了说北京话，但在一起时都还是说无为话，叽叽呱呱，非常热闹。小芳到北京，是来找她的妹妹的。妹妹小华头年先到的北京。

小芳离家仓促，也没有和妹妹打个电报。妹妹接到她托别人写来的信，知道她要来，但不知道是哪一天，不知道车次、时间，没法去接她。小芳拿着妹妹的地址，一点办法没有。问人，人不知道。北京那么大，上哪儿找去？小芳在北京站住了一夜。后来是一个解放军战士把她带到妹妹所在那家的胡同。小华正出来倒垃圾，一看姐姐的样子，抱着姐姐就哭了。小华的“主家”人很好，说：“叫你姐姐先洗洗，吃点东西。”

小芳先在一家呆了三个月，伺候一个瘫痪的老太太。老太太倒是很喜欢她。有一次小芳把碱面当成白糖放进牛奶里，老太太也并未生气。小芳不愿意伺候病人，经过辗转介绍，就由她妹妹带到了我们家，一呆就呆了下来。这么长的时间，关系一直很好。

小芳长得相当好看，高个儿，长腿，眉眼都不粗俗。她曾经在木田的照相馆照过一张相，照相馆放大了，陈列在橱窗里。她父亲看见了，大为生气：“我的女儿怎么可以放在这里让大家看！”经过严重的交涉，照相馆终于同意把照片取了下来。

小芳很聪明，她的耳音特别的好，记性也好，不论什么歌、戏，她听一两遍就能唱下来，而且唱得很准，不走调。这真是难得的天赋。她会唱庐剧。庐剧是无为一带流行的地方戏。我问过小华：“你姐姐是怎么学会庐剧的？”——“村里的广播喇叭每天在报告新闻之后，总要放几段庐剧唱片，她听听，就会了。”木田镇有个庐剧团，小芳去考过。团长看她身材、长相、嗓音都好，可惜没有文化——小芳一共只念过四天书，也不识谱，但想进了团可以补习，就录取了她。小芳还在庐剧团唱过几出戏。她父亲知道了，坚决不同意，硬逼着小芳回了家。木田的庐剧团后来改成了县剧团，小芳的父亲有点后悔，因为到了县剧团就可以由农村户口转为城市户口，吃商品粮。小芳如果进了县剧团，她一生的命运就会有很大的不同，她是很可能唱红了的。庐剧的曲调曲折婉转，如泣如诉。她在老太太家时，有时一个人小声地唱，老太太家里人问她："小芳，你哭啦？"——"我没哭，我在唱。"

小芳在我们家干的活不算重。做饭，洗大件的衣裳，这些都不要她管。她的任务就是看卉卉。小芳看卉卉很精心。卉卉的妈读研究生，住校，一个星期才回来一次，卉卉就全交给小芳了。城市育儿的一套，小芳都掌握了。按时给卉卉喝牛奶，吃水果，洗澡，换衣裳。每天上午，抱卉卉到楼下去玩。卉卉小时候长得很好玩，很结实，胖乎乎的，头发很浓，皮肤白嫩，两只大眼睛，谁见了都喜欢，都想抱抱。小芳于是很骄傲，小芳老是褒贬别人家的孩子："难看死了！"好像天底下就是她的卉卉最好。卉卉稍大一点，就带她到附近一个工地去玩沙土，摘喇叭花、狗尾巴草。每天还一定带卉卉到隔壁一个小学的操场上去拉一泡屎。拉完了，抱起卉卉就跑，怕被学校老师看见。上了楼，一进门："喝水！洗手！"卉卉洗手，洗她的小手绢，小芳就给卉卉做饭，蒸鸡蛋羹、青菜剁碎了加肝泥或肉末煮麦片、西红柿面条。小芳还爱给卉卉包饺子，一点点大的小饺子。

下午，卉卉睡一个很长的午觉，小芳就在一边整理卉卉的衣裳，缀缀线头松动的扣子，在绽开的衣缝上缝两针，一面轻轻地哼着庐剧。到后来为自己的歌声所催眠，她也困了，就靠在枕头上睡着了。

晚上，抱着卉卉看电视。小芳爱看电视连续剧、电影、地方戏。卉卉看动画片，看广告。卉卉看到电视里有什么新鲜东西，童装、玩具、巧克力，就说：“我还没有这个呢！”她认为凡是她还没有的东西，她都应该有。有一次电视里有一盘大苹果，她要吃。小芳跟她解释：“这拿不出来。”卉卉于是大哭。

卉卉有很多衣裳——她小姑、我的二女儿，就爱给她买衣裳，很多玩具。小芳有时给她收拾衣服、玩具，会发出感慨：“卉卉的命好——我的命不好。”

小芳教卉卉唱了很多歌：

大海呀大海，
是我生长的地方……

没有花香，没有树高
我是一棵无人知道的小草……

小芳唱这些歌，都带有一点忧郁的味道。

她还教卉卉念了不少歌谣。这些歌谣大概是她小时候念过的，不过她把无为字音都改成了北京字音。

老奶奶，真古怪，
躺在牙床不起来。
儿子给她买点儿肉，

媳妇给她打点儿酒，
摸不着鞋，摸不着裤，
套——狗——头！

老头子，
上山抓猴子，
猴子一蹦，
老头没用！

我有时跟卉卉起哄，就说：“猴子没蹦，老头有用！”卉卉大叫：“老头没用！”我只好承认：“好好好，老头没用！”

我的大女儿有一次带了她的女儿芃芃来，她一般都是两个星期来一次。天热，孩子要洗澡，卉卉和芃芃一起洗。澡盆里放了水，让她们自己在水里先玩一会。芃芃把卉卉咬了三口，卉卉大哭。咬得很重，三个通红的牙印。芃芃小，小芳不好说她什么，我的大女儿在一边，小芳也不好说她什么，就对卉卉的妈大发脾气：“就是你！你干嘛不好好看着她！”卉卉的妈只好苦笑。她在心里很感激小芳，卉卉被咬成这样，小芳心疼。

有一次，小芳在厨房里洗衣裳，卉卉一个人在屋里玩。她不知怎么把门划上了，自己不会开，出不来，就在屋里大哭。小芳进不去，在门外也大哭，一面说：“卉卉！卉卉！别怕！别怕！”后来是一个搞建筑的邻居，拿了斧子凿子，在门上凿了一个洞。小芳把手从洞里伸进去，卉卉一把拽住不放。门开了，卉卉扑在小芳怀里。小芳身上的肉还在跳。门上的这个圆洞，现在还在。

卉卉跟阿姨很亲，有时很懂事。小芳有痛经病，每个月总要有两天躺着，卉卉就一个人在小床里玩洋娃娃，玩积木，不要阿姨抱，也不吵着要下楼。小华每个月要给小芳送益母草膏、当归丸。卉卉都记住了。小华一来，卉卉就问她："你是给小芳阿姨送益母草膏来了吗？"她的洋娃娃病了，她就说："吃一点益母草膏吧！吃一点当归丸吧！"但卉卉有时乱发脾气，无理取闹。她叫小芳："站到窗户台上去！"

小芳看看窗户台："窗户台这么窄，我站不上去呀！"

"站到床栏杆上去！"

"这怎么站呀！"

"坐到暖气上去！"

"烫！"

"到厨房呆着去！"

小芳于是委委屈屈地到厨房里去站着。

过了一会，卉卉又非常亲热地喊："阿姨！小芳阿姨！"小芳于是高高兴兴地回到她们俩所住的屋里。

一个两岁的孩子为什么会有这种古怪的恶作剧的念头呢？这在幼儿心理学上怎么解释？

小芳送卉卉上幼儿园。她拿脚顶着教室的门，不让老师关，她要看卉卉。卉卉全不理会，头也不回，噌噌噌噌，走近她自己的小板凳，坐下了。小芳一个人回来。她的心里空了一块。

小芳的命是不好。她才六个月，就由奶奶做主，许给了她的姨表哥李德树。她从小就不喜欢李德树，越大越不喜欢。李德树相貌委琐。他生过瘌痢，头顶上有一块很大的秃疤，亮光光的，小芳看见他就讨厌。李德树的家境原来比小芳家要好些，但是他好赌，程家湾、木田的赌场只要开了，总会有他。赌得只剩下三间土房。他不务正业，田里的草长得老高。这人是个二流子，常常做出丢脸的事。

小芳十五岁的时候就常一个人到山上去哭。天黑了，她妈妈在山下叫她，她不答应。她告诉我们，她那时什么也不怕，狼也不怕。她自杀过一次，喝农药，被发现了，送到木田医院里救活了。中国农村妇女自杀，过去多是投河、上吊，自从有了农药，喝农药的多，这比较省事。乡镇医院对急救农药中毒大都很有经验了。她后来在枕头下面藏了两小瓶敌敌畏，小华知道，小华和姐姐睡一床，随时监视着她。有一次，小芳到村外大河去投水，她妹妹拼命地追上了她，抱着她的腿。小芳揪住妹妹头发，往石头上碰，叫她撒手。小华的头被磕破了，满脸是血，就是不撒手："姐！我不能让你去死！你嫁过去，好赖也是活着，死了就什么也没有了！"

小芳到底还是和李德树结婚了。领结婚证那天，小芳自己都没去，是她父亲代办的。表兄妹是不能结婚的，近亲结婚是法律不允许的。这个道理，小芳的奶奶当然不知道，她认为这是亲上做亲。小芳的父亲也不知道。小芳自己是到了我们家之后，我的老伴告诉她，她才知道的。办理结婚登记手续的村干部应该知道，何况本人并未到场，怎么可以就把结婚证发给他们呢？

李德树跟邻居借了几件家具，把三间土房布置一下，就算办了事。小芳和李德树并未同房。李德树知道她身上揣着敌敌畏，也不敢对她怎么样。

小芳一天也过不下去，就天天回家哭。哭得父亲心也软了。小华后来对我们说："究竟是亲骨肉呀。"父亲说："那你走吧。不要从家里走。李德树要来要人。"小芳乘李德树出去赌钱，收拾了一点东西，从木田坐汽车到合肥，又从合肥坐火车到了北京。她实际上是逃出来的。

小芳在我们家呆了一些时候，家乡有人来，告诉小芳，李德树被抓起来了。他和另外四个痞子合伙偷了人家一头牛，杀了吃了，人家告到公安局，公安局把他抓进去了。小芳很高兴，她希望他永远不要放出来。这怎么可能呢？偷牛，判不了无期。

李德树到北京来了！他要小芳跟他回去。他先找到小华，小华打了个电话给小芳。李德树有我们家的地址，他找到了，不敢上来，就在楼下转。小芳下了楼，对他说："你来干什么？我不能跟你回去！"楼下有几个小保姆，知道小芳的事，就围住李德树，把他骂了一顿："你还想要小芳！瞧你那德行！""你快走吧！一会公安局就来人抓你！"李德树竟然叫她们哄走了。

过些日子，小芳的父亲来信，叫小芳快回来，李德树扬言，要烧他们家的房子，杀她的弟弟，她妈带着她弟弟躲进了山里。小芳于是下决心回去一趟。小芳这回有了主见了，她在北京就给木田法院写了一封信，请求离婚，并寄去离婚诉讼所需费用。

小芳在合肥要下火车，车进站时，她发现李德树在站上等着她。小芳穿了一件玫瑰红人造革的短大衣，半高跟皮鞋，戴起墨镜，大摇大摆从李德树面前走过，李德树竟没认出来！

小芳坐上往木田的汽车一直回到家里。

李德树伙同几个朋友，就是和他一同偷牛的几个痞子，半夜里把小芳抢了出来。小芳两手抱着一棵树，大声喊叫："卉卉！卉卉！”——喊卉卉干什么？卉卉能救你么？

李德树让他的嫂子看着小芳。嫂子很同情小芳。小芳对嫂子说：“我想到木田去洗个澡。”嫂子说：“去吧。”小芳到了木田，跑到法院去吵了一顿：“你们收了我的钱，为什么不给我办离婚？”法院不理她。小芳就从木田到合肥坐火车到北京来了。

我们有个亲戚在安徽，和省妇联的一个负责干部很熟。我们把小芳的情况给那亲戚写了一封信，那位亲戚和妇联的同志反映了一下，恰好这位同志要到无为视察工作，向木田法院问及小芳的问题。法院只好受理小芳的案子，判离，但要小芳付给李德树九百块钱。

小芳的父亲拿出一点钱，小芳拿出她的全部积蓄，小华又帮她借了一点钱，陆续偿给了李德树，小芳自由了。

李德树拿了九百块钱，很快就输光了。小芳离开我们家后，到一家个体户的糖果糕点厂去做糖果，在丰台。糕点厂有个小胡，是小芳的同乡，每天蹬平板三轮到市里给各家送货。小芳有一天去看妹妹，带了小胡一起去。小华心里想：你怎么把一个男的带到我这里来了！是不是他们好了？看姐姐的眼睛，就是的。悄悄地问：“你们是不是好了？”姐姐笑了。小华拿眼看了看小胡，说：“太矮了！”小芳说：“矮一点有什么关系，要那么高干什么！”据小华说：“我姐喜欢他有文化。小胡读过初中。她自己没有文化，特别喜欢有文化的人。”

还得小胡回去托人到小芳家说媒。私订终身是不兴的。小胡先走两天，小芳接着也回了家。

到了家，她妈对她说：“你明天去看看三舅妈，你好久没看见她了，她想你。”小芳想，也是，就提了一包糕点厂的点心去了。

去了，才知道，哪是三舅妈想她呀，是叫她去让人相亲。程家湾出了个万元户。这人是靠倒卖衣裳发财的。从福建石狮贩了衣服，拆掉原来的商标，换上假名牌。一百元买进，三百元卖出。这位倒爷对小芳很中意，说小芳嫁给他，小芳家的生活他包了，还可供她弟弟上学。小芳说：“他就是亿万富翁，我也不嫁给他！”她妈说：“小胡家穷，只有三间土房。”小芳说：“穷就穷点，只要人好！”

小芳和小胡结了婚，一年后生了个女儿，取名也叫卉卉。

我们的卉卉有很多穿过的衣裳，留着也没有用，卉卉的妈就给小芳寄去，寄了不止一次。小芳让她的卉卉穿了寄去的衣裳照了一张相寄了来。小芳的卉卉像小芳。

家里过不下去，小芳两口子还得上北京来，那家糖果糕点厂还愿意要他们。

小芳带了小胡上我们家来。小胡是矮了一点。其实也不算太矮，只是因为小芳高，显得他矮了。小胡的样子很清秀，人很文静，像个知识分子。小芳可是又黑又瘦，瘦得颧骨都凸出来了，神情很憔悴。卉卉已经上幼儿园大班，不怎么记得小芳了，问小芳：“你就是带过我的那个阿姨吗？”小芳一把把她抱了起来，卉卉就黏在小芳身上不下来。

不到一年，小芳又回去了，她想她的女儿。

过不久，小胡也回去了，家里的责任田得有人种。

小芳小产了两次。医生警告她：“你不能再生了，再生就有危险！”小芳从小身体就不好。小芳说：“我一定要给他们家留一条根！”小芳终于生了一个儿子。小华说：“这孩子是他们家的一条龙！”

小芳一直很想卉卉。她来信要卉卉的照片，卉卉的妈不断给她寄去。她要卉卉的录音，卉卉的妈给她录了一盘卉卉唱歌讲故事的磁带。卉卉的妈叫卉卉跟小芳说几句话。卉卉扭扭捏捏地说：“说什么呀？”——“随便！随便说几句！”卉卉想了想，说：

“小芳阿姨，你好吗？我很想你，我记得你很多事。”

听小华说，小芳现在生活很苦，有时连盐都没有。没盐了，小胡就拿了网，打一二斤鱼，到木田卖了，买点盐。

我问小华：“小芳现在就是一心只想把两个孩子拉扯大了？”

小华说：“就是。”

小芳现在还唱庐剧吗？

可能还会唱，在她哄孩子睡觉的时候。

一九九一年五月二十八日

载一九九一年第五期《中国作家》

捡烂纸的老头

///

烤肉刘早就不卖烤肉了，不过虎坊桥一带的人都还叫它烤肉刘。这是一家平民化的回民馆子，地方不小，东西实惠。卖大锅菜。炒辣豆腐、炒豆角、炒蒜苗、炒洋白菜，比较贵一点是黄焖羊肉，也就是块儿来钱一小碗。在后面做得了，用脸盆端出来，倒在几个深深的铁罐里，下面用微火煨着，倒总是温和的。有时也卖小勺炒菜：大葱炮羊肉、干炸丸子，它似蜜……主食有米饭、花卷、芝麻烧饼，罗丝转；卖面条，浇炸酱、浇卤。夏天卖麻酱面。卖馅儿饼。烙饼的炉紧挨着门脸儿。一进门就听到饼铛里的油吱吱喳喳地响，饼香扑鼻，很诱人。

烤肉刘的买卖不错，一到饭口，尤其是中午，人总是满的。附近有几个小工厂，厂里没有食堂，烤肉刘就是他们的食堂。工人们都正在壮年，能吃，馅饼至少得来五个（半斤），一瓶啤酒，二两白的。女工则多半是拿一个饭盒来，买馅饼，或炒豆腐、花卷，带到车间里去吃。有一些退了休的职工，不爱吃家里的饭，爱上烤肉刘来吃“野食”，想吃什么要点什么。有一个文质彬彬的主儿，原来当会计，他每天都到烤肉刘这儿来，他和家里人说定，每天两块钱的“挑费”都扔在这儿。有一个煤站的副经理，现在也还参加劳动，手指甲缝都是黑的，他在烤肉刘吃了十来年了。他来了，没座位，服务员即刻从后面把他们自己坐的凳子提出一张来，把他安排在一个旮旯里。有炮肉，他总是来一盘炮肉，仨烧饼，二两酒。给他炮的这一盘肉，够别人的两盘。因为烤肉刘指着他保证用煤。这些，都是老主顾。还有一些流动客人，东北的、山西的、保定的、石家庄的。大包小包，五颜六色。男人用手指甲剔牙，女人敞开怀喂奶。

有一个人是每天必到的，午晚两餐，都在这里。这条街上人都认识他，是个捡烂纸的。他穿得很破烂，总是一件油乎乎的烂棉袄，腰里系一根烂麻绳，没有衬衣。脸上说不清是什么颜色，好像是浅黄的。说不清有多大岁数，六十几？七十几？一嘴牙七长八短，残缺不全。你吃点软和的花卷、面条，不好么？不，他总是要三个烧饼，歪着脑袋努力地啃啮。烧饼吃完，站起身子，找一个别人用过的碗（他可不在乎这个），自言自语：“跟他们寻一口面汤。”喝了面汤，“回见！”没人理他，因为不知道他是向谁说的。

一天，他和几个小伙子一桌。一个小伙子看了他一眼，跟同伴小声说了句什么，他多了心：“你说谁哪？”小伙子没有理他。他放下烧饼，跳到店堂当间：“出来！出来！”这是要打架。北京人过去打架，都到当街去打，不在店铺里打，免得损坏人家的东西搅了人家的买卖。“出来！出来！”是叫阵。没人劝。压根儿就没人注意他。打架？这么个糟老头子？这老头可真是糟。从里糟到外。这几个小伙子，随便哪一个，出去一拳准能把他揍趴下。小伙子们看看他，不理他。

这么个糟老头子想打架，是真的吗？他会打架吗？年轻的时候打过架吗？看样子，他没打过架，他哪是耍胳膊的人哪！他这是干什么？虚张声势？也说不上，无声势可言。没有人把他当一回事。

没人理他，他悻悻地回到座位上，把没吃完的烧饼很费劲地啃完了，情绪已经平复下来——本来也没有多大情绪。“跟他们寻口汤去。”喝了两口面汤，“回见！”

有几天没看见捡烂纸的老头了，听煤站的副经理说，他死了。死后，在他的破席子底下发现八千多块钱，一沓一沓，用麻筋捆得很整齐。

他攒下这些钱干什么？

载一九九一年二卷第一期《新地文学》

护秋

/

/

/

生产队派我今天晚上护秋。

“护秋”就是看守大秋作物。老玉米已经熟了，一两天就要掰棒子，防备有人来偷，所以要派人护秋。

这一带原来有偷秋的风气。偷将要成熟的庄稼，不算什么不道德的事。甚至对偷。你偷我家的，我偷你家的。不但不兴打架，还觉得这怪有趣。农业科学研究所的地是公家的地，庄稼是公家的庄稼，偷农科所的秋更是合理合法。这几年，地方政府明令禁止这种风气，偷秋的少了。但也还不能禁绝。前年农科所大堤下一亩多地的棒子，一个晚上就被人全掰了。

我提了一根铁锨把上了大堤。这里居高临下，地里有什么动静都能看见。

和我就伴的还有一个朱兴福。他是个专职“下夜”的，不是临时派来护秋的。农科所除了大田，还有菜地、马号、猪舍、种子仓库、温室和研究设备，晚上需要有人守夜。这里叫做下夜。朱兴福原来是猪倌，下夜已经有两年了。

这是一个蔫了巴唧的人。不爱说话，说话很慢，含含糊糊。他什么农活都能干，就是动作慢。他吃得不少，也没有什么病，就是没有精神，好像没睡醒。

他媳妇和他截然相反。媳妇叫杨素花（这一带女的叫素花的很多），和朱兴福是一个地方的，都是柴沟堡的。杨素花人高马大，长腿，宽肩，浑身充满弹性，像一个打足了气的轮胎内带，紧绷绷的。两个奶子翘得老高，很硬。她在大食堂做活：压莜面饸饹，揉蒸馒头的面，烙高粱面饼子，炒山药疙瘩……她会唱山西梆子（这一带农民很多会唱山西梆子），《打金砖》《骂金殿》《三娘教子》《牧羊圈》（这些是山西梆子常唱的戏）都能从头至尾唱下来。她的嗓子音色不甜，但是奇响奇高。农科所工人有时唱山西梆子，在外面老远就听见她的像运动场上裁判员吹哨子那样的嗓音。她扮上戏可不怎么好看，那么一匹高头大马，穿上古装，很不协调。她给人整个的印象有点像苏联电影《静静的顿河》里的阿克西尼亚。农科所的青年干部背后就叫她阿克西尼亚。这个外号她自己不知道。

阿克西尼亚去年出了一点事，和所里的一个会计乱搞，被朱兴福当场捉住。朱兴福告到支部书记那里（不知道为什么，所里出了这种事情都由支部书记处理）。所领导研究，给会计一个处分，记大过，降一级，调到别的单位。对阿克西尼亚没有怎么样。阿克西尼亚留着会计送她的三双尼龙袜子，一直没有穿。事情就算过去了。

谁都知道杨素花不“待见”她男人。

朱兴福背着一支老七九步枪，和我并肩坐在大堤上抽烟，瞎聊。他说话本来不清楚，再加上还有柴沟堡的口音，听起来很费劲。柴沟堡这地方的语言很奇怪，保留一些古音。如“我”读“偓”，他（她）读“渠”，跟广东客家话一样。为什么长城以北的山区会保留客家语言呢？

我问他他媳妇为什么不待见他，他说：“晓得为了个毬！”我问他：“你为什么总是没精神？你要是干净利索些，她就会心疼你一点。”他忽然显得有了点精神，说他原来挺精神的！他从部队上下来（他当过几年兵），有钱——有复员费，穿得也整齐。他上门相亲的那天，穿了一套崭新的蓝咔叽、解放鞋。新理了发。丈人丈母看了，都挺喜欢，说这个女婿“有人才”。杨素花也挺满意。娶过来两年，后来就……“晓得为了个毬！”

他把烟掐灭了，说：

“老汪，你看着点，偓回去闹渠一槌。”

“闹渠一槌”就是操她一回。

我说：“你去吧！”

他进了家，杨素花不叫他闹（这一带女人睡觉都是脱光了的），大声骂他：“日你娘！日你娘！”我在老远就听见了。过了一会，听不见声音了。

我在大堤上抽了三根烟，朱兴福背着枪来了。

“闹了？”

“闹了。”

夜很安静。快出伏了，天气很凉快。风吹着玉米叶子刷刷地响。一只鸹鸹悠（鸹鸹悠即猫头鹰）在远处叫，好像一个人在笑。天很蓝。月亮很大。我问朱兴福：“今天十五了？”

“十四。”

一九九二年七月二十三日

载一九九三年第一期《收获》

生前友好

/

/

/

他是剧院的电工。剧院现在不演现代戏，传统戏只要打个大平光，把台上照亮了就行了，有演出，他上剧场去，没有多少事。白天，到院部上班，很准时。院部也没有多少事，有时电线短路，保险丝烧断了，灯泡鳖了，需要修理一下，也都是举手之劳。但是他整天在院部各处走来走去，屁股后面佩了一个插了全部电工工具的皮套。他人很瘦小，这个全副武装的皮套对他说起来显得有点过于沉重。但是他愿意整天佩带着，这样才显出他是电工，是技术人员，和管衣箱的箱倌，刮片子的梳头桌师傅不一样。

他有两个特点，一个是爱吃辣，一个是爱参加追悼会。

前门饭店餐厅有一个时候对外营业，菜品不多，但是是正宗川味，而且价钱不贵。有些菜是别的川菜馆里不易吃得着的，比如白萝卜炖牛肉。麻婆豆腐做得很地道，豆腐很嫩，泛着一层红油。这位电工师傅几乎每天中午都到前门饭店吃饭，要一个麻婆豆腐，四两米饭。有剧院的熟人来——多半是二路演员、打鼓佬，他必要点头招呼，并说：

"就爱吃个辣！"

好像这是值得骄傲的事。他有理由骄傲，剧院的三路角以下的"苦哈哈"能每天上前门饭店吃饭的，不多。他对只吃窝头炸酱面的主儿，看不起。

剧院有六七百号人，死人的事是经常发生的。人死了，要开追悼会。电工师傅早打听好了，追悼会哪天开，头一天就作好了心理准备。不管是谁的追悼会他都参加，从不缺席，特别是名角的追悼会，尽管这些名角没跟他说过话。开往八宝山的大轿车停在院子里，车门一开，他头一个上去。他总是坐在最后一排。

奏哀乐，向遗像三鞠躬，剧院的负责人致悼词，在礼堂里走一圈，向遗体告别，一切如仪。电工师傅脸上很严肃，但是不掉眼泪。

大轿车从八宝山开回来，电工师傅到前门饭店吃麻婆豆腐。

他觉得这一天过得很有意思。

一九九三年八月二十一日

载一九九四年一月二十日《大公报》

可有可无的人——当代野人

谁都是可有可无的。

戏曲界多数演员学戏、唱戏，实在是一场误会，根本不够条件，要嗓子没嗓子，要扮相没扮相，要个头没个头。只是因为几代都是唱戏的，一出娘胎就注定是唱戏的命，别无选择。孩子到了岁数，托托人，就往科班里一送。科班是管吃住的。孩子坐了科，家里就少一张嘴。出了科，能来个活，开个戏份，且比拉洋车、捡破烂强。唱红，是没有指望的。庹世荣就是这样一块料。蹲了八年大狱[1]，只能当个底包，来个边边沿沿的角，“瀰泔零碎”。后台

---

① 科班一般是八年毕业，生活很苦，规矩很严，学戏的都说这是八年大狱。

管事在派角时，总是先考虑别人，下剩的，才在牙笏上写上他凑数。他学的是架子花，至多来个“曹八将”“反王”。他唱“点将”，有字无音，只在最后一句“要把，狼烟扫”随着别人吼一嗓子。[①]他的“玩艺儿”从来没有得过“好”，只有一次在一个小评剧团赶了一“包”，把评剧管彩匣子的“镇”了一下。评剧原来没有武打，没有勾脸的架子花，为了吸引观众，有时也穿插一两场武戏。武打演员都是从京剧班子里约的。没有“总讲”，更没有“单提”，演员连自己演的人物姓什么叫什么，都不知道，只要记住谁是“正的”，谁是“反的”，上去打一个“小五套”，“漫头”、“鼻子”，“正的”打“反的”一个抢背，“反的”捣耳瞪眼，作惊恐状，“四记头”亮住，“反的”拖枪急下，“正的”大笑三声：“啊哈，啊哈，啊喝哈哈……——追！”“枪下场”或“刀下场”，这一场就算完了。庹世荣勾了脸，管彩匣子的连声赞叹：“还是人家京剧班的，这脸勾得多干净！”这件事庹世荣屡屡提起，正如他的名字，是一世之荣。就算他的脸勾得不错，这又有什么了不起呢？

解放后他参加了国营剧团。国营剧团定员、定工资，庹世荣有了固定收入，每月月初拿戳子到会计室领钱，再不用一晚上四处赶包，生活安定了。吃食上也好多了，除了熬白菜、炒麻豆腐，间长不短的来一顿炖肉。他爱吃猪下水、肠子、肚子、猪心、肺

---

① “点将”本是唢呐曲牌《点绛唇》，因多用于元帅升帐、豪客排山，故通称“点将”。“点将”的通用“大字”是：“将士英豪，儿郎虎豹，军威耀，地动山摇，要把狼烟扫。”但“大字”常不唱，只在最后齐唱：“——狼烟扫。”庹世荣亦依常例，不能算错。

头，吃起来没个够。大夫跟他说："这不是什么好东西，高胆固醇。"——"管那个呢！"照吃不误。他有时一晚上没有活，也不用说戏排戏，进门应个卯，得机会就出去满世界遛弯，买点俏货，到南横街"小肠陈"来两个卤煮火烧，垫补垫补。时不常的，也到练功厅练练功。他的开蒙老师常说："'艺术''艺术'，有艺还得有术。""艺术"还可以这样拆开来讲，这是京剧界的一大发明。怎么练，他的功也不会长了，但是活动活动也有好处——吃饭香。他的练功，不过是拉个山膀，踢踢脚，耗耗腿，"大跟头"是绝对不翻了。他过得很舒坦，很满足。

"文化大革命"，他忽然出了一次大风头。他写不出大字报，也不能参加大辩论。但是他还是很积极，跑进跑出，传递消息，跟着喊"万岁"，喊"打倒"，满脸通红，浑身流汗。革命战士逐渐形成两大派，甲派和乙派，成天打派仗。庹世荣经过观察考虑，决定参加甲派效力，在热火朝天的漩涡中乱转。

一辆"解放"牌疾驰而来，在剧团门口停住，从车上跳下几个乙派，还有几个着军装，扎皮带，套着大红袖箍的红卫兵，闯进牛棚，把几个走资派推推搡搡押上车。原来乙派勾结了"西纠"（红卫兵西城纠察队），要把走资派劫走。甲派战士蜂拥冲出大门，坚决不同意他们押走走资派。"西纠"所以支持乙派，押走剧团走资派，因想通过批斗剧团走资派，揪出本市乃至中央的走资派，立一大功。甲派不同意劫走走资派，是因为走资派都没有了，还叫他们批斗谁？那甲派就完蛋了。双方展开激烈的争辩，剑拔弩张。一个"西纠"小头领对司机下了命令："开走！别管他们！"正在千钧一发之际，庹世荣挟了一条席子往汽车前一铺："开走？姥姥！"

他往席子上一躺：“有种的从我身上轧过去！”司机犯不上为这么点事招惹一场人命，没有开动。甲派几个战士跳上车，把本团走资派夺下来，押回牛棚去了。司机倒车，从另一条路走了。

庹世荣这一壮举使全团为之刮目相看。不怕一万，就怕万一，万一司机是个浑愣的小伙子，真把车开过来，庹世荣可是吃什么也不香了。

庹世荣的形象高大起来，他自己也觉得俨然是黄继光、董存瑞式的英雄，进进出出，趾高气扬。

但是好景不长，没有多少日子，他身上耀眼的光辉就暗淡了。他参加了革委会，无建树。后来又参加“五一六”的调查、逼供信，愣把一个三八式的干部逼得承认自己是“五一六”。但是“五一六”是“文革”中的一大糊涂公案，根本是“老虎闻鼻烟，没有那八宗事”。他还回演员队演曹八将，吼半句“要把狼烟扫”，谁也不承认他真的是黄继光、董存瑞。

他得了病，血压高得异乎寻常，低压一百二，高压二百三。医生告诫他不能再吃肉。有时家里吃炖肉，他媳妇给他买两根顶花带刺的嫩黄瓜。这两根黄瓜给了他很大安慰：在家里，他还算个人物。

他死了，死于多种病并发症。一个也是唱架子花脸的二路角演员说医院的护士长告诉他，说：“你们那位庹同志，给他验血，抽了一试管血，竟有半试管是油！”这似乎不大可能。

要给他开追悼会，他媳妇不同意马上开，她提出条件，要追认庹世荣为党员。她以为如果老庹被追认为党员，则在分房子、子女就业等问题上，就会得到照顾。

她的想法不是毫无道理，但是新产生的党委会没有同意，认为他不够党员条件。

遗体告别，生前友好大部分都去了，庹世荣比平常瘦小了好些，他抽抽了。

一九九六年八月二十七日

载一九九六年第六期《当代》

鲍团长

鲍团长是保卫团的团长。

保卫团是由商会出钱养着的一支小队伍。保卫什么人？保卫大商家和有钱有势的绅士大户人家，防备土匪进城抢劫。这支队伍样子很奇怪。说兵不是兵。他们也穿军装，打绑腿，可是军装绑腿既不是草绿色的，也不是灰色的，而是“海昌蓝”的。——也不像警察，警察的制服是黑的。叫做“团”，实际上只有一排人。多半是从各种杂牌军开小差下来的。他们的任务是每天晚上到大街小巷巡逻一遍。有时大户人家办红白喜事，鲍团长会派两个弟兄到门口去站岗。他们也出操，拔正步。拔正步对他们是没有什么意义的，因为他们从来不参加检阅。日常无事，就在团部擦枪。下雨天更是擦枪的日子。

保卫团的团部在承志桥。承志桥在承志河上。承志河由通湖桥流下来，向东汇入护城河，终年是有水的。承志桥是一座木桥。这座桥有点特别，上有瓦盖的顶，两边有“美人靠”——两条长板，板上设有有弧度的栏杆，可以倚靠，故名“美人靠”。这座桥下雨天可以躲雨，夏天可以乘凉。靠在“美人靠”上看桥下河水，是一种享受。桥上时常有卖熟荸荠的担子，可以“抽牌九”的卖花生糖、芝麻糖的挑子。桥之北有一家木厂，沿河堆了很多杉木。放学的孩子喜欢在杉木梢头跳跃，于杉木的弹动起落中得到快乐。木厂之西，是杨家巷。承志桥以南一带也统称为承志桥。保卫团的团部在承志桥的东面。原本是一个祠堂。房屋很宽敞。西面三大间是办公室。后墙贴着总理遗像，两边是“革命尚未成功”，“同志仍须努力”。总理遗像下是一张大办公桌。南北两边靠墙立着枪架子，二十来支汉阳造七九步枪整齐地站着。一边墙上有三支“二膛盒子”。

鲍团长名崇岳，山东掖县人，行伍出身。十几岁就投了张宗昌的部队。张宗昌被打垮了，他在孙传芳的“联军”里干了几年。孙传芳下野，他参加了国民革命军——这一带人称之为“党军”，屡升为营长。行军时可以骑马，有一个勤务兵。

他很少谈军旅生活，有时和熟朋友，比如杨宜之，茶余酒后，也聊一点有趣的事。比如：在战壕里也是可以抽大烟的。用一个小茶壶，把壶盖用洋蜡烛油焊住，壶盖上有一个小孔，就可以安烟泡，茶壶嘴便是烟枪，点一个小蜡烛头——是烟灯。也可以喝酒。不少班排长背包里有一个“酒馒头”。把馒头在高粱酒里泡透，晒干；再泡，再晒干。没酒的时候，掰两片，在凉水里化开，这便是酒。杨宜之问他，听说张宗昌队伍里也有军歌：

三国战将勇，
首推赵子龙。
长坂坡前逞啊英雄。
还有张翼德，
黑头大脑壳……

鲍团长哈哈大笑，说："有！有！有！"

鲍崇岳怎么会到这个小县城来当一个保卫团长呢？他所在的那个团驻扎到这个县，在地方党政绅商的接风宴会上，意外地见到小时候一同读私塾的一个老同学，在县政府当秘书，他乡遇故，酒后畅谈。鲍崇岳表示，他对军队生活已经厌倦，希望找个地方清清静静地住下来，写写字。老同学说："这好办，你来当保卫团长。"老同学找商会会长王蕴之一说，王蕴之欣然同意，说："薪金按团长待遇。只是对鲍营长来说，太屈尊了。"老同学说："他这人，我知道，无所谓。"

王蕴之为什么欢迎鲍崇岳来当保卫团长呢？一来，保卫团的兵一向吊儿郎当，需要有人来管束；更重要的是：有他来，可以省掉商会乃至县政府的许多麻烦。这个县在运河岸边，过往的军队很多。鲍崇岳在军队上的朋友很多，有的是旧同事，有的是换帖的把兄弟，有的是在帮，都是安清门里的。鲍崇岳可以充当军队和地方的桥梁。过境或驻扎的军队要粮要草要供应，有鲍崇岳去拜望一下，叙叙旧，就可以少要一点，有点纠纷磨擦，鲍崇岳一张片子，就能大事化小。有鲍崇岳在，部队的营团长也不便纵任士兵胡作非为。鲍团长对保障地方的太平安静，实在起很大作用。因此，地方上的人对他很有好感，很尊敬。在这个小县城里，一个保卫团长也算是头面人物。

鲍团长的日子过得很潇洒。隔个三五天，他到团部来一次，泡一杯茶，翻翻这几天的《新闻报》、老《申报》，批几张报销条子——所报的无非是擦枪油、棉丝、火伕买的芦柴、煤块、洋铁壶，到承志桥一带人家升起煮中饭的炊烟，就站起身来。值日班长喊了一声“立正”，他已经跨出保卫团部大门的麻石门槛。

鲍团长是个大块头，方肩膀，长方脸，方下巴。留一个一寸长短的平头——当时这叫“陆军头”，很有军人风度，但是言谈举止温文尔雅。他是行伍出身，但在从军前读过几年私塾。塾师是个老秀才，能写北碑大字，鲍团长笔下通顺，函牍往来，不会闹笑话。受塾师影响，也爱写字。当地有人恭维他是“儒将”，鲍团长很谦虚地说：“儒将，不敢当，俺是个老粗。”但是对这样的恭维，在心里颇有几分得意。

鲍团长平常不穿军服。他有一身马裤呢的军装，只有在重要场合，总理诞辰纪念会，与县党政绅商欢迎省里下来视察工作的厅长或委员的盛会上，才穿一次。他平常穿便衣，“小打扮”，上身是短袄（钉了很大的扣子），下身扎腿长裤。县里人私下议论，说这跟他在红帮有关系。杨宜之问过他：“你是不是在红帮？”鲍崇岳不否认。杨宜之问：“听说红帮提画眉笼，两个在帮的‘盘道’，一个问‘画眉吃什么’？——‘吃肉’，立刻抽出一把攮子，卷起裤腿，三刀切出一块三角肉，扔给画眉，画眉接着，吧咋吧咋，就吃了，有没有这回事？”鲍崇岳说：“瞎说！”鲍团长到绅士大户人家应酬出客，穿长衫，还加一件马褂。

鲍团长在这个县呆了十多年，和县里的绅士都有人情来往。马家——马士杰家、王家——王蕴之家、杨家……每逢这几家有喜丧寿庆，他是必到的。事前也必送一个幛子或一副对子，幛子、对联上是他自己写的《石门铭》体的大字。一个武人，能写这样的字，使人惊奇。杨宜之说：“据我看，全县写《石门铭》的，除了王荫之，要数你，什么时候王大太爷回来，你把你的字送给他看看。”

杨家是世家大族。杨宜之的父亲十九岁就中了进士，做过两任知府。杨家所住的巷子就叫杨家巷。杨家巷北头高，南头低，坡度很大，拉黄包车从北头来，得直冲下来。杨家北面地势高，叫做“高台子”。由平地上高台子要过三十级砖阶。高台上有一座大厅，很敞亮，是杨宜之宴客的地方。每回宴客，杨宜之都给鲍团长送去知单。鲍团长早早就到了。鲍团长是杨宜之的棋友。开席前后，大厅里有两桌麻将。别人打麻将，杨宜之和鲍崇岳在大厅西边一间小书房里下围棋。有时牌局三缺一，杨宜之只好去凑一角，鲍崇岳就一个人摆《桃花谱》，或是翻看杨宜之所藏的碑帖。

鲍团长家住在咸宁庵。从承志桥到咸宁庵，杨家巷是必经之路。有时离团部早，就顺脚跨进杨家的高门槛——杨家的门槛特别高，过去杨家有大事，就把门槛拆掉，好进轿子——找杨宜之闲谈一会，鲍崇岳的老伴熏了狗肉，鲍崇岳就给杨宜之带去一块，两个人小酌一回。——这地方一般人是不吃狗肉的。

近三个月来，鲍崇岳遇到三件不痛快的事。

第一件：

鲍崇岳早就把家眷搬来了。他有一儿一女，儿子叫鲍亚璜，女儿叫鲍亚琮。鲍亚璜、鲍亚琮和杨宜之的女儿杨淑媛从小同学，同一所小学，同一所初中。杨淑媛和鲍亚琮是同班好朋友。鲍亚璜比她们高一班。鲍亚琮常到杨淑媛家去，一同做功课，玩。杨淑媛也常到鲍亚琮家去。她们有什么算术题不会做，就问鲍亚璜。鲍亚璜初中毕业，考取了外地的高中，就要离开这个县了。一天，他给杨淑媛写了一封情书。这件事鲍崇岳不知道。他到杨宜之家去，杨宜之拿出这封信说："写这样的信，他们都太早了一点。"鲍崇岳看了信，很生气，说："这小子，我回去要好好教训他一顿！"杨宜之说："小孩子的事，不必认真。"杨宜之话说得很含蓄，很委婉，但是鲍崇岳从杨宜之的微笑中读出了言外之意：鲍家和杨家门第悬殊太大了！鲍团长觉得受了侮辱。从此，杨淑媛不再到鲍家来。鲍崇岳也很少到杨家去了。杨家有事，不得已，去应酬一下，不坐席。

第二件：

本县湖西有一个纨绔浮浪子弟，乘抗日军兴之机，拉起一支队伍，和顾祝同、冷欣拉上关系，号称独立混成旅，在里下河一带活动。他的队伍开到县境，祸害本土，鱼肉乡民，敲诈勒索，无所不为。他行八，本地人都称之为"八舅太爷"。本地把蛮不讲理的叫做舅太爷。商会会长王蕴之把鲍团长请去，希望他利用军伍前辈的身份，找八舅太爷规劝规劝。鲍团长这天特意穿了军装，到八舅太爷的旅部求见。门岗接了鲍团长的名片，说"请稍候"。不大一会，门岗把原片拿出来，说："旅长说：不见！"鲍崇岳一辈子没有碰过这样一鼻子灰，气得他一天没有吃饭。他这个老资格现在吃不开了。这么一点事都办不了，要他这个保卫团长干什么，他觉得愧对乡亲父老。

第三件：

本县有个大书法家王荫之，是商会会长王蕴之的长兄，人称之为大太爷。他写汉碑，专攻《石门铭》，他把《石门铭》和草书化在一起，创出一种“王荫之体”，书名满江南江北。鲍崇岳见过不少他的字，既遒劲，也妩媚，潇洒流畅，顾盼生姿，很佩服。他和无锡荣家是世交，常年住在无锡，荣家供养着他，梅园的不少联匾石刻都是他的手笔。他每年难得回本乡住一两个月。上个月，回乡来了。鲍崇岳拿了自己写的一卷字，托王蕴之转给大太爷看看，请大太爷指点指点。如果有缘识荆，亲聆教诲，尤为平生幸事。过了一个月，王荫之回无锡去了，把鲍崇岳的一卷字留给了王蕴之。鲍崇岳拆开一看，并无一字题识。鲍崇岳心里明白：王荫之看不起他的字。

鲍崇岳绕室徘徊，忽然意决，提笔给王蕴之写了一封信，请求辞去保卫团长。信送出后，他叫老伴摊几张煎饼，卷了大葱面酱，就着一碟酱狗肉、一包炒花生，喝了一斤高粱。既醉既饱，铺开一张六尺宣纸，写了一个大横幅，溶《石门铭》入行草，一笔到底，不少踟蹰，书体略似王荫之：

田彼南山
荒秽不治
种一顷豆
落而为萁

人生行乐耳

须富贵何时

写罢掷笔，用按钉按在壁上，反复看了几遍，很得意。

一九九二年十一月二十二日

载一九九三年第二期《小说家》

黄开榜的一家

黄开榜不是本地人，他是山东人。原来是当兵的，开小差下来之后，在当地落住了脚。

他没有固定的职业，年轻时吹喇叭。这是一种细长颈子的紫铜喇叭，长五六尺，只能吹一个音：嘟——。早年间迎亲、出殡都有两种东西，一是长颈喇叭，二是铁铳。花轿或棺柩前面是吹鼓手，吹鼓手的前面是喇叭，喇叭起了开路的作用。黄开榜年轻中气足，一口气可以吹得很长。这喇叭的声音很不好听，尖锐刺耳。后来就没有什么人家用了。铁铳也废了，太响了，震得人耳朵疼。

没有人找黄开榜吹喇叭了，他又干了一种新的营生，当“催租的”。有些中小地主，在乡下置了几亩地，租给人种，这些家业不大的地主，无权无势，有的佃户就欺负他们，租子拖欠不交，地主找黄开榜去催。黄开榜去了，大喊大叫，要吃要喝，赖着不走，有时甚至找个枕头睡在人家里。这家叫他啰嗦得受不了啦，就答应哪天交齐。黄开榜找村里的教书先生或庙里的和尚帮这家立个保单：“立保单人某某所欠某府名下租子若干准于某月日如数交清空口无凭证立此保单是实。”黄开榜拉过佃户的右手，盖了一个手印，喝了一大碗米汤，走人。地主拿到保单，总得给黄开榜一点酒钱。

黄开榜还有一件拿不到钱，但是他很乐意去干的事，是参加“评理”。两家闹了纠纷，就约了街坊四邻、熟人朋友，到茶馆去评理，请大家说说公道话，分判是非曲直。评理的结果大都是调停劝解，大事化小，彼此不再记仇。两家评理，和黄开榜本不相干，谁也没有请他，他自己搬张凳子，一屁股就坐了下来，咋长六七，瞎掺和。他嗓门很大，说起话来唾沫星子乱喷，谁都离他远远的。他一面大声说话，一面大口吃包子。这地方吃茶都要吃包子，评理的尤不能缺。他一人能把一笼包子——十六个，全吃了。灌下半壶酽茶，走人。这十六个包子可以管他一天，晚饭只要喝一碗“采子粥”——碎米加剁碎了的青菜煮的粥，本地叫做“采子粥”。

他的老婆倒是本地人。据说年轻时很风流，她为什么跟了黄开榜呢？本地有个说法：“要称心，嫁大兵”。这里所谓“称心”指的是什么，本地人都心领神会。她后来上了岁数，看不出风流不风流，但身材还是匀称的，既不肥胖臃肿，也不骨瘦如柴，精精干干，利利索索。

她生过五个孩子。

头胎是个男孩。不知道为什么，孩子生下来，就送给一个姓薛的裁缝。头胎儿子就送了人，谁也不知道什么原因。这孩子姓了薛，从小跟薛裁缝学裁缝，现在已经很大了，能挣钱了。薛黄两家离得很近，薛家在螺蛳坝，黄家在越塘，几步就到了，但是两家不来往。这个姓了薛的裁缝从来没有来看过他的生身父母。

黄开榜的二儿子不知到哪里去了。也许在外面当兵，也许在大船上撑篙拉纤。也许已经死了。他扔下一个媳妇。这媳妇是个圆盘脸，头发浓黑，梳了一个很大的“牛屎粑粑”头。她长得很肉感。越塘一带人的语言里没有“肉感”这个词儿，便是街面上的生意人也不会说这个词儿，只有看过美国电影的洋学生才用这个词儿。但这词儿用在她身上非常合适。越塘一带人有更放肆的说法，小曲里唱道：“白掇掇的奶子粉撮撮的腰”，她无不具备。男人走了，她靠“挑箩把担”维持衣食。自从和毛三“靠”上了，就很少挑箩了。

毛三是个开青草行的。用一只船停在越塘岸边收购青草。姑娘小子割了青草卖给他，当时付钱。船上青草满了，就整船交给乡下人。乡下人把青草和河泥拌匀，在东门外护城河边的空地上堆成一个一个长方形的墩子，用铁锨把表面拍实，让青草发酵，到第二年栽秧，这便是极好的肥料。夏天，天才蒙蒙亮，就听见毛三用极高极脆的声音拉长音吆喝：“噢草来——”“噢”是土音，意思是约分量。收草季节过了，他就做别的生意，收荸荠，收菱。因此他很有几个钱。

毛三的眼睛有毛病，迎风掉泪，眼边常是红红的，而且不住地眨巴。但是他很风流自在，留着一个中分头。他有个外号叫“斜公鸡”。公鸡“踩水”——就是欺负母鸡，在上母鸡身之前，都是奓下一只翅膀，斜着身子跑过来，然后纵身一跳，把母鸡压在下面。

毛三见到女人，神气很像斜着身子的公鸡。

毛三靠了黄开榜的二媳妇，越塘无人不晓。大白天，毛三“噢”过草，就走进二媳妇的门。二媳妇是单过的，住西屋——黄开榜一家住朝南的正屋。大概过了一个半小时，毛三开门出来，样子像是踩过水的公鸡，浑身轻松。二媳妇跟着出来，也像非常满足。毛三上茶馆吃茶，二媳妇拿着淘箩去买米。

黄开榜的三儿子是这家的顶门柱。他小名叫三子，越塘人都叫他三子。他是靠肩膀吃饭的。每天挑箩，他总能比别人多挑两担。他为人正气，越塘人都尊重他。他不吃烟，不喝酒，不赌钱，不打架。他长得一表人才，邻居都说他不像黄家人。但是他和越塘的姑娘媳妇从不勾勾搭搭，简直是目不斜视。越塘的姑娘愿意嫁给三子的很多，三子不为所动。三子为了多挣几个钱，常到离城稍远的五里坝、马棚湾这些地方去挑谷子，有时一去两三天。

黄开榜的四儿子是个哑巴。

最后生的是个女儿，是个麻子，都叫她“麻丫头”。

哑巴和麻丫头也都能挑箩了，挑半担，不用箩筐，用两个柳条编的笆斗。

这样，黄开榜家的日子还算能过得下去。饭自然吃得简单，红糙米饭，青菜汤。哑巴有时摸点泥鳅，捞点螺蛳。越塘有时有卖呛蟹的来，麻丫头就去买一碗。很小的螃蟹，有的地方叫蟛蜞，用盐腌过，很咸。这东西只是蟹壳没有什么肉，偶有一点蟹黄，只是嘬嘬味道而已，但是很下饭。

越塘的对面是一片菜园，更东去是荒地。黄开榜的老婆每年在荒地上种一片蚕豆。蚕豆嫩的时候摘了炒炒吃，到秋后，蚕豆老了，豆荚发黑了，就连豆秸拔下，从桥上拖过河来——越塘有一道简易的桥，只是两根洋松木方子搭在两岸，把豆秸晒在了裁缝门前的路上，让来往行人去踩，把豆荚踩破，豆粒脱出。干蚕豆本来准备过冬没菜时煮了吃的，不到过冬，就都叫麻丫头炒炒吃掉了。

越塘很多人家无隔宿之粮，黄开榜家常是吃了上顿计算下顿。平常日子总有点法子，到了连阴下雨，特别是冬天下大雪，挑箩把担家的真是揭不开锅了。逢到这种时候，黄开榜两口子就吵架，黄开榜用棍子打老婆——打的是枕头。吵架是吵给街坊四邻听的，告诉大家：我们家没有一颗米了。于是紧隔壁邻居丁裁缝就自己倒了一升米，又跟邻居“告”一点，给黄家送去，这才天下太平。丁裁缝是甲长，这种事情他得管。

黄开榜忽然异想天开，搞了一个新花样：下神。黄开榜家对面，有一家杨家香店的作坊。作坊接连两年着火，黄开榜说这是“狐火”，是胡大仙用尾巴在香面上蹭着的。他找了一堆断砖，在香店作坊墙外砌了一个小龛子，里面放一个瓦香炉。胡大仙附了他的体了，就乱蹦乱跳，乱喊乱叫起来，关云长、赵子龙、孙悟空、猪八戒、宋公明、张宗昌……胡说八道一气。居然有人相信他这胡大仙，给胡大仙上供：三个鸡蛋、一块豆腐。这供品够他喝二两酒。

三子从五里坝领回了一个新媳妇。他到五里坝挑稻子，这女孩子喜欢他，就跟来了。这是一个农民家的女儿，虽然和一个见了几次面的男人私奔（她是告诉过爹妈的），却是一个很朴素的女孩子。她宽肩长腿，大手大脚，非常健康。眼睛很大，看人的时候显得很纯净坦诚，不像城市贫民的女儿有点狡猾，有点淫荡。她力气很大，挑起担子和三子走得一样快。她认为自己选择了三子选对了；三子也觉得他真捡到了一个好老婆。新媳妇对越塘一带的风气看不惯。她看不惯老公爹装神弄鬼，也看不惯二嫂子偷人养汉。枕头上对三子说："这算怎么回事？这不像一户正经人家！"她和三子合计，找一块地方，盖三间草房，和他们分开，另过。三子同意。

黄开榜生病了。

越塘一带人，尤其是黄开榜一家，是很少生病的。生病，也不请医吃药。有点头疼脑热，跑肚拉稀，就到汪家去要几块霉糕。汪家老太太过年时蒸糕，总要留下一簸箩，让它长出霉斑，施给穷人，黄开榜的老婆在家里有人生病时就去要几块霉糕，煮汤喝下去，病就好了。霉糕治病，是何道理？后来发明了盘尼西林，医学界说霉糕其实就是盘尼西林。那么汪家老太太可称是盘尼西林的首先发明者。

黄开榜吃了霉糕汤，不见好。

一天大清早，黄家传出惊人的哭声：黄开榜死了。

丁裁缝拿了绿簿到街里店铺中给黄开榜化了一口薄皮材。又自己出钱，买了白布，让黄家人都戴了孝。

黄开榜的大儿子，已经姓薛的裁缝赶来给黄开榜磕了三个头，留下十块钱给他的亲生母亲，走了，没说一句话。

三子和三媳妇用两根桑木扁担把黄开榜的薄皮材从洋松木方的简易桥上抬过越塘，要埋到种蚕豆的荒地旁边。哑巴把那支紫铜长颈喇叭找出来，在棺材前使劲地吹："嘟——"。

一九九三年五月二十八日

载一九九三年十一月《精品》创刊号

小姨娘

/
/
/

小姨娘章叔芳是我的继母的异母妹妹。她比我才大两岁。我们是同学，在同一所初中读书。她比我高一班。她读初三，我读初二。那年她十六岁，我十四。但是在家里我还是叫她小姨娘。

章家是乡下财主。他们原来在章家庄住。章家庄是一个很大的庄子。庄里有好几户靠田产致富的财主，章家在庄里是首户。后来外公在城里南门盖了一所房子，就搬到城里来了。章老头脾气很“藏”，除了几家至亲（也都是他那样的乡下财主），跟谁也不来往。他和城里的上代做过官，有功名的世家绅士不通庆吊。他说：“我不巴结他们！”地方上有关公益的事情，修桥补路、施药、开粥厂……他一毛不拔，不出一个钱。因此得了一个外号：“章臭屎”。

章家的房子很朴实，没有什么亭台楼阁，但是很轩敞豁亮。砖瓦木料都是全新的。外公奉行朱柏庐治家格言：“黎明即起，洒扫庭院，要内外整洁。”他虽然不亲自洒扫，但要督促佣人。他的大厅的箩底方砖上连一根草屑也没有。桌椅只是红木的（不是“海梅”、紫檀），但是每天抹拭，定期搽核桃油，光可鉴人。榫头稍有活动，立刻雇工修理。

章家没有花园，却有一座桑园，种的都是湖桑。又不养蚕，种那么多桑树干什么？大厅前面天井里的石条上却摆了十几盆橙子。橙子在我们那不多见。橙子结得很好，下雪天还黄澄澄的挂在枝头，叶子不落，碧绿的。

章家家规很严，我从来没有见外公笑过。他们家的人都不会喝酒。老头子生日、姑奶奶归宁，逢年过节，摆席请客，给客人预备高粱酒——其实只有我父亲一个人喝，他们自己家的人只喝糯米做的甜酒。席上没有人划拳碰杯，宴后也没有人撒酒疯。家里不许赌钱。过年准许赌五天，但也限于掷骰子赶老羊，不许打麻将，更不许推牌九。在这个家里听不到有人大声说笑，说话声音都很低，整天都是静悄悄的。

章家人都很爱干净，勤理发、勤洗澡、勤换衣裳，什么时候都是精神饱满，容光焕发。章家的人都长得很漂亮。二舅舅、三舅舅都可称为美男子。章老头只是一张圆圆的脸，身体很健壮，外婆也不见得太好看，生的儿女却都那么出众，有点奇怪。

我们初中有两个公认为最好看的女生。一个是胡增淑，一个是章叔芳。胡增淑长得很性感，她走路爱眯着眼，扭腰，袅袅婷婷，真是“烟视媚行”。她深知自己长得好看，从镜子面前，反光的玻璃面前经过，总要放慢脚步，看看自己。章叔芳和胡增淑是两种类型。她长得很挺直，头发剪得短短的，有点像男孩子。眼睛很大，很黑，闪烁有光。她听人说话都是平视。有时眨两下眼睛，表示“哦，是这样！”或“是吗？是这样吗？”她眉宇间有一股英气，甚至流露一点野性，但不细看是看不出来的，她给人的印象还是很文静，很秀雅的。

她不知为什么会爱上了宗毓琳。

宗毓琳和他的弟弟宗毓珂都和我同班。宗家原是这个县的人，宗毓琳的父亲后来到了上海，在法租界巡捕房当了“包打听”——低级的侦探。包打听都在青红帮，否则怎么在上海混？不知道为什么宗家要把两个儿子送回家乡来读初中，可能是为了可以省一点费用。

和章叔芳同班有一个同学叫王霈。王霈的父亲是个吟诗写字的名士，他家的房子很雅致。进门是一个大花园，有一片竹子。王霈的父亲在竹丛当中盖了一个方厅——四方的厅，像一个有门有窗的大亭子。这本是王诗人宴客听雨的地方。近年诗人老去，雅兴渐减，就把方厅锁了起来，空着。宗家经人介绍，把方厅租了下来，宗家兄弟就住在方厅里。

宗家兄弟也只是初中生，不见得有特别处。他们是在上海长大的，说话有一点上海口音，但还是本地话，因为这位包打听的家里说的还是江北话。他们的言谈举止有点上海的洋气，不像本地学生那样土。衣着倒也是布料的，但是因为是宁波裁缝做的，式样较新。颜色也不只是竹布的、蓝布的，而是糙米色的、铁灰色的。宗毓珂的乒乓球打得很好，是全校的绝对冠军。宗毓琳会写散文小说，摹仿谢冰心、朱自清、张资平、郁达夫。这在我们那个初中里倒是从来没有的。我们只会写“作文”。我们的初中有一个《初中壁报》，是学生自治会办的。每期的壁报刊头都是我画的。《壁报》是这个初中的才子的园地，大家都要看的。宗毓琳每期都在《壁报》上发表作品（抄在稿纸上，贴在一块黑板上）。宗毓琳中等身材，相貌并不太出众，有点卷发，涂了“司丹康”，显得颇为英俊。

小姨娘就为这些爱了他?

小姨娘第一次到宗毓琳住的方厅，是为了去借书，——宗毓琳有不少“新文学”的书，是由小舅舅章鹤鸣陪着去的，章鹤鸣和我同班、同岁。

第二次，是去还书。这天她和宗毓琳就发生了关系。章叔芳主动，她两下就脱了浑身衣服。两人都没有任何经验。他们的那点知识都是从《西厢记·佳期》《红楼梦·贾宝玉初试云雨情》得来的。初试云雨，紧张慌乱。宗毓琳不停地发抖，浑身出汗。倒是章叔芳因为比宗毓琳大一岁，懂事较早，使宗毓琳渐渐安定，才能成事。从此以后，章叔芳三天两头就去宗毓琳住的方厅。少男少女，情色相当，哼哼唧唧，美妙非常。他们在屋里欢会的时候，章鹤鸣和宗毓珂就在竹丛中下象棋，给他们望风。他们的事有些同学知道了。因为王霈的同学常到王霈家去玩，怎么能会看不出蛛丝马迹？同学们见章鹤鸣和宗毓珂在外面下象棋，就知道章叔芳和宗毓琳在里面“画地图”——他们做了“坏事”，总会在被单上留下斑渍的。

没有不透风的墙。小姨娘的事终于传到外公的耳朵里。王霈的未婚妻童苓湘和章叔芳同班。童苓湘是我的大舅妈的表妹。童苓湘把章叔芳的事和表姐谈了。大舅妈不敢不告诉婆婆。外婆不敢不告诉外公。外公听了，暴跳如雷。他先把小舅舅鹤鸣叫来，着着实实打了二十界方，小舅舅什么都说了。

外公把小姨娘揪着耳朵拉到大厅上，叫她罚跪。

伤风败俗，丢人现眼……！

才十六岁……！

一个“包打听”的儿子……！

章老头抓起一个祖传的霁红大胆瓶，叭嚓一下，摔得粉碎。

全家上下，鸦雀无声。大舅舅的小女儿三三也都吓得趴在大舅妈的怀里不敢动。

小姨娘直挺挺地跪在大厅里，不哭，不流一滴眼泪，眼睛很黑，很大。

跪了一个多小时。

后来是二嫂子——我的二舅妈拉她起来，扶她到她的屋里。

二舅妈是丹阳人。丹阳是介乎江南和江北之间的地方。她是在上海商业专科学校和二舅舅恋爱，结了婚到本县来的。——我的外公对儿子的前途有他的独特的设想，不叫他们上大学，二舅、三舅都是读的商专。二舅妈是一个典型的古典美人，瓜子脸、一双凤眼，肩削而腰细。她因为和二舅舅热恋，不顾一切，离乡背井，嫁到一个苏北小县的地主家庭来，真是要有一点勇气。她嫁过来已经一年多，但是全家都还把她当做新娘子，当做客人，对她很客气。但是她很寂寞。她在本县没有亲戚，没有同学，也没有朋友，而且和章家人语言上也有隔阂，没有什么可以说说话的人。丈夫——我的二舅舅在县银行工作，早出晚归。只有二舅舅回来，她才有说有笑（他们说的是掺杂了上海话、丹阳话和本地话的混合语言）。二舅舅上班，二舅妈就只有看看小说，写写小字——临《灵飞经》。她爱吹箫，但是在这个空气严肃的家庭里——整天静悄悄的，吹箫，似乎不大合适，她带来的一支从小吹惯的玉屏洞箫，就一直挂在壁上。她是寂寞的。但是这种寂寞又似乎是她所喜欢的。有时章叔芳到她屋里来，陪她谈谈。姑嫂二人，推心置腹，无话不谈。她是自由恋爱结婚的，对小姑子的行为是同情的，理解的，虽然也觉得她太年轻，过于任性。

二嫂子为什么敢于把章叔芳拉起来，扶到自己屋里？因为她知道公爹奈何不得，他不能冲到儿媳妇的屋里去。

章老头在外面跳脚大骂：

“你给我滚出去！滚！敢回来，我打断你的腿！”

老头气得搬了一把竹椅在桑园里一个人坐着，晚饭也不吃。

章叔芳拣了几件衣裳，打了个包袱往外走。外婆塞给她一包她攒下的私房钱，二舅妈把手上戴的一对金镯子抹下来给了她。全家送她。她给妈磕了一个头，对全家大小深深地鞠了三个躬，开了大门。门外已经雇好了一辆黄包车等着，她一脚跨上车，头也不回，走了。

第二天她和宗毓琳就买了船票，回上海。

到上海后给二嫂子来过一封信，以后就再没有消息。

初中的女同学都说章叔芳很大胆，很倔强，很浪漫主义。

过了两年，章老头生病死了——亲戚们议论，说是叫章叔芳气死的，二哥写信叫她回来看看，说妈很想她。

她回来了，抱着一个孩子。

她对着父亲的灵柩磕了三个头。没哭。

她在娘家住了三个月，住的还是她以前住的房，睡的是她以前睡的床。

我再看见她时她抱了个一岁多的孩子在大厅里打麻将。章老头死后，章家开始打麻将了。二哥、大嫂子，还有一个表婶。她胖了。人还是很漂亮。穿得很时髦，但是有点俗气。看她抱着孩子很熟练地摸牌，很灵巧地把牌打出去，完全像一个包打听人家的媳妇。她的大胆、倔强、浪漫主义全都没有一点影子了。

章家人很精明，他们在新四军快要解放我们家乡的前一年，把全部田产都卖了，全家到南洋去做了生意。因此他们人没有受罪，家产没有损失。听说在南洋很发财。——二舅舅、三舅舅都是学的商业专科学校，懂得做生意。

他们是否把章叔芳也接到南洋去了呢？没听说。

胡增淑后来在南京读了师范，嫁了一个飞行员。飞行员摔死了，她成了寡妇。有同学在重庆见到她，打扮得花枝招展，还挺媚。后来不知怎么样了。

一九九三年七月九日

载一九九三年第六期《小说家》

忧郁症

/

/

/

龚星北家的大门总是开着的。从门前过，随时可以看得见龚星北低着头，在天井里收拾他的花。天井靠里有几层石条，石条上摆着约三四十盆花。山茶、月季、含笑、素馨、剑兰。龚星北是望五十的人了，头发还没有白的，梳得一丝不乱。方脸，鼻梁比较高，说话的声气有点齉。他用花剪修枝，用小铁铲松土，用喷壶浇水。他穿了一身纺绸裤褂，趿着鞋，神态萧闲。

龚星北在本县算是中上等人家，有几片田产，日子原是过得很宽裕的。龚星北年轻时花天酒地，把家产几乎挥霍殆尽。

他敢陪细如意子同桌打牌。

细如意子姓王，“细如意子”是他的小名。全城的人都称他为“细如意子”，没有多少人知道他的大名。他兼祧两房，到底有多少亩田，连他自己也不清楚。这是个荒唐透顶的膏粱子弟。他的嫖赌都出了格了。他曾经到上海当过一天皇帝。上海有一家超级的妓院，只要你舍得花钱，可以当一天皇帝：三宫六院。他打麻将都是“大二四”。没人愿意陪他打，他拉人入局，说“我跟你老小猴”，就是不管输赢，六成算他的，三成算是对方的。他有时竟能同时打两桌麻将。他自己打一桌，另一桌请一个人替他打，输赢都是他的。替他打的人只要在关键的时候，把要打的牌向他照了照，他点点头，就算数。他打过几副“名牌”。有一次他一副条子的清一色在手，听嵌三索。他自摸到一张三索，不胡，随手把一张幺鸡提出来毫不迟疑地打了出去。在他后面看牌的人一愣。转过一圈，上家打出一张幺鸡。“胡！”他算准了上家正在做一副筒子清一色，手里有一张幺鸡不敢打，看细如意子自己打出一张幺鸡，以为追他一张没问题，没想到他胡的就是自己打出去的牌。清一色平胡。清一色三番，平胡一番，四番牌。老麻将只是“平”（平胡）、“对”（对对胡）、“杠”（杠上开花）、“海”（海底捞月）、“抢”（抢杠胡）加番，嵌当、自摸都没有番。围看的人问细如意子：“你准知道上家手里有一张幺鸡？”细如意子说：“当然！打牌，就是胆大赢胆小！”

龚星北娶的是杨六房的大小姐。杨家是名门望族。这位大小姐真是位大小姐，什么事也不管，连房门也不大出，一天坐在屋里看《天雨花》《再生缘》，喝西湖龙井，嗑苏州采芝斋的香草小瓜子。她吃的东西清淡而精致。拌荠菜、马兰头、申春阳的虾籽豆腐乳、东台的醉蛏鼻子、宁波的泥螺、冬笋炒鸡丝、砗螯烧乌青菜。她对丈夫外面所为，从来不问。

前年她得了噎嗝。“风痨气臌嗝，阎王请的客”，这是不治之症。请医吃药，不知花了多少钱，拖了小半年，终于还是溘然长逝了。

龚星北卖了四十亩好田，买了一副上好的棺木，办了丧事。

丧事自有李虎臣帮助料理。

李虎臣是一个好管闲事的热心肠的人。亲戚家有红白喜事，他都要去帮忙。提调一切，有条有理，不须主人家烦心。

他还有个癖好，爱做媒。亲戚家及婚年龄的少男少女，他都很关心，对他们的年貌性格、生辰八字，全都了如指掌。

丧事办得很风光。细如意子送了僧、道、尼三棚经。杨家、龚家的亲戚都戴了孝，随柩出殡，从龚家出来，白花花的一片。路边看的人悄悄议论：“龚星北这回是尽其所有了。”

丧偶之后，龚家北收了心，很少出门，每天只是在天井里莳弄石条上的三四十盆花。山茶、月季、含笑、素馨。穿着纺绸裤褂，趿着鞋，意态萧闲。

他玩过乐器，琵琶、三弦都能弹，尤其擅长吹笛。他吹的都是古牌子，是一个老笛师传的谱。上了岁数，不常吹，怕伤气。但是偶尔吹一两曲。笛风还是很圆劲。

龚星北有二儿一女。大儿子龚宗寅，在农民银行做事。二儿子龚宗亮，在上海念高中。女儿龚淑媛，正在读初中。

龚宗寅已经订婚。未婚妻裴云锦，是裴石坡的女儿。李虎臣做的媒。龚宗寅和裴云锦也在公共场合、亲戚家办生日做寿时见过，彼此印象很好。裴云锦的漂亮，在全城是出了名的。

裴云锦女子师范毕业后，没有出去做事。她得支撑裴家这个家。裴石坡可以说是“一介寒儒”。他是教育界的，曾经当过教育局的科长、县督学，做过两任小学校长。县里人提起裴石坡，都很敬重。他为人和气，正直，而且有学问。但是因为不善逢迎，没有后台，几次都被排挤了下来。赋闲在家，已经一年。这一年就靠一点很可怜的积蓄维持着。除了每天两粥一饭，青菜萝卜，裴石坡还要顾及体面，有一些应酬。亲友家有红白喜事，总得封一块钱“贺仪”“奠仪”，到人家尽到礼数。裴云锦有两个弟弟，裴云章、裴云文，都在读初中，云章读初三，云文读初二。他们都没有读大学的志愿。云章毕业后准备到南京考政法学校，云文准备到镇江考师范。这两个学校都是不要交费的。但是要给他们预备路费、置办行装，这得一笔钱。裴家的值一点钱的古董字画，都已经变卖得差不多了，上哪儿去弄这笔钱去？大姐云锦天天为这事发愁。裴石坡拿出一件七成新的滩羊皮袍，叫云锦当了。云锦接过皮袍，眼泪滴了下来。裴石坡说：“不要难过。等我找到事，有了钱，再赎回来。反正我现在也不穿它。”

龚家希望裴云锦早点嫁过来。龚星北请李虎臣到裴家去说说。裴石坡通情达理，说一家没有个女人，不是个事，请李虎臣择定个日子。

裴云锦把姑妈接来，好帮着洗洗衣裳，做做饭。

裴云锦换了一身衣裳：水红色的缎子旗袍，白缎子鞋，鞋头绣了几瓣秋海棠。这是几年前就预备下的。云锦几次要卖掉，裴石坡坚决不同意，说：“裴石坡再穷，也不能让女儿卖她的嫁衣！”龚宗寅雇了两辆黄包车，龚宗寅、裴云锦各坐一辆，裴云锦嫁到龚家了。

龚家没有大办，只摆了两桌酒席，男宾女宾各一席。

裴云锦拜见了龚家的长辈，斟了酒。裴云锦是个林黛玉型的美人，瓜子脸，尖尖的下巴，眉清目秀，唇红齿白。穿了这一身嫁衣，更显得光彩照人。一个老姑奶奶攥着云锦的手，上上下下端详了半天，连声说：“不丑不丑！真标致！真是水葱也似的！宗寅啊，你小子有造化！可得好好待她，别委屈了人家姑娘！姑娘，他若是亏待了你，你来找我，我给你出气！”老姑奶奶在龚家很有权威性，谁都得听她的。她说一句，龚宗寅连忙答应：“嗳！嗳！嗳！”逗得一桌子大笑，连裴云锦也忍不住抿嘴笑了。

新婚燕尔，小两口十分恩爱。

进门就当家。三朝回门过后，裴云锦就想摸摸龚家究竟还有多少家底，好考虑怎么当这个家。检点了一下放田契房契的匣子。只有两张田契了，加在一起不到四十亩。有两张房契，一所是身底下住着的，一所是租给同康泰布店的铺面。看看婆婆的首饰箱子，有一对水碧的镯子，一只蓝宝石戒指，一只石榴米红宝石的戒指。这是万万动不得的。四口大皮箱里是婆婆生前穿过的衣裳，倒都是“摹本缎”的。但是“陈丝如烂草”，变不出什么钱来。裴云锦吃了一惊：原来龚家只剩下一个空架子，每月的生活只是靠宗寅的三十五块钱的薪水在维持着。

同康泰交的房钱够买米打油，但是龚家人大手大脚惯了，每餐饭总还要见点荤腥。公公每天还要喝四两酒，得时常给他炒一盘腰花，或一盘鳝鱼。

老大宗寅生活很简朴，老二宗亮可不一样。他在上海读启明中学。启明中学是一所私立中学，收费很贵，入学的都是少爷小姐

（这所中学入学可以不经过考试，只要交费就行）。宗亮的穿戴不能过于寒碜，他得穿毛料的制服，单底尖头皮鞋。还要有些交际，请同学吃吃南翔馒头，乔家栅的点心。

小姑子龚淑媛初中没有毕业，就做了事，在电话局当接线生。这个电话局是私人办的。龚淑媛靠了李虎臣的面子才谋到这个工作。薪水很低，一个月才十六块钱。电话局很小，全县城也没有几部电话，工作倒是很清闲。但是龚淑媛心里很不痛快。她的同班同学都到外地读了高中，将来还会上大学的，她却当了个小小的接线生，她很自卑，整天耷拉着脸。她和大嫂的感情也不好。她觉得她落到这一步，好像裴云锦要负责。她怀疑裴云锦“贴娘家”。

“贴娘家”也是有之的。逢年过节，裴家实在过不去的时候，龚宗寅就会拿出十块、八块钱来，叫裴云锦偷偷地塞给姑妈，好让裴石坡家混过一段。裴云锦不肯，龚宗寅说：“送去吧，这不是讲面子的时候！”

龚家到了实在困难的时候，就只有变卖之一途。裴云锦把一些用不着的旧锡器、旧铜器搜出来，把收旧货的叫进门，作价卖了。她把一副郑板桥的对子，一幅边寿民的芦雁交给李虎臣卖给了季匋民。这样对对付付的过日子，本地话叫做“折皱”。

又要照顾一个穷困的娘家，又要维持一个没落的婆家，两副担子压在肩膀上，裴云锦那么单薄的身子，怎么承受得住？

嫁过来已经三年，裴云锦没有怀孕，她深深觉得对不起龚家。

裴云锦疯了！有人说她疯了，有人说她得了精神病，其实只是严重的忧郁症。她一天不说话，只是搬了一张椅子坐在房门口，木然地看着檐前的日影或雨滴。

龚宗寅下班回来，看见裴云锦没有坐在门口，进屋一看，她在床头栏杆上吊死了。解了下来，已经气绝多时。龚宗寅大喊："我对不起你！对不起你呀！这些年你没有过过一天松心的日子呀！"裴石坡闻讯赶来，抚尸痛哭："是我拖累了你，是我这个无用的老子拖累了你！"

裴云锦舌尖微露，面目如生。上吊之前还淡淡抹了一点脂粉。她穿着那身水红色缎子旗袍，脚下是那双绣几瓣秋海棠的白缎子鞋。

龚星北做主，把那只蓝宝石戒指卖了，买了一口棺材。不要再换衣服，就用身上的那身装殓了。这身衣服，她一生只穿过两次。

龚星北把天井里的山茶、月季、含笑、素馨的花头都剪了下来，撒在裴云锦的身上。

年轻暴死，不好在家停灵，第二天就送到龚家祖坟埋葬了。

送葬的有龚星北、龚宗寅、龚淑媛——龚宗亮没有赶回来；裴石坡、裴云章、裴云文、李虎臣；还有裴云锦的几个在女子师范时的要好的同学。无鼓乐、无鞭炮，冷冷清清，但是哀思绵绵。路旁观者，无不泪下。

送葬回来，龚星北看看天井里剪掉花头的空枝，取下笛子，在笛胆里注了一点水，笛膜上蘸了一点唾沫，贴了一张"水膏药"，试了试笛声，高吹了一首曲子，曲名《庄周梦》。

一九九三年七月十七日

载一九九三年第六期《小说家》

仁慧

仁慧是观音庵的当家尼姑。观音庵是一座不大的庵。尼姑庵都是小小的。当初建庵的时候，我的祖母曾经捐助过一笔钱，这个庵有点像我们家的家庵。我还是这个庵的寄名徒弟。我小时候是个“惯宝宝”，我的母亲盼我能长命百岁，在几个和尚庙、道士观、尼姑庵里寄了名。这些庙里、观里、庵里的方丈、老道、住持就成了我的干爹。我的观音庵的干爹我已经记不得她的法名，我的祖母叫她二师父，我也跟着叫她二师父。尼姑则叫她“二老爷”。尼姑是女的，怎么能当人家的“干爹”？为什么尼姑之间又互相称呼为“老爷”？我都觉得很奇怪。好像女人出了家，性别就变了。

二师父是个面色微黄的胖胖的中年尼姑，是个很忠厚的人，一天只是潜心念佛，对庵里的事不大过问。在她当家的这几年，弄得庵里佛事稀少，香火冷落，房屋漏雨，院子里长满了荒草，一片败落景象。庵里的尼姑背后管她叫“二无用”。

二无用也知道自己无用，就退居下来，由仁慧来当家。

仁慧是个能干人。

二师父大门不出，仁慧对施主家走动很勤。谁家老太太生日，她要去拜寿。谁家小少爷满月，她去送长命锁。每到年下，她就会带一个小尼姑，提了食盒，用小瓷坛装了四色咸菜给我的祖母送去。别的施主家想来也是如此。观音庵的咸菜非常好吃，是风过了再腌的，吃起来不是苦咸苦咸，带点甜味。祖母收了咸菜，道一声：“叫你费心。”随即取十块钱放在食盒里。仁慧再三推辞，祖母说：“就算是这一年的灯油钱。”

仁慧到年底，用咸菜总能换了百十块钱。

她请瓦匠来检了漏，请木匠修理了窗槅。窗槅上尘土堆积的槅扇纸全都撕下来，换了新的。而且把庵里的全部亮槅都打开，说：“干吗弄得这样暗无天日！”院子里的杂草全锄了，养了四大缸荷花。正殿前种了两棵玉兰。她说：“施主到庵堂寺庙，图个幽静。荒荒凉凉的，连个坐坐的地方都没有，谁还愿意来烧香拜佛？”

我的祖母隔一阵就要到观音庵看看。她的散生日都是在观音庵过的。每次都是由我陪她去。

祖母和二师父在她的禅房里说话，仁慧在办斋，我就到处乱钻。我很喜欢到仁慧的房里去玩，翻翻她的经卷，摸摸乌斯藏铜佛，掐掐她的佛珠，取下马尾拂尘挥两下。我很喜欢她的房里的气味。不是檀香，不是花香，我终于肯定，这是仁慧肉体的香味。我问仁慧：“你是不是生来就有淡淡的香味？”仁慧用手指点了一下我的额头，说：“你坏！”

祖母的散生日总要在观音庵吃一顿素斋。素斋最好吃的是香蕈饺子。香蕈（即冬菇）汤；荠菜、香干末作馅，包成薄皮小饺子，油炸透酥，倾入滚开的香蕈汤，嗤啦有声，以勺舀食，香美无比。

仁慧募化到一笔重款，把正殿修缮油漆了一下，焕然一新，给三世佛重新装了金。在正殿对面盖了一个高敞的过厅。正殿完工，菩萨“开光”之日，请赞助施主都来参与盛典。这一天观音庵气象庄严，香烟缭绕，花木灼灼，佛日增辉。施主们全都盛装而来，长裙曳地。礼赞拜佛之后，在过厅里设了四桌素筵。素鸡、素鸭、素鱼、素火腿……使这些吃长斋的施主们最不能忘的是香蕈饺子。她们吃了之后，把仁慧叫来，问：“这是怎么做的？怎么这么鲜？——没有放虾子么？”仁慧忙答：“不能不能，怎能放虾子呢！就是香蕈！——黄豆芽吊的汤。”

观音庵的素斋于是出了名。

于是就有人来找仁慧商量，请她办几桌素席。仁慧说可以，但要三天前预订，因为竹荪、玉兰片、猴头都要事先发好。来赴斋的有女施主，也有男性的居士。也可以用酒，但限于木瓜酒、豨莶酒这样的淡酒，不预备烧酒。

二师父对仁慧这样的做法很不以为然，说：“这叫做什么？观音庵是清静佛地，现在成了一个素菜馆！”但是合庵尼僧都支持她。赴斋的人多，收人的香钱就多，大家都能沾惠。佛前“乐助”的钱柜里的香钱，一个月一结，仁慧都是按比例分给大家的。至少，办斋的日子她们也能吃点有滋味的东西，不是每天白水煮豆腐。

尤其使二师父不能容忍的，是仁慧学会了放焰口。放焰口本是和尚的事，从来没有尼姑放焰口的。仁慧想：一天老是敲木鱼念那几本经有什么意思？为什么尼姑就不能放焰口？哪本戒律里有过这样的规定？她要学！善因寺常做水陆道场，她去看了几次，大体能够记住。她去请教了善因寺的方丈铁桥。这铁桥是个风流和尚，听说一个尼姑想学放焰口，很惊奇，就一字一句地教了她。她对经卷、唱腔、仪注都了然在心了，就找了本庵几个聪明尼姑和别的庵里的也不大守本分的年轻尼姑，学起放焰口来。起初只是在本庵演习，在正殿上摆开桌子凳子唱诵。咳，还真像那么回事。尼姑放焰口，这是新鲜事。于是招来一些善男信女、浮浪子弟参观。你别说，这十几个尼姑的声音真是又甜又脆，比起和尚的癞猫嗓子要好听得多。仁慧正座，穿金阑大红袈裟，戴八瓣莲花毗卢帽，两边两条杏黄飘带，美极了！于是渐渐有人家请仁慧等一班尼姑去放焰口，不再有人议论。

观音庵气象兴旺，生机蓬勃。

解放。

土改。

土改工作队没收了观音庵的田产，征用了观音庵的房屋。

观音庵的尼姑大部分还了俗，有的嫁了人。

有的尼姑劝仁慧还俗。

“还俗？嫁人？”

仁慧摇头。

她离开了本地，云游四方，行踪不定。西湖住几天，邓尉住几天，峨眉住几天，九华山住几天。

有许多关于仁慧的谣言。说无锡惠山一个捏泥人的，偷偷捏了一个仁慧的像，放在玻璃橱里，一尺来高，是裸体的。说仁慧有情人，生过私孩子……

有些谣言仁慧也听到了，一笑置之。

仁慧后来在镇江北固山开了一家菜根香素菜馆，卖素菜、素面、素包子，生意很好。菜根香的名菜是香蕈饺子。

菜根香站稳了脚，仁慧把它交给别人经管，她又去云游四方。西湖住几天，邓尉住几天，峨眉住几天，九华山住几天。

仁慧六十开外了，望之如四十许人。

一九九三年七月二十一日

载一九九三年第六期《小说家》

露水

/
/
/

露水好大。小轮船的跳板湿了。

小轮船靠在御码头。

这条轮船航行在运河上已经有几年，是高邮到扬州的主要交通工具。单日由高邮开扬州，双日返回高邮。轮船有三层，底层有几间房舱，坐的是县政府的科长、县党部的委员，杨家、马家等几家阔人家出外就学的少爷小姐，考察河工的水利厅的工程师。房舱贵，平常坐不满。中层是统舱。坐统舱的多是生意买卖人，布店、药店、南货店的二柜，给学校采购图书仪器的中学教员……。给茶房一点钱，可以租用一张帆布躺椅。上层叫“烟篷”，四边无遮挡，风、雨都可以吹进来。坐“烟篷”的大都自己带一块油布，或躺或坐。“烟篷”乘客，三教九流。带着锯子凿子的木匠，挑着锡匠挑子的锡匠，牵着猴子耍猴的，细批流年的江湖术士，吹糖人的，到缫丝厂去缫丝的乡下女人，甚至有“关亡”的、“圆光”的、挑牙虫的。

客人陆续上船，就来了许多卖吃食的。卖牛肉高粱酒的，卖五香茶叶蛋的，卖凉粉的，卖界首茶干的，卖“洋糖百合”的，卖炒花生的。他们从统舱到烟篷来回窜，高声叫卖。

轮船拉了一声汽笛，催送客的上岸，卖小吃的离船。不过都知道开船还有一会。做小生意的还是抓紧时间照做，不过把价钱都减下来了一些。两位喝酒的老江湖照样从从容容喝酒，把酒喝干了，才把豆绿酒碗还给卖牛肉高粱酒的。

轮船拉了第二声汽笛，这是真要开了。于是送客的上岸，做小生意的匆匆忙忙，三步两步跨过跳板。

正在快抽起跳板的时候，有两个人逆着人流，抢到船上。这是两个卖唱的，一男一女。

男的是个细高条，高鼻、长脸，微微驼背，穿一件褪色的蓝布长衫，浑身带点江湖气，但不讨厌。

女的面黑微麻，穿青布衣裤。

男的是唱扬州小曲的。

他从一个蓝布小包里取出一个细瓷蓝边的七寸盘，一双刮得很光滑的竹筷。他用左手持瓷盘，二指中指捏着竹筷，摇动竹筷，发出轻脆的、连续不断的响声；右手持另一只筷子，时时击盘边为节。他的一只瓷盘，两只竹筷，奏出或紧或慢、或强或弱的繁复的碎响，真是“大珠小珠落玉盘”。

姐在房中头梳手，
忽听门外人咬狗。
拾起狗来打砖头，
又怕砖头咬了手。
从来不说颠倒话，
满天凉月子一颗星。

“那位说了，你这都是淡话！说得不错。人生在世，不过是几句淡话罢了。等人、钓鱼、坐轮船，这是‘三大慢’。不错。坐一天船，难免气闷无聊。等学生给诸位唱几段小曲，解解闷，醒醒脾，冲冲瞌睡！”

他用瓷盘竹筷奏了一段更加紧凑的牌子，清了清嗓子，唱道：

一把扇子七寸长，
一人扇风二人凉。
松呀，嘣呀。
呀呀子沁，
月照花墙。

手扶栏杆口叹一声，
鸳鸯枕上劝劝有情人呀。
一路鲜花休要采嘘，
干哥哥，
奴是你的知心着意人哪！

这是短的，他还有些比较长的，《小尼姑下山》《妓女悲秋》。他的拿手，是《十八摸》，但是除非有人点，一般是不唱的。他有一个经折子，上列他能唱的小曲，可以由客人点唱。一唱《十八摸》，客人就兴奋起来。统舱的客人也都挤到“烟篷”里来听。

唱了七八段，托着瓷盘收钱。给一个铜板、两个铜板，不等。也有不给的。加上点唱的钱，他能弄到五六、七八角钱。

他唱完了，女的唱：

你把那冤枉事对我来讲，
一桩桩一件件，
桩桩件件对小妹细说端详。
最可叹你死在那麦田以内，
高堂上哭坏二老爹娘……

这是《枪毙阎瑞生·莲英惊梦》的一段。枪毙阎瑞生是上海实事。莲英是有名的妓女，阎瑞生是她的熟客。阎瑞生把莲英骗到郊外，在麦田里勒死了她，劫去她手上戴的钻戒。案发，阎瑞生被枪毙。这案子在上海很轰动，有人编成了戏。这是时装戏。饰莲英的结拜小妹的是红极一时的女老生露兰春。这出戏唱红了，灌了唱片，由上海一直传到里下河。几乎凡有留声机的人家都有这张唱片，大人孩子都会唱“你把那冤枉事”。这个女的声音沙哑，不像露兰春那样响堂挂味。她唱的时候没有人听，唱完了也没有多少人给钱。这个女人每次都唱这一段，好像也只会这一段。

唱了一回，客人要休息，他们也随便找个旮旯蹲蹲。

到了邵伯，有些客人下船，新上一批客人，他们又唱一回。

到了扬州，吃一碗虾籽酱油汤面，两个烧饼，在城外小客栈的硬板床上喂一夜臭虫，第二天清早蹚着露水，赶原班轮船回高邮，船上还是卖唱。

扬州到高邮是下水，五点多钟就靠岸了。

这两个卖唱的各自回家。

他们也还有自己的家。

他们的家是“芦席棚子”。芦笆为墙，上糊湿泥。棚顶也以“钢芦柴”（一种粗如细竹、极其坚韧的芦苇）为椽，上覆茅草。这实际上是一个窝棚，必须爬着进，爬着出。但是据说除了大雪三天，冬暖夏凉。御码头下边，空地很多，这样的“芦席棚子”是不少的。棚里住的是叉鱼的、照蟹的、捞鸡头米的、穿糖球（即北京所说的“冰糖葫芦”）的、煮牛杂碎的……

到家之后，头一件事是煮饭。女的永远是糙米饭、青菜汤。男的常煮几条小鱼（运河旁边的小鱼比青菜还便宜），炒一盘咸螺蛳，还要喝二两稗子酒。稗子酒有点苦味，上头，是最便宜的酒。不知道糟房怎么能收到那么多稗子做酒，一亩田才有多少稗子？

吃完晚饭，他们常在河堤上坐坐，看看星，看看水，看看夜渔的船上的灯，听听下雨一样的虫声，七搭八搭地闲聊天。

渐渐的，他们知道了彼此的身世。

男的原来开一个小杂货店，就在御码头下面不远，日子满过得去。他好赌，每天晚上在火神庙推牌九，把一间杂货店输得精光。老婆也跟了别人。他没脸在街里住，就用一个盘子、两根筷子上船混饭吃。

女的原是一个下河草台班子里唱戏的。草台班子无所谓头牌二牌，派什么唱什么。后来草台班子散了，唱戏的各奔东西。她无处投奔，就到船上来卖唱。

“你有过丈夫没有？”

“有过。喝醉了酒，一头栽在大河里，淹死了。”

“生过孩子没有？”

“出天花死了。”

“命苦！……你这么一个人干唱，有谁要听？你买把胡琴，自拉自唱。”

“我不会拉。”

“不会拉……这么着吧，我给你拉。”

“你会拉胡琴？”

“不会拉还到不了这个地步。泰山不是堆的。牛×不是吹的。你别把土地爷不当神仙。告诉你说，横的、竖的、吹的、拉的，我都拿得起来。十八般武艺件件精通——件件稀松。不过给你拉‘你把那冤枉事’，还是富富有余！”

“你这是真话？”

“哄你叫我掉到大河里喂王八！”

第二天，他们到扬州辕门桥乐器店买了一把胡琴。男的用手指头弹弹蛇皮，弹弹胡琴筒子，担子，拧拧轸子，搬搬弓子，说：“就是它！”买胡琴的钱是男的付的。

第二天回家。男的在胡琴上滴了松香，安了琴码，定了弦，拉了一段西皮，一段二黄，说：“声音不错！——来吧！”男的拉完了原板过门，女的顿开嗓子唱了一段《莲英惊梦》，引得芦席棚里邻居都围过来听，有人叫好。

从此，因为有胡琴伴奏，听女的唱的客人就多起来。

男的问女的："你就会这一段？"

"你真是隔着门缝看人！我还会别的。"

"都是什么？"

"《卖马》《斩黄袍》……"

"够了！以后你轮换着唱。"

于是除了《莲英惊梦》，她还唱"店主东，带过了，黄骠马……""孤王酒醉桃花宫"。当时刘鸿声大红，里下河一带很多人爱唱《斩黄袍》。唱完了，给钱的人渐渐多起来。

男的进一步给女的出主意。

"你有小嗓没有？"

"有一点。"

"你可以一个人唱唱生旦对儿戏：《武家坡》《汾河湾》……"

最后女的竟能一赶三，一个人唱一场《二进宫》。

男的每天给她吊嗓子，她的嗓子"出来"了，高亮打远，有味。

这样女的在运河轮船上红起来了。她得的钱竟比唱扬州小曲的男的还多。

他们在一起过了一个月。

男的得了绞肠痧，折腾一夜，死了。

女的给他刨了一个坟，把男的葬了。

她给他戴了孝，在坟头烧钱化纸。

她一张一张地烧纸钱。

她把剩下的纸钱全部投进火里。

火苗冒得老高。

她把那把胡琴丢进火里。

首先发出爆裂的声音的是蛇皮，接着哔剥一声炸开的是琴筒，然后是担子，最后轸子也烧着了。

女的拍着坟土，大哭起来：

“我和你是露水夫妻，原也不想一篙子扎到底。可你就这么走了！

“就这么走了！

“就这么走了！

“你走得太快了！

“太快了！

“太快了！

“你是个好人！

“你是个好人！

“你是个好人哪！”她放开声音，号啕大哭，直哭得天昏地暗，树上的乌鸦都惊飞了。

第二天，她还是在轮船上卖唱，唱“你把那冤枉事对我来讲……”

露水好大。

一九九三年七月三十一日

载一九九三年第六期《十月》

卖眼镜的宝应人

/

/

/

他是个卖眼镜的，宝应人，姓王。大家不知道怎么称呼他才合适。叫他“王先生”高抬了他，虽然他一年四季总是穿着长衫，而且整齐干净（他认为生意人必要“擦干掸净”，才显得有精神，得人缘，特别是脚下的一双鞋，千万不能邋遢：“脚底无鞋穷半截”）。叫他老王，又似有点小瞧了他。不知是哪一位开了头，叫他“王宝应”，于是就叫开了。背后、当面都这么叫。以至王宝应也觉得自己本来就叫王宝应。

他是个跑江湖做生意的，不老在一个地方。“行商坐贾”，他算是“行商”。他所走的是运河沿线的一些地方，南自仪征、仙女庙、邵伯、高邮，他的家乡宝应，淮安，北至清江浦。有时也岔到兴化、泰州、东台。每年在高邮停留的时间较长，因为人熟，生意好做。

卖眼镜的撑不起一个铺面，也没有摆摊的，他走着卖，——卖眼镜也没有吆喝的。他左手半捧半托着一个木头匣子，匣子一底一盖，后面有合页连着。匣子平常总是揭开的。匣盖子里面用尖麻钉卡着二三十副眼镜：平光镜、近视镜、老花镜、养目镜。这么个小本买卖没有什么验目配光的设备，有人买，挑几副试试，能看清楚报上的字就行。匣底是一些杂七杂八的东西，可以说是小古董：玛瑙烟袋嘴、“帽正”的方块小玉、水钻耳环、发蓝点翠银簪子、风藤镯，甚至有装鸦片烟膏的小银盒……。这些东西不知他是从什么地方寻摸来的。

他寄住在大淖一家人家。一清早，就托着他的眼镜匣奔南门外琵琶闸，在小轮船开船前，在“烟篷”“统舱”里转一圈。稍后，几家茶馆，五柳园、小蓬莱、新大陆都上了客，他就到茶馆里转一圈。哪里人多，热闹，都可以看到他的踪迹：王四海耍“大把戏”的场子外面、唱“大戏”的庙台子下面、放戒的善因寺山门旁边，甚至枪毙人（当地叫做“铳人”）的刑场附近，他都去。他说他每天走的路不下三四十里。“人为财死，鸟为食亡，天生的劳碌命！”

王宝应也不能从早走到晚，他得有几个熟识的店铺歇歇脚：李馥馨茶叶店、大吉陞油面（茶食）店、同康泰布店、王万丰酱园……最后，日落黄昏，到保全堂药店。他到这些店铺，和“头柜”“二柜”“相公”（学生意的）都点点头，就自己找一个茶碗，从“茶壶捂子”里倒一杯大叶苦茶，在店堂找一张椅子坐下。有时他也在店堂里用饭：两个插酥芝麻烧饼。

他把木匣放在店堂方桌上，有生意做生意，没有生意时和店里的“同事”、无事的闲人谈天说地，道古论今。他久闯江湖，见多识广、大家也愿意听他“白话”。听他白话的人大都半信半疑，以为是道听途说。——他书读得不多，路走得不少。可不只能是“道听途说”么？

他说沭阳陈生泰（这是苏北人都知道的一个特大财主）家有一座羊脂玉观音。这座观音一尺多高，“通体无瑕”。难得的是龙女的一抹红嘴唇、善财童子的红肚兜，都是天生的。——当初“相”这块玉的师傅怎么就能透过玉坯子看出这两块红，“碾”得又那么准？这是千载难逢，是块宝。有一个大盗，想盗这座观音，在陈生泰家瓦垄里伏了三个月。可是每天夜里只见下面一夜都是灯笼火把，人来人往，不敢下手。灯笼火把，人来人往，其实并没有，这是神灵呵护。凡宝物，必有神护，没福的，取不到手。

他说“十八鹤来堂夏家”有一朵云。云在一块水晶里。平常看不见。一到天阴下雨，云就生出来，盘旋袅绕。天晴了，云又渐渐消失。“十八鹤来堂”据说是堂建成时有十八只白鹤飞来，这也许是可能的。鹤来堂有没有一朵云，就很难说了。但是高邮人非常愿意夏家有一朵云——这多美呀，没有人说王宝应是瞎说。

他说从前泰山庙正殿的屋顶上，冬天，不管下多大的雪，不积雪。什么缘故？原来正殿下面有一个很大的獾子洞，跟正殿的屋顶一样大。獾子用自己的毛擀成一块大毯子，——“獾毯”。“獾毯”热气上升，雪不到屋顶就化了。有人问这块“獾毯”后来到哪里了，王宝应说：被一个“江西憋宝回子”盗走了，——现在下大雪的时候泰山庙正殿上照样积雪。

除了这些稀世之宝，王宝应最爱白话的是各地的吃食。

他说淮安南阁楼陈聋子的麻油馓子风一吹能飘起来。

他说中国各地都有烧饼，各有特色，大小、形状、味道，各不相同。如皋的黄桥烧饼、常州的麻糕、镇江的蟹壳黄，味道都很好。但是他宁可吃高邮的“火镰子”，实惠！两个，就饱了。

他说东台冯六吉——大名士，在年羹尧家当西宾——坐馆。每天的饭菜倒也平常，只是做得讲究。每天必有一碗豆腐脑。冯六吉岁数大了，辞馆回乡。他想吃豆腐脑。家里人想：这还不容易！到街上买了一碗。冯六吉尝了一勺，说：“不对！不是这个味道！”街上买来的豆腐脑怎么能跟年羹尧家的比呢？年羹尧家的豆腐脑是鲫鱼脑做的！

他的白话都只是“噱子”，目的是招人，好推销他的货。他把他卖的东西吹得神乎其神。

他说他卖的风藤镯是广西十万大山出的，专治多年风湿，筋骨酸疼。

他说他卖的养目镜是真正茶晶，有“棉”，不是玻璃的。真茶晶有“棉”，假的没有，戴了这副眼镜，会觉得窨凉窨凉。赤红火眼，三天可愈。

他不知从哪里收到一把清朝大帽的红缨，说是猩猩血染的，五劳七伤，咯血见红，剪两根煎水，热黄酒服下，可以立止。

有一次他拿来一个浅黄色的烟嘴，说是蜜蜡的。他要了一张白纸，剪成米粒大一小块一小块，把烟嘴在袖口上磨几下，往纸屑上一放，纸屑就被吸起来了。“看！不是蜜蜡，能吸得起来么？”

蜜蜡烟嘴被保全堂的二老板买下了。二老板要买，王宝应没敢多要钱。

二老板每次到保全堂来，就在账桌后面一坐，取出蜜蜡烟嘴，用纸捻通得干干净净，觑着眼看看烟嘴小孔，掏出白绸手绢把烟嘴全身上下仔仔细细擦了个遍，然后，掏出一支大前门，插进烟嘴，点了火，深深抽了几口，悠然自得。

王宝应看看二老板抽烟抽得那样出神入化，也很陶醉："蜜蜡烟嘴抽烟，就是另一个味儿：香，醇，绵软！"

二老板不置可否。

王宝应拿来三个翡翠表拴。那年头还兴戴怀表，讲究的是银链子、翡翠表拴。表拴别在纽扣孔里。他把表拴取出来，让在保全堂店堂里聊天的闲人赏眼："看看，多地道的东西，翠色碧绿，地子透明，这是'水碧'。我费了好大的劲才弄到。不贵。两块钱就卖，——一根。"

十几个脑袋向翡翠表拴围过来。

一个外号"大高眼"的玩家掏出放大镜，把三个表拴挨个看了，说："东西是好东西！"

开陆陈行的潘小开说："就是太贵，便宜一点，我要。"

"贵？好说！"

经过讨价还价，一块八一根成交。

"您是只要一个，还是三个都要？"

"都要！——送人。"

"我给您包上。"

王宝应抽出一张棉纸，要包上表拴。

"先莫忙包，我再看看。"

潘小开拈起一个表拴：

“靠得住？”

“靠得住！”

“不会假？”

“假？您是怕不是玉的，是人造的，松香、赛璐珞、‘化学’的？笑话！我王宝应在高邮做生意不是一天了，什么时候卖过假货？是真是假，一试便知。玉不怕火，‘化学’的见火就着。当面试给你看！”

王宝应左手两个指头捏住一个表拴，右手划了一根火柴，火苗一近表拴——

呼，着了。

一九九三年十月二十六日

载一九九四年第二期《中国作家》

辜家豆腐店的女儿

/

/

/

豆腐店是一个“店”，怎么会有个女儿？然而螺蛳坝一带的人背后都是这么叫她。或者称做“辜家的女儿”“豆腐店的女儿”。背后这样的提她，有一种特殊的意味。姓辜的人家很少，这个县里好像就是两三家。

螺蛳坝是“后街”，并没有一个坝，只是一片不小的空场。七月十五，这里做盂兰会。八九月，如果这年年成好，就有人发起，在平桥上用杉篙木板搭起台来唱戏。约的是里下河的草台戏子，京戏、梆子“两下锅”，既唱《白水滩》这样摔“壳子”的武打戏，也唱《阴阳河》这样踩跷的戏。做盂兰会、唱大戏，热闹几天，平常这里总是安安静静的。孩子在这里踢毽子，踢铁球，滚钱，抖空竹（本地叫“抖天嗡子”）。有时跑过来一条瘦狗，匆匆忙忙，不知道要赶到哪里去干什么。忽然又停下来，竖起耳朵，好像听见了什么。停了一会，又低了脑袋匆匆忙忙地走了。

螺蛳坝空场的北面有几户人家。有两家是打芦席的。每天看见两个中年的女人破苇子，编席。一顿饭工夫，就织出一大片。芦席是为大德生米厂打的。米厂要用很多芦席。东头一家是个“茶炉子”，即卖开水的，就是上海人所说的“老虎灶”。一个像柜子似的砖砌的炉子，四角有四个很深的铁铸的“汤罐”，满满四罐清水，正中是火眼，烧的是粗糠。粗糠用一个小白铁簸箕倒进火眼，“呼——”火就猛升上来，“汤罐”的水就呱呱地开了。这一带人家用开水——冲茶、烫鸡毛、拆洗被窝，都是上“茶炉子”去灌，很少人家自己烧开水。因为上“茶炉子”灌水很方便，省得费柴费火，烟熏火燎，又用不了多少。“茶炉子”卖水，不是现钱交易，而是一次卖出一堆“茶筹子”——一个一个长方形的小竹片，一面用铁模子烙出“十文”“二十文”……灌了开水，给几根茶筹子就行了。“茶炉子”烧的粗糠是成挑的从大德生米厂趸来的。一进“茶炉子”，除了几口很大的水缸，一眼看到的便是靠后墙堆得像山一样的粗糠。

螺蛳坝一带住的都是“升斗小民”，称得起殷实富户的，是大德生米厂。大德生的东家姓王，街上人都称他王老板。大德生原来的底子就厚实，一盘很大的麻石碾子，喂着两头大青骡子，后面仓里的稻子堆齐二梁。后来王老板把骡子卖了，改用机器碾米，生意就更兴旺了。大德生原是一个米店，改用机器后就改称为“米厂”。这算是螺蛳坝唯一的“工厂”。每天这一带都听得到碾米的柴油机的铁烟筒里发出节奏均匀的声音：蓬——蓬——蓬……

王老板身体很好，五十多岁了，走路还飞快，留一撇乌黑的牙刷胡子，双眼有神。

他的大儿子叫王厚辽，在米厂里量米，记账。他有个外号叫“大呆鹅”，看样子也确是有点呆相。

二儿子叫王厚堃，跟一个姓刘的老先生学中医。长得眉清目秀，一表人才。

大德生东墙外住着一个姓薛的裁缝。薛裁缝是个老实人，整天只知道低头做活，穿针引线。他的老婆人称薛大娘。薛大娘跟老头子可不是一样的人，她也“穿针引线”，但引的是另外一种线，说白了，就是拉皮条。

大德生门前有一条小巷，就叫做辜家巷，因为巷子里只有一家人家。辜家的后门就开在巷子里，和大德生斜对门，两步就到了。后面是住家，前面是做豆腐的作坊，前店后家。

辜家很穷。

从螺蛳坝到草巷口，有两家豆腐店。豆腐店是发不了财的，但是干了这一行也只有一直干下去。常言说：“黑夜思量千条路，清早起来依旧磨豆腐。”不过草巷口的一家生意不错。一清早卖豆浆，热气腾腾的满满一锅。卖豆腐，四大屉。压百叶，百叶很薄，很白。夏天卖凉粉皮。这凉粉皮是用莴苣汁和的绿豆粉，颜色是浅绿的，而且有一股莴苣香。生意好，小老板两个月前还接了亲。新媳妇坐在磨子一边，往磨眼里注水，加黄豆，头上插一朵大红剪绒的小小的“囍”字。

相比之下，辜家豆腐店就显得灰暗，残旧，一点生气也没有。每天只做两屉豆腐，有时一屉，有时一屉也没有。没本钱，买不起黄豆。辜老板老是病病歪歪的，没有一点精神。

辜老板老婆死得早，没有留下一个儿子，跟前只有一个女儿。

辜家的女儿长得有几分姿色，在螺蛳坝算是一朵花。她长得细皮嫩肉，只是面色微黄，好像是用豆腐水洗了脸似的。身上也有点淡淡的豆腥气。

一天三顿饭，几乎顿顿是炒豆腐渣，不过总得有点油滑滑锅。牵磨的“蚂蚱驴”也得扔给它一捆干草。更费钱的是她爹的病。他每天吃药，王厚堃的师父开的药又都很贵，这位刘先生爱用肉桂，而且旁注：“要桂林产者。”每天辜家女儿把药渣倒在路口，对面打芦席和烧茶炉子的大娘看见辜家的女儿在门前倒药渣，就叹了一口气：“难！”

大德生的王老板找到薛大娘，说是辜家的日子很难，他久已想帮他们家一把。

“怎么个帮法？”

“叫他女儿陪我睡睡。”

“什么？人家是黄花闺女，比你的女儿还小一岁！我不干这种缺德事！”

“你去说说看。”

媒人的嘴两张皮，辣椒能说成大鸭梨。七说八说，辜家女儿心里活动了，说：“你叫他晚上来吧。”

没想到大呆鹅也找到薛大娘。

王老板是包月，按月给五块钱。

大呆鹅是现钱交易。每次事完，摸出一块现大洋，还要用两块洋钱叮叮当当敲敲，以示这不是灌了铅的“哑板”。

没有不透风的墙，螺蛳坝巴掌大的一块地方，那么多双眼睛，辜家女儿的事情谁都知道了。烧茶炉子、打芦席的大娘指指戳戳，咬耳朵，点脑袋，转眼珠子，撇嘴唇子。大德生的碾米的师傅、量米的伙计议论：“两代人操一张×，这叫什么事！”——“船多不碍港，客多不碍路，一个羊也是放，两个羊也是赶，你管他是几代人！”

辜家的女儿身体也不好，脸上总是黄白黄白的，她把王厚堃请到屋里看病。王厚堃给她号了脉，看了舌苔，开了脉案，大体说是气血两亏，天癸不调……辜家女儿问什么是“天癸不调”，王厚堃说就是月经不正常。随即写了一个方子，无非是当归、枸杞之类。

王厚堃站起身来要走，辜家女儿忽然把门闩住，一把抱住了王厚堃，把舌头吐进他的嘴里，解开上衣，把王厚堃的手按在胸前，让他摸她的奶子，含含糊糊地说：“你要要我、要要我，我喜欢你，喜欢你……”

王厚堃没有想到她会这样，只好和她温存了一会，轻轻地推开了她，说：“不行。”

“不行？”

“我不能欺负你。”

王厚堃给她掩了前襟，扣好纽子，开门走了。

王厚堃悬崖勒马，也因为他就要结婚了，他要保留一个童身。

过了两个月，王厚堃结婚了。花轿从辜家豆腐店门前过，前面吹着唢呐，放着三眼铳。螺蛳坝的人都出来看花轿，辜家的女儿也挤在人丛里看。

花轿过去了，辜家的女儿坐在一张竹椅上，发了半天呆。

忽然她奔到自己的屋里，伏在床上号啕大哭。哭的声音很大，对面烧茶炉子的和打芦席的大娘都听得见，只是听不清她哭的是什么。三位大娘听得心里也很难受，就相对着也哭了起来，哭得稀溜稀溜的。

辜家的女儿哭了一气，洗洗脸，起来泡黄豆，眼睛红红的。

一九九四年二月十五日

载一九九四第三期《收获》

喜神

/

/

/

喜神即画像，这大概是宋朝人的说法。钱大昕《竹汀先生日记抄》："读宋伯仁《梅花喜神谱》……凡百图，图后五言绝一首，题曰'喜神'，盖宋时俗语，以写像为喜神也。"钱说未必准确。喜神我们那里现在还有这说法。宋伯仁画梅，只是取其神韵，"喜神"是诗意化了的说法，是从人像移用的。除了宋伯仁，也没有听说过称花卉画为喜神的。

作为人像的喜神图有两种。一种是生活像，即行乐图。袁枚《随园诗话》谓："古无小照，起于汉武梁祠画古贤烈女之像。而今则庸夫俗子皆有一行乐图矣。"行乐图与武梁祠画像，恐怕没有直接关系，袁枚盖亦揣测之词。自画或请人画小像，当起于唐宋，苏东坡即有小像。明清以后始盛行。"庸夫俗子皆有一行乐图矣”，是对的。我的外祖父即有一行乐图，是一横披。既是“行乐”，大都画得很闲适，外祖父的行乐图就是这样。他坐在一丛竹子前面的石头上，手执一卷书，样子很潇洒，其实我的外祖父是个很古板严厉的人，我从来没有看见过他坐在丛竹前的石头上，并且他从来不看一本书。

比行乐图更多见的喜神是遗像，北京人叫做“影”。画遗像的是专门的画匠，他们有一套特殊的技法。病人垂危，家里人就会把画匠请来。画匠端详着病人，用一张纸勾出他的脸形粗略的轮廓线条。回家在一张挖出一个椭圆的宣纸的椭圆处，用淡墨画出像主的头像的初稿。照例要拿了初稿到“本家”去征求死者亲属的意见。意见总是有的，额头窄了、颧骨高了、人中长了……最挑剔的大都是姑奶奶。画匠把初稿拿回去，换一张新纸，勾了墨色较深的单线，敷出淡淡的肤色，“喜神”的头部就算完成。中国的传真画像的匠师有一套秘传的“百脸图”，把人的面部经过分析，定出一百种类型，画像时选定一种，对着真人，斟酌加减，画出来总是相当像的。我们县城里画像画得最好的是管又萍，他的画价也最贵。

“开脸”之后，画穿戴。男的都是补褂朝珠，颜色是一样的，只有顶子不能乱画。大红顶子、金顶子，不能乱来。常见的喜神上的顶子多半是蓝顶子、水晶顶子，因为这是不大的功名。女的则一律是凤冠霞帔。这有点奇怪，男女时代不同。喜神上的老爷是清装——袍套，太太则是明代的服装——凤冠霞帔是明代服装。据说这跟洪承畴的母亲有关。洪母忠于明室，死后顺治特许以明代命妇服装盛殓。以后就将此制度延续了下来。顺治开国，为了笼络人心，所颁圣谕或者可信。

画穿戴是很费工的，要画得很细致。曾见过一篇谈齐白石的文章，说他画的像能透过纱套，看得见里面袍子上的团龙。其实这是所有的画匠都做得到的，只要不怕麻烦。

管又萍画像只管“开脸”，画穿戴都交给了徒弟。他有两个徒弟，都是哑巴。他们也能“开脸”，只是不那么传神。

管又萍病重，自知不起，他叫两个徒弟给他画一张像。徒弟画好了，他看了看，叫徒弟拿一面镜子、一枝笔来，他对着镜子看了看，在徒弟画的像上加了两笔。传神阿堵，颊上三毫，这张像立刻栩栩如生，神气活现。

管又萍放下画笔，咽了气。

一九九五年三月二十五日

载一九九五年第四期《收获》

丑脸

/
/
/

这四位略有赀财，但在城里算不上是绅士大户，因此对绅士大户很巴结。大户人家有事，婚丧寿庆，他们必定是礼到人到，从不缺席。他们和绅士大户多少都能拉扯一点亲戚关系，叙起来却好像是至亲。他们来了，气氛就活跃起来，很多人都愿意看他们一眼，然后抿嘴而笑。有时他们凑一桌麻将，来看一眼，抿嘴笑着走开的人更多。女眷们伸了脑袋，尽情地看够，然后跑到对面廊子上放声大笑，笑得上气不接下气，笑得直揉肚子，嘴里还要不停地乱叫：“哎哟哎哟……”

这四位长得奇丑。他们长了四张丑脸。

第一位是驴脸。这没有太特别处，只是特别的长而已。

第二位，女眷们叫他“瓢把子脸”，是说他的额头大，且光滑无毛，下巴又有点向外兜。

第三位是“磨刀砖脸”，是说脸狭长，上下都有点翘，而当中是个凹脸心。

第四位最特别，是一张“鞋拔子脸”。鞋拔子后来很少见到了，当初是常见的。那会穿鞋时兴狭小，得用鞋拔子拔，用手是拔不上去的。“鞋拔子脸”是什么样的呢？没有看过的，想象不出，但是一看见这张脸，就觉得真像！这不知道是哪一位尖嘴促狭的少奶奶想出来的！

这四位相继去世了。前后脚。

人总要死的，不论长了一张什么脸。

一九九五年三月二十五日

载一九九五年第四期《收获》

兽医

姚有多是本城有名的兽医（本城兽医不多），外号姚六针。他给牲口治病主要是扎针。六针见效。他不像一般兽医，要把牲口在杠子上吊起来，只是让牲口卧着，他用手在牲口肚子上摸摸，用耳朵贴在牲口的肠胃部分听听，然后从针包里抽出一尺长的针，噌噌噌，照牲口肚子上连下三针，牲口便会放一连串响屁，拉了好些屎；接着他又抽出三根针，噌噌噌，又下三针，牲口顿时浑身大汗；最后，把事先预备好的稻草灰，用笤帚在牲口身上拍一遍，不到一会，牲口就能挣扎着站起来，好了！

围看的人都说："真绝！"

据姚有多说：前三针是"通"。牲口得病，大都在肠，肠梗阻、肠粪结……肠子通了，百病皆除。后三针是"补"。——"扎针还能‘补’？”——“能，不补则虚，虚则无力”。他有时也用药，用一个木瓢把草药给骡马灌下去。也不煎，也不煮，叫牲口干吞。好家伙，那么一瓢药，够牲口嚼的。吃完，把牲口领起来遛几圈，牲口打几个响鼻，又开始吃青草了。

姚有多每天起来很早，一起来绕着城墙走一圈，然后到东门里王家亭子的空地上练两套拳。他说牲口一挨针扎，会踢人，兽医必须会武功，能蹿能跳，防身。

姚有多的女人前两年得病死了，没有留下孩子，他一个人过。

谁都知道姚有多不缺钱，但是他的生活很简朴。早上一壶茶、三个肉包子。本地人把这种吃法叫做“一壶三点”。中午大都是在吴大和尚的饺面店里吃一碗面、两个插酥烧饼。晚饭就更简单了：喝粥。本地很多人家每天都是“两粥一饭”。

他不喝酒，不打牌。白天在没有人来请医的时候，看看熟人，晚上到保全堂药店听一个叫张汉轩的万事通天南地北地闲聊。

一天下午，姚有多在刘春元绒线店的廊檐外看到一个卖油条的孩子在跟一位老者下象棋。老者胡子花白，孩子也就是六七岁。一盘棋下了一半，花白胡子已经招架不住，手忙脚乱，败局已定，旁观的人都哈哈大笑。

收拾了棋盘棋子。姚有多问孩子：“你是小顺子吧？”

“你怎么知道？”

“你还戴着你爹的孝哩！——长得也像。”

“你认识我爹？”

“我们从前是很好的朋友。”

“你是姚二叔。”

“你认识我？”

“谁不认识！”

“你妈还好？”

“还好。”

“小顺子，回去跟你妈说，你也不小了，不能老是卖油条。问她愿不愿让你跟我学兽医，我看你挺聪明，准能学出个好兽医！”

“哎！得罪你啦，二叔！”

顺子前年死了爹，剩下母子二人相依为命，顺子卖油条，他妈给人洗衣裳。

顺子的爹生前租下两间房，这房的特点是门外有一口青麻石井栏的井。这样用起水来非常方便。顺子妈每天大件大件的洗，洗完了晾在井口边的竹竿上。顺子妈洗的被褥干净，叠的衣裳整齐，来找她拆洗的人很多。

顺子妈干什么都既从容又利落，动作很快，本地人管这样的人叫“刷刮”。

顺子妈长得很脱俗。个头稍高，肩背都瘦瘦薄薄的。她只有几件布衣裳，但是可体合身。发髻一边插一朵绒线的小白花，是给丈夫戴的孝。她的鞋面是银灰色的。这双银灰色的鞋，使她有一种说不出的风韵。

顺子妈和街坊处得很好。有求她裁一身衣裳的，“替”一双鞋样的，绞个脸的，她无不答应，——本地新娘子出嫁前要用两根白线把汗毛“绞”了，显出额头，叫做“绞脸”。但是她很少到人家串门，因为她是个“半边人”——本地称寡妇为“半边人”——怕人家忌讳，她经常走动、聊天说话的是隔壁的金大娘，开茶炉子卖开水的金大力的老婆。金大娘心善人好，只是话多，爱管闲事。

一天晚上，顺子妈把晾干的衣裳已经叠好，金大娘的茶炉子来买水的也不多了，她就过来找金大娘闲聊，——她们是紧邻。

“二嫂子”，——金大娘总是叫顺子妈为二嫂子——“我有句话，不知当讲不当讲。讲错了，你别生气。”

“你说！”

“你也该往前走一步了。”

本地把寡妇改嫁叫“往前走一步”。

“我不是没有想过，只是忘不了死鬼。”

“你不能守一辈子！”

“再说，也没有合适的人。我怕进来一个后老子，待顺子不好，那我心里就如刀挖了。”

“合适的人？有！”

“谁？”

“姚有多。他前些时还想收顺子当徒弟，不会苦了孩子。”

“我想想。”

“想想！过两天给我个回话，摇头不是点头是！”

姚有多原来也没有往这件事上想过，金大娘一提，他心动了。走过来走过去，总要向井台上看看。他这才发现，顺子妈长得这样素雅，他心里怦怦直跳。

顺子妈在洗衣裳，听到姚有多的脚步，不免也抬眼看了看。

事情就算定了。

顺子妈除了孝，把发髻边的小白花换成一朵大红剪绒喜字，脱了银灰色的旧鞋，换了一双绣了秋海棠的新鞋，就像换了一个人。

刘春元绒线店的刘老板、保全堂药店管事卢先生算是媒人。

顺子妈亲自办了两桌席谢媒。

把客人送走，洗了碗碟，月亮出来了，隔着房门听听，顺子已经呼呼大睡。

轻轻闩上房门。姚有多已经上床。

顺子妈吹了灯，借着月光，背过身来，解开纽扣……

载一九九五年第四期《十月》

水蛇腰

/
/
/

崔兰是个水蛇腰。腰细，长，软。走起路来扭扭的。很多人爱看她走路。路上行人，尤其是那些男教员。看过来，看过去，眼睛很馋。崔兰并不知道有人看她。她只是自自然然地走。崔兰还小，才读小学五年级，虽然发育得比较快，对于许多事还有点朦朦的感觉，并不大懂。她还不知道卖弄风情，逗引男人。

崔兰结婚早。未免过早一点，高小毕业就结婚了。在这所六年级制的小学里，也许她是结婚最早的一个。嫁的是朱家。朱家的少爷。朱家是很阔的人家，开面粉厂。这个地方把面粉叫“洋面”，这个面粉厂叫“洋面厂”。崔兰嫁的是洋面厂的小老板。崔兰怎么会嫁到朱家去的呢?

崔兰的父亲是洋面厂的账房先生，崔兰常给她父亲到洋面厂去送饭（崔兰的母亲死得早，家里许多事得她管）。朱家的少爷一眼看上了崔兰，托人说媒，非崔兰不娶。崔兰的父亲自然没有意见，崔兰只说了两句话："我还小哩……他们家太阔了！"事情就定了。

结婚三朝，正是阴历七月十五，"迎会"（赛城隍）的日子。这个地方每年七月十五"出会"。近晌午时把城隍老爷的"大驾"从庙里请出来，在主要街道上"巡"一"巡"，到"行宫"里休息，下午再"回銮"。这是一年里最隆重而热闹的日子。大锣大鼓，丝竹齐奏。踩高跷，舞狮子，舞龙，舞"大头和尚"（月明和尚度柳翠）。高跷有"火烧向大人"（向大人即清末征太平天国的名将向荣）。柳枝腔"小上坟"，贾大老爷用一个夜壶喝酒……茶担子、花担子，倾城出动，鞭花轰鸣。各种果品，各种鲜花，填街咽巷，吟叫百端……

朱家的少爷带着新娘子去"看会"，手拉手。从挡军楼（洋面厂的所在）一直走到中市口（全城最繁华处）。新婚夫妻在大街上那样亲热，在那么多人面前手搀手地走，很多"老古板"看不惯。

他们的衣装打扮也是这城里的人没有见过的。朱家少爷穿了一件月白香云纱长衫，上面却罩了一个掐了玫瑰红韭菜叶边的黑缎子小马甲。马甲掐边，还是玫瑰红的，男不男，女不女！

崔兰穿的是一件大红嵌金线乔其纱旗袍，脚下是一双麂皮软底便鞋，很显脚形——崔兰的脚很好看。长丝袜。新烫的头发（特为到上海烫的），鬓边插一朵小小的珍珠偏凤。脸上涂了夏士莲香粉蜜，旁氏口红，描眉画眼，风姿绰约，光彩照人。

朱家少爷和崔兰坐在王万丰（这是中市口一家大酱园）楼上靠

栏杆一张小方桌前的藤椅（这是特为给上宾留的特座）上看会，喝茶，嗑瓜子。楼下的往来人议论纷纷，七嘴八舌。有男的，也有女的。有荤的，也有素的。有的人说出了声（小声），有的只是自己在心里想。

——崔兰这双丝袜得多少钱?

——反正你我买不起!

——她的旗袍开气未免太高了，又坐在栏杆旁边，从下面什么都看见了!

——她穿了裤子没有?

——她晚上上床，一定很会扭，扭得很好看。

——你怎会知道?

——想当然耳，想当然耳!

——闭上你们这些男人的臭嘴!

一夜之间，崔兰从一个毛丫头变成了一个少奶奶，不知道为什么，很多人为此很不平。一句话在很多人的嘴里和心里盘桓。

“这可真是糠箩跳米箩了！”

一九九五年四月八日

载一九九五年第四期《中国作家》

熟藕

///

刘小红长得很好看，大眼睛，很聪明，一街的人都喜欢她。

这里已经是东街的街尾，店铺和人家都少了。比较大的店是一家酱园，坐北朝南。这家卖一种酒，叫佛手酒。一个很大的方玻璃缸，里面用几个佛手泡了白酒，颜色微黄，似乎从玻璃缸外就能闻到酒香。酱菜里有一种麒麟菜，即石花菜。不贵，有两个烧饼钱就可以买一小堆，包在荷叶里。麒麟菜是脆的，半透明，不很咸，白嘴就可以吃，孩子买了，一边走，一边吃，到了家已经吃得差不多了。

酱园对面是周麻子的果子摊。其实没有什么贵重的果子，不过就是甘蔗（去皮、切段），荸荠（削去皮，用竹签串成串，泡在清水里），再就是百合、山药。

周麻子的水果摊隔壁是杨家香店。

杨家香店的斜对面，隔着两家人家，是周家南货店，亦称杂货店。这家卖的东西真杂。红蜡烛。一个师傅把烛芯在一口锅里一支一支“蘸”出来，一排一排挂在房椽子上风干。蜡烛有大有小，大的一对一斤，叫做“大八”；小的只有指头粗，叫做“小牙”。纸钱。一个师傅用木槌凿子在一沓染黄了的“毛长纸”上凿出一溜一溜的铜钱窟窿，是烧给死人的。明矾。这地方吃河水，河水浑，要用矾澄清了。炸油条也短不了用矾。碱块。这地方洗大件的衣被都用碱，小件的才用肥皂。浆衣服用的浆面——芡实磨粉晒干。另外在小缸里还装有白糖、红糖、冰糖、南枣、红枣、蜜枣、金橘饼、桂圆、荔枝干、山楂糕……老板一天说不了几句话，跟人很少来往，见人很少打招呼，有点不近人情。他生活节省，每天青菜豆腐汤。有客人（他也还有一些生意上的客人）来，不敬烟，不上点心，连茶叶都不买一包，只是白开水一杯。因此有人从《百家姓》上摘了四个字，作为他的外号：“白水窦章。”白水窦章除了做生意、写账，没有什么别的事。不看戏、不听说书，不打牌。一天只是用一副骨牌“打通关”，抱着一只很肥的玳瑁猫。他并不喜欢猫。是猫避鼠，他养猫是怕老鼠偷吃蜡烛油。打通关打累了，他伸一个懒腰，走到门口闲看。看来往行人，看狗，看碾坊里放青回来的骡马，看乡下人赶到湖西歇伏的水牛，看对面店铺里买东西的顾客。

周家南货店对面是一家绒线店，是刘小红家开的。绒线店卖丝线、花边、绦子，还有一种扁窄上了浆的纱条，叫做“鳝鱼骨子”，是捆扎东西用的。绒线店卖这些东西不用尺量，而是在柜台边刻出一些道道，用手拉长了这些东西在刻出的道道上比一比。刘小红的父亲一天就是比这些道道，一面口中报出尺数：“一尺、二尺、三尺……”绒线店还带卖梳头油、刨花（抿头发用）、雪花膏。还有一种极细的铜丝，是穿珠花用的，就叫做“花丝”。刘小红每学期装饰教室扎纸花，都从家里带了一箍花丝去。

刘老板夫妇就这么一个女儿，娇惯得不行，要什么给什么，给她的零花钱也很宽松。刘小红从小爱吃零嘴，这条街上的零食她都吃遍了。

但是她最爱吃的是熟藕。

正对刘家绒线店是一个土地祠。土地祠厢房住着王老，卖熟藕。王老无儿无女，孤身一人，一辈子卖熟藕。全城只有他一个人卖熟藕，谁想吃熟藕，都得来跟王老买。煮熟藕很费时间，一锅藕得用微火煮七八个小时，这样才煮得透，吃起来满口藕香。王老夜里煮藕，白天卖，睡得很少。他的煮藕的锅灶就安在刘家绒线店门外右侧。

小红很爱吃王老的熟藕，几乎每天上学都要买一节，一边走，一边吃。

小红十一岁上得了一次伤寒，吃了很多药都不见效。她在床上躺了二十多天，街坊们都来看过她。她吃不下东西。王老到南货店买了蜜枣、金橘饼、山楂糕给她送来，她都不吃，摇头。躺了二十多天，小脸都瘦尖了，妈妈非常心疼。一天，她忽然叫妈：

“妈！我饿了，想吃东西。”

妈赶紧问：

“想吃什么？给你下一碗饺面。”

小红摇头。

“冲一碗焦屑！”

小红摇头。

“熬一碗稀粥，就麒麟菜？”

小红摇头。

“那你想吃什么？”

“熟藕。”

那还不好办！小红妈拿了一个大碗去找王老，王老说：

“熟藕？吃得！她的病好了！”

王老挑了两节煮得透透的粗藕给小红送去。小红几口就吃了一节，妈忙说：“慢点！慢点！不要吃得那么急！”

小红吃了熟藕，躺下来，睡着了。出了一身透汗，觉得浑身轻松。

小孩子复原得快，休息了一个星期，就蹦蹦跳跳去上学了，手里还是捧了一节熟藕。

日子过得真快，转眼小红二十了，出嫁了。

婆家姓瞿，也是开绒线店的。瞿家绒线店开在北市口。北市口是个热闹地方，瞿家生意很好。丈夫原是小红的小学同学，还做了两年同桌，对小红也很好。

北市口离东街不远，小红隔几天就回娘家看看，帮王老拆洗拆洗衣裳。

王老轻声问小红：

“有了没有？”

小红红着脸说：“有了。”

“一定会是个白胖小子！”

“托您的福！”

王老死了。

早上来买熟藕的看看，一锅煮熟藕，还是温热的，可是不见王老来做生意。推开门看看，王老不知什么时候已经断了气。

小红正在坐月子，来不了。她叫丈夫到周家南货店买了一对“大八”，到杨家香店“请”了三股香，叫他在王老灵前点一点，叫他给王老磕三个头，算是替她磕的。

王老死了，全城再没有第二个卖熟藕。

但是煮熟藕的香味是永远存在的。

载一九九五年第六期《长江文艺》

莱生小爷

///

莱生小爷家有一只鹦鹉。

莱生小爷是我们本家叔叔。我们那里对和父亲同一辈的弟兄很少称呼“伯伯”“叔叔”的，大都按他们的年龄次序称呼“大爷”“二爷”“三爷”……年龄小的则称之为“小爷”。汪莱生比我父亲小好几岁，我们就叫他“小爷”。有时连他的名字一起叫，叫“莱生小爷”，当面也这样叫。他和我父亲不是嫡堂兄弟，但也不远，两房是常走动的。

莱生小爷家比较偏僻，大门开在方井巷东口。对面是一片菜园。挨着莱生小爷家，往西，只有几户人家。再西，出巷口即是“阴城”。“阴城”即一片乱葬岗子，层层叠叠埋着许多无主孤坟，草长得很高。

我的祖母——我们一族人都称她“太太”，有时要出门走走，常到方井巷外看看野景，吩咐种菜园的人家送点菜到家里。菜园现拔的菜叫“起水鲜”，比上市买的好吃。下霜之后的乌青菜（有些地方叫塌苦菜或塌棵菜）尤其鲜美，带甜味。太太到阴城看了野景，总要到莱生小爷家坐坐，歇歇脚，喝一杯小婶送上来的热茶，说些闲话，问问今年的收成，问问楚中——莱生小爷的大舅子，小婶的大哥的病好些了没有。

太太到方井巷，都叫我陪着她去。

太太和小婶说着话，我就逗鹦鹉玩。

鹦鹉很大，绿毛，红嘴，用一条银链子拴在一个铁架子上。它不停地窜来窜去，翻上翻下，呷呷地叫。丢给它几颗松子、榛子，它就嘎巴嘎巴咬开了吃里面的仁。这东西的嘴真硬，跟钳子似的。我们县里只有这么一只鹦鹉，绿毛、红嘴，真好玩。莱生小爷不知是从哪里买来的。

莱生小爷整天没有什么事。他在本家中家境是比较好的，从他家里摆设用具、每天的饭菜就看得出来。——我们的本家有一些是比较穷困的，有的竟是家无隔宿之粮。他田地上的事，看青、收租，自有“田禾先生”管着。他不出大门，不跟人来往，与人不通庆吊。亲戚家有娶亲、做寿的，他一概不到，由小婶用大红信套封一份“敬仪”送去。他只是喂鹦鹉一点食，就钻进后面的书房里。他喜欢下围棋，没有人来和他对弈，他就一个人摆棋谱，一摆一上午。他养了十来盆蒲草。一盆种在一个小小的钧窑浅盆里，其余的都排在天井里的石条上。他不养别的花。每天上午用一个小喷壶给蒲草浇一遍水，然后就在藤椅上一靠，睡着了，一直到孩子喊他去吃饭。

他食量很大，而且爱吃肥腻的东西。冰糖肘子、红烧九转肥肠、“青鱼托肺”——烧青鱼内脏。家里红烧大黄鱼，鱼鳔照例归他，——这东西黏黏糊糊的，黏得鳔嘴，别人也不吃。

他一天就是这样，吃了睡，睡了吃，无忧无虑，快活神仙。直到他的小姨子肖玲玲来了，才在他的生活里激起了一阵轩然大波。

肖玲玲是小婶的妹妹。她在上海两江女子体育师范读书。放暑假，回家乡来住住。肖玲玲这二年出落得好看了。脸盘、身材都发生了变化。在上海读了两年书，说话、举止都带了点上海味儿。比如她称呼从前的女同学都叫“密斯×”，穿的衣服都很抱身。这个小城里的人都说她很“摩登”。她常到大姐家来，姊妹俩感情很好，有说不完的话。玲玲擅长跳舞，北欧土风舞、恰尔斯顿舞（这些舞在体育师范都是要学的）。她读过的中学请她去教，她也很乐意：“one two three four，一、二、三、四，二、二、三、四……”

玲玲来了，莱生小爷就目不转睛地看着她，听她说话，一脸傻气。

他忽然向小婶提出一个要求，要娶玲玲做二房。小婶以为她听岔了音，就说：“你说什么？”——“我要娶玲玲，让她做小，当我的姨太太！”——“你这说的是什么话！快别再说了，叫人家听见了笑话。我们是亲姊妹，有姊妹俩同嫁一个男人的吗？有这种事吗？”——“有！古时候就有，娥、娥、娥……”小爷说话有点结巴，“娥”了半天也没有“娥”出来，小婶觉得又好气，又好笑。

打这儿起，就热闹了。莱生小爷成天和小婶纠缠，成天地闹。

“我要玲玲，我要玲玲！”

“我要玲玲嫁我！”

“我要玲玲做小！”

“娶不到玲玲，我就不活了，我上吊！”

小婶叫他闹得不得安生，就说：“要不你去找我大哥肖楚中说说去，问问玲玲本人。”

“我不去，你替我去！”

小婶叫他闹得没有办法，就回娘家找大哥肖楚中。

肖家没有多少产业，靠肖楚中在中学教英文，按月有点收入。他有胃病，有时上课胃疼，就用铅笔顶住胃部，但是亲友婚嫁，礼数不缺。

小婶跟大哥说：

“莱生要娶玲玲做小。”

肖楚中听明白了，气得浑身发抖。

“放屁！有姊妹二人嫁一个男人的吗？”

“他说有，娥皇女英就是这样。”

“放屁！娥皇女英是什么时代的事，现在是什么时代？难道能回到唐尧虞舜的时代吗？这是对玲玲的侮辱，也是对我肖家的侮辱！亏你还说得出口，替这个混蛋来做这种说客！”

“我是叫他闹得没有办法！他说他娶不到玲玲就要上吊。”

“他爱死不死！你叫他吓怕了，你太懦弱！——这事你千万别跟玲玲提起！”

“那怎么办呢？”

“不理他！——我有办法，他再闹，我告到二太爷那里去（二太爷是我的祖父，算是族长），把他捆起来送到祠堂里打一顿，他就老实了！这是废物一个，好吃懒做的寄生虫，真是异想天开，莫名其妙！”

小婶把大哥的话一五一十传给了汪莱生。真要是送到祠堂里打一顿，他也有点害怕。这以后他就不再胡搅蛮缠了，但有时还会小声嘟囔：“我要玲玲，我要娶玲玲……”

他吃得还是那么多，还是爱吃肥腻。

有一天，吃完饭，莱生回他的书房，走在石头台阶上，一脚踩空，摔了一跤。小婶听见咕咚一声，赶过来一看，他起不来了。小婶自己，两个孩子，还叫了挑水的老王，一起把他搭到床上去。他块头很大，真重！在床上躺下后，已经中风失语。

小婶请来刘老先生（这是有名的中医）。刘先生看看莱生的舌苔、眼睛，号了号脉，开了一个方子。前面医案上写道：

“贪安逸，食厚味，乃致病之源。拟投以重剂，活血化淤。”

小婶看看药方，有犀角、麝香，知道这都是大凉通窍的药，而且知道这服药一定很贵。

刘老先生喝着小婶给他倒的茶，说：“他的病不十分要紧，吃了这药，一个月以后可以下地。能走动了，叫他出去走走。人不能太闲，太闲了，好人也会闲出病来的。”

一个月后，莱生小爷能坐起来，能下地走走了，人瘦了一大圈。他能说话了，但是话很少。他又添了一宗毛病，成天把玻璃柜橱的门打开，又关上；打开，又关上，嘴里不停地发出拉胡琴定弦的声音：

“gà gi，gi gà，gà gi，gi gà……”

然后把柜橱的铜环摇动得山响：

“哗啦哗啦哗啦……”

很难说他得了神经病，但可说是成了半个傻子。

“gà gi，gi gà，gà gi，gi gà……”

“哗啦哗啦哗啦。”

我离乡日久，不知道莱生小爷后来怎么样了。按年龄推算，他大概早已故去。我有时还会想起他来，想起他的鹦鹉，他的十来盆蒲草。

一九九五年九月二十二日

载一九九六年第一期《山花》

钓鱼巷

/

/

/

程进生有异相，能“纳拳于口”，——把自己的拳头塞进自己的嘴里。有人说这是福相，他自己也以此为荣。他的同学可不管他福相不福相，给他起了外号：大嘴丫头，大嘴就大嘴吧，还要“丫头”！他哪点像丫头？他长得很壮实，一脸的“颗子”——青春痘。

他初中已经毕业，暑假后考高中。因为温习功课，看“升学指南”，演算有名的高中历届的入学试题，要专心，要清静，他从上堂屋原来的卧房搬到花园西侧一间书房里来住。书房西边是一溜四扇玻璃窗，窗外是一个花坛，种了三棵丁香。玻璃窗总是开着，程进常由这里出入，跳进来，跳出去。书房东边的房门闩了，没有人来打搅，他就在里面头悬梁，锥刺股。

他的弟弟程伟也搬到花园里来住，在书房对面的小客厅里。

程家共有三房。大爷即程进和程伟的父亲。“废科举，改学堂”之后，他读过旧制中学，现在在家享福，经营他的田产。他一心想开矿发财，他认为只有开矿才能发大财。

二爷早故。

三爷是个画家，他认为大哥的想法很可笑：你那点家产就想开矿？再说咱这里也没有什么矿！——到外地去开？开矿是那么简单的事吗？

三爷两度丧妻，现在续娶的是第三位。是邵伯埭的人，姓郃，郃家是大地主。郃氏夫人的母亲死得早，郃小姐从小娇生惯养。她嫁过来时从娘家带过两个随身的女佣人。邵伯人不知道为什么把女佣人都叫成姓高。这两个女佣人一个被叫成小高，一个叫大高。小高贴身伺候大小姐。大高做比较粗的活：拆洗被褥幔帐，倒马桶……小高娇小玲珑，大高比较高大。小高还没有人家；大高结过婚，不到一年，去年，丈夫死了。小姐出嫁，带过一个岁数不大的寡妇，有人家是要忌讳的。这事请示过程家的大姑奶奶。大姑奶奶知道郃小姐用惯了大高，离不开她，郃小姐特别爱干净，被褥不是大高洗，她不放心，想了想，就说：“让她带过来吧！”

大高怕热，爱出汗。一天要用凉水抹几次身。晚上，要洗一次澡。在花园里，打一满澡盆水，在别人都已经睡下的时候，闩了花园到正屋的六角门，哗啦哗啦大洗一次。擦干后躺在竹床上乘凉，四仰八叉，一丝不挂。用一个芭蕉扇赶蚊子，小声唱“牌经”（这地方打麻将出牌报牌兴唱“牌经”），“牌经”大都很“花”，比如打出一张白板，就唱：

“白笃笃的奶子粉撮撮的腰……”

大高唱这样的“牌经”，似乎是对自己的赞美。

一直到露水下来了，她全身凉透了，才开了六角门回屋睡觉。

大高乘凉时，程进透过书房的西窗偷偷地往外看她，看得目瞪口呆。

程进睡得迷迷糊糊的，感觉到旁边好像有一个光溜溜的女人身子，光滑细腻……

程伟起来小便，听到哥哥书房里有一种奇怪声音，他走近听听：两个人在喘气。他轻手轻脚，绕到丁香花下往里看，月光如水：“哈！你们！给你告妈！”

程进的妈觉得这件事不好办。大嫂子怎么和三嫂子（这地方妯娌之间彼此称呼都是“嫂子”，不兴叫弟媳）说。想了想，还是得把大姑奶奶请回来。

姑奶奶在一家照例是很有权威的。程家姊弟中，她最年长，比程进的父亲还大一岁，程家的事她做得一半主。

大姑奶奶和三弟媳谈了谈，说大高不宜在这个门里呆下去了，传出去不好。

三少奶奶找小高问了问：大高每天几时进花园洗澡，什么时候回屋。三少奶奶跟三少爷商量了一下，拿二十块钱给大高，又拣了十几件八九成新的自己穿过的衣裳，打了一个包袱，叫小高送大高搭船回部家，有什么话以后再说。大高明白事情盖不住，跟大小姐说了声：“大小姐，我走了。”擦擦眼泪，走了。

程进考进了南京私立东方中学。南京私立中学不少，名声都不大好。“要偷人，进惠文；吊儿郎当进东方。”惠文是女中，个别女生生活上是不大检点，“偷人”不如流言所说的那样普遍。东方的学生大都是公子哥儿，纨绔子弟。他们很少正经读书，整天在外面吃喝玩乐。到玄武湖划船，打弹子，跳舞——南京中学生很多人会跳踢踏舞，吃女招待。“女招待，真不赖，吃三毛，给一块。”有人甚至荒唐到把妓女弄到宿舍里过夜。

南京妓女很多。她们一眼就看得出来，都在旗袍上襟别一个粉红色的赛璐珞小桃花徽章。有的女学生不知就里，觉得这很好看，也到百货公司买一个来戴，后来才知道这是妓女的标志！

堂堂国府所在，为什么要容纳这样多妓女，而且都让她们戴上小徽章？答曰：有此必要，这对维持社会秩序稳定大有好处；让她戴上“桃花章”，可以区别良莠，且以表示该妓女最近经过检查，干净卫生，并无毛病，只管放心嫖宿；她们要缴纳“花捐”，才能领取徽章，公开从业。每月政府所收“花捐”是一笔不小数目。

南京妓院大都集中在几条巷子里，钓鱼巷是最有名的，钓鱼巷即在东方中学学生宿舍的后面。这些姑娘们时常在巷子里进进出出，走来走去，打扮得花枝招展，走起来袅袅婷婷。住在宿舍里的学生对她们已经看得很熟，分得清谁是谁。姑娘们走过学生宿舍的后窗户，大都向上看看，和一些熟识的学生招手点头，眉来眼去（南京人叫做“吊膀子”）。妓女都有个香艳的名字，很多是从《红楼梦》上取来的：林黛玉、史湘云……（林黛玉、史湘云被妓女当了芳名，可算是倒了楣了！）有一个最红的，为学生最喜欢的姑娘叫“沙利文”。南京有个专卖面包、西点的面包房叫“沙利文”，出的面包也就叫“沙利文面包”。为什么给妓女起这样一个名字呢？因为她的两个奶奶鼓鼓的，暄腾腾的，很有弹性，恰像是沙利文刚烤出来的奶油圆面包。“沙利文”有点天真，很喜欢和学生来往，一起去看一场电影啦，到明孝陵、鸡鸣寺去逛逛啦。这些公子哥儿都长得很帅，留了菲律宾式的长发（在背发上涂了很多油）。学生总比较文雅，不像当官、做买卖的那样俗气，一点不懂怜香惜玉，如狼似虎，穷凶极恶。虽然当了妓女，总还希望能得到一点感情，被人看成是一个女学生，不是“婊子”。学生能给她们一小点感情，像《茶花女》那样的感情。明知这小点感情是假的，但是姑娘也就满足了。学生从后窗户把她们弄到宿舍里去睡觉，她们大都很愿意。她们觉得不只是让人玩，自己也玩了。

程进不止一次把妓女从后窗户弄进宿舍里来过夜。这种事他父亲在读旧制中学时就干过，可以说是传代。只是方式有些不同。程进的父亲用的是腰带。那时兴系腰带，几乎每人都有一条，湖蓝色，绸制的。把两根腰带结起来，就可以把一个妓女拉上来。到程进时就改用了梯子。钓鱼巷凡有学生是熟客的妓院，都准备了一架小梯子，几步就上来了。

程进在和妓女做事时，有时会想起大高，他的性生活是大高开的蒙，而且大高全身柔软细腻，有一种说不出的美。

为了实现父亲的愿望，程进高中毕业，报考的大学是广西大学矿冶系，考上了。

矿冶系毕业后在东北一个矿上工作——他当然不可能独资开一个矿。解放后作为工程技术人员留用。工作很好，屡受表扬，升为工程师。他在东北结了婚，生了一个男孩子。

反右运动中，追查他的历史，因为他曾在孙立人的远征军中当过翻译，在印度干了一年。本来问题不大，甚至不是问题，但是斗起来没完。七斗八斗，他受不了冤屈，自杀死了。中国有许多知识分子本来都可以活下来，对国家有所贡献，然而不行，非斗不可！八亿人口，不斗行吗？

程进的爱人还年轻，改嫁了。遗孤送回老家，由祖母抚养。这孩子不爱说话。他不懂父亲为什么要死，母亲为什么要嫁人。

大高回部家后嫁了一次人，生病死了。

“沙利文”不知下落，听说也死了。

很多人都死了。

人活一世，草活一秋。

一九九五年岁暮

载一九九六年第二期《大家》

关老爷

/

/

/

老关老爷——关老爷的父亲做过两任两淮盐务道，搂了不少银子，他喜欢这小城土地肥美，人情淳厚，就在这里落户安家，起房屋，置田地，优哉游哉当了几年快活神仙老太爷。老关老爷的丧事办得极其体面。老关老爷死后，关老爷承其父业，房屋盖得更大，田地置得更多。一沟、二沟、三垛、钱家伙都有他的庄子。他是旗人。旗人有族无姓，关老爷却沿其父训，姓了关。关老爷的二儿子是个少年名士，还刻了一块图章：汉寿亭侯之后。其实关家和关云长是没有关系的。关老爷有两个特点。一是说了一嘴地道京腔，比如，他见小孩子吸烟，就劝道“小孩子不抽烟”！本地都说“吃烟”，他却说“抽烟”，本地人觉得这很奇怪。一是他走起路来是方步，有点像戏台上的台步，特别像方巾丑。这城里有几家旗人，他们见面时都还行旗礼——打千儿，本地人觉得他们好像在演戏，很滑稽，很可笑。关老爷个子不高，矮墩墩的。方脸。“高帝子孙多隆准”，高鼻梁。留两撇八字胡。立如松，坐如钟，他的行动都是很端正的。他的为人也很正派。他不抽大烟，不嫖，不赌。只是每年要下乡看一次青。

“看青”即估产。田主和佃户一同看看今年的庄稼长势，估计会有多少收成，能交多少租。一到稻子开花，关老爷就带了“田禾先生”下乡。关老爷骑一匹大青走骡，田禾先生骑一匹粉嘴踢雪黑叫驴，一路分花度柳，款款而行。庄稼碧绿，油菜金黄，一阵一阵野蔷薇的香味扑鼻而来，关老爷东张张西望望，心情十分舒畅。他下乡看青，其实是出来玩玩，看看野景，尝尝野味，改变一下他在深宅大院里的生活。估产定租这些事自有田禾先生和庄头商量，他最多只是点点头，摇摇头。他看的什么青！这些事他也不懂。他还带着一个厨子。厨子头一天已经带了伏酱秋油，五香八角，一应作料，乘船到了一沟。

在路上吃过一碗虾仁鳝丝面，中午饭就不吃了，关老爷要眯一小觉。起来，由庄头领着，田禾先生随着，绕村各处看了看。田禾先生和庄头估计今年收成，商谈得很细，各处田土高低，水流洪窄，哪一个八亩能打多少，哪一堤柽柳能卖多少钱……意见一致，就粗粗落了纸笔，有时意见相左，争持不下，甚至会吵了起来。到了太阳偏西，还没有一个通盘结果。关老爷只在喝茶抽烟，听他们争吵，不赞一词。厨子来问：“开不开饭？”关老爷肚子有点饿了，就说："开饭开饭！先吃饭，剩下的尾数也不值仨瓜俩枣，明天再议。"

关老爷在一沟的食单如下：

凉碟——醉虾，炸禾花雀，还有乡下人不吃的火焙蚂蚱，油氽蚕蛹；

热菜——叉烧野兔，黄焖小公狗肉，干炸活鲹花鱼；

汤——清炖野鸡。

他不想吃饭，要了两个乡下面点：榆钱蒸糕，面拖灰藿菜加蒜泥。关老爷喝酒上脸，三杯下肚就真成了关公了。喝了两杯普洱茶，就有点吃饱了食困，睁不开眼了。

他还要念一会经。他是修密宗的，念的是喇嘛经。

他要睡了。庄头已经安排了一个大姑娘或小媳妇，给他铺好被窝，陪他睡下了。

第二天起来，就什么都好说了，一切都按庄头的话定规。

他给陪他睡的大姑娘、小媳妇一个金戒指。他每次都要带十多二十个戒指，田禾先生知道，关老爷下乡看青，只是要把一口袋戒指给出去，他和庄头磨牙费嘴都只是过场而已。

一沟、二沟、三垛转了一圈，关老爷累了，回到钱家伙喝了人参汤，大睡了两天，回家，完成了他的看青壮举，得胜还朝。

关老爷是旗人，又是从外地迁来的，本地亲戚很少，只有一个老姑奶奶嫁给阚家；一个老姨嫁给简家，算是至亲。有熟读《三国演义》的人说：你们一家是阚泽的后人，一家是简雍的后人，这样的姓很少，难得！关老爷和岑直斋小时候是同学，跟杨又渔学过做古文、制艺、试帖诗，以后常在一起作文酒之游。关老爷的二儿子关汇和岑直斋的大儿子岑瑜从小学到中学都是同班同学。这几家是通家之好，婚丧嫁娶，办生做寿，走动得很勤。

岑直斋的女儿岑瑾是个美人（她母亲是姨太太，本是南堂子里的名妓）。她眼睛弯弯的，常若含笑，皮肤非常白嫩，真是“吹弹得破”——因此每年都生冻疮。关汇很爱看岑瑾的一举一动，他央求老姨奶奶到岑家说媒。岑瑾的妈说这得问问她本人。岑瑾本不愿意，理由是：一、她比关汇还大两岁；二、关汇身体不好，有点驼背；三、他在学校里功课不好，尤其是数、理、化。她妈说：大两岁没有关系，大媳妇知道疼女婿；身体不好，可以吃药调理；功课——关家这样的人家不指着儿子做事挣钱，一个庄子就够吃一辈子。经过妈下了水磨功夫掰开揉碎反复开导，岑瑾想：富贵人家的子弟差不多也就是这样，就说：“妈，您做主！”这样关汇和岑瑾就订了婚，他们那年才读初三。关汇几乎每天都到岑家去，暑假就住在岑家，和岑瑜一起玩：用气枪打鸟，钓鱼。关汇每天给岑瑾写情书，虽然天天见面。情书大都是把旧诗词改头换面。如：“身无彩凤双飞翼，心有灵犀一点通”之类，他送岑瑾一张放大十二寸的相片，岑瑾把相片配了框子挂在墙上。岑瑾觉得她迟早是关家的人了，也不再有别的想法。

初中毕业，关汇到上海去读高中，岑瑾到苏州读了女子师范，暂时“劳燕分飞”了。关汇还是每天写信，热情洋溢；岑瑾也回信，但是关汇觉得她的信感情有点冷淡。

关家老太太急于想早一点抱孙子，姑奶奶、姨奶奶也觉得关汇的婚事不能再拖，就不断催关汇把事情办了。于是在关汇和岑瑾高三寒假就举行了婚礼。两家亲友都不甚多，但是吹吹打打，也很热闹。婚礼半新不旧。关汇坚持穿燕尾服，不穿袍子马褂，岑瑾披婚纱，但是拜堂行礼却是旧式的。燕尾服，婚纱，磕头，有点滑稽。

热闹了一天，客人散尽，关汇、岑瑾人洞房。

三天无大小，有些姑娘小子把耳朵贴在房门上“听房”。什么也没有听见。

半夜里，听到劈劈啪啪的声音，打人？关老爷一听，不对！把关老太太叫起来，叫她带了大儿媳妇赶紧去看看。撞开了房门，只见岑瑾在床前跪着，关汇拿了一根马鞭没头没脸地打她。打一鞭，骂一句：“你欺骗了我！”“你欺骗了我！”大嫂把岑瑾拉起来，给她盖了被窝；老太太把关汇拉到关老爷的书房里，问：“为什么打她？”关汇气得浑身发抖，说：“她欺骗了我！她欺骗了我！”——“怎么回事？”——“她不是处女！不是处女啊！”

这里的风俗，三天回门，要把那点女儿红包在一方白绫子里，亲手交给妈妈。妈妈接过白绫子，又是哭，又是笑：“闺女！好闺女！”

岑瑾三天回门，这门怎么回呢？关汇不去。老太太再三给他央求，说：“关、岑两家，不能让人议论。”好说歹说：“你就给妈这点面子，我求你了！”老太太差点跪下。关汇只能铁青着脸进了岑家的门，连饭都没有吃，推说头疼，就先回去了。

关汇不进岑瑾的门，自在书房里睡。

关岑两家是不能离婚的。一离婚，就会引起一县人的揣测刺探。只好就这样拖下去。拖到什么时候呢？

这事总得有个了局。

“会是怎样的了局呢？”

关老爷还是每年下乡看青。他把他的看青的“章程”略微作了一点修改：凡是陪他睡觉的，倘是处女——真正的黄花闺女，加倍有赏——给两个金戒指。

一九九六年一月二十二日

载一九九六年第三期《小说界》

小孃孃

/

/

/

来蝶园谢家是邑中书香门第，诗礼名家，几代都中过进士。谢家好治园林。乾嘉之世，是谢家鼎盛时期，盖了一座很大的园子。流觞曲水，太湖石假山，冰花小径两边的书带草，至今犹在。当初花园落成时正值百花盛开，飞来很多蝴蝶，成群成阵，蔚为奇观，即名之为来蝶园。一时题咏甚多，大都离不开庄周，这也是很自然的。园中花木，后来海棠丁香，都已枯死，只有几棵很大的桂花，还很健壮，每到八月，香闻园外。原来有几个花匠，都已相继离散，只有一个老花匠一直还留了下来。他是个聋子，姓陈，大家都叫他陈聋子。他白天睡觉，夜晚守更。每天日落，他各处巡视一回（来蝶园任人游览，但除非与主人商量，不能留宿夜饮），把园门锁上，偌大一个园子便都交给清风明月，听不到一点声音。

谢家人丁不旺，几代单传，又都短寿。谢普天是唯一可以继承香火的胤孙。他还有个姑妈谢淑媛，是嫡亲的，比谢普天小三岁。这地方叫姑妈为“孃孃”，谢普天叫谢淑媛为“孃孃”或“小孃”。小孃长得很漂亮。

谢普天相貌英俊，也很聪明。他热爱艺术，曾在上海美专学过画——国画和油画，素描功底扎实，也学过雕塑。不到毕业，就停学回乡，在中学教美术课。因为谢家接连办了好几次丧事，内囊已空，只剩下一个空大架子，他得维持这个空有流觞曲沼、湖石假山的有名的“谢家花园”（本地人只称“来蝶园”为“谢家花园”，很多人也不认识“蝶”字），供应三个人吃饭，包括陈聋子。陈聋子恋旧，不计较工钱，但饭总得让人家吃饱。停学回乡，这在谢普天是一种牺牲。

谢普天和谢淑媛都住在“祖堂屋”。“祖堂屋”是一座很大的五间大厅，正面大案上列供谢家祖先的牌位，别无陈设，显得空荡荡的。谢普天、谢淑媛各住一间卧室，房门对房门。谢普天对小孃照顾得很体贴细致。谢家生计，虽然拮据，但谢普天不让小孃受委屈，在衣着穿戴上不使小姨在同学面前显得寒碜。夏天，香云纱旗袍；冬天，软缎面丝棉袄、西装呢裤、白羊绒围巾。那几年兴一种叫做“童化头”的发式（前面留出长刘海，两边遮住耳朵，后面削薄修平，因为样子像儿童，故名“童化头”），都是谢普天给她修剪，比理发店修剪得还要“登样”。谢普天是学美术的，手很巧，剪个“童化头”还在话下吗？谢淑媛皮肤细嫩，每年都要长冻疮。谢普天给小孃用双氧水轻轻地浸润了冻疮痂巴，轻轻地脱下袜子，轻轻地用双氧水给她擦洗，拭净，“疼吗？”——“不疼。你的手真轻！”

单靠中学的薪水不够用，谢普天想出另一种生财之道——画炭精粉肖像。一个铜制高脚放大镜，镜面有经纬刻度，放在照片上；一张整张的重磅画纸上也用长米达尺绘出经纬度，用铅笔描出轮廓，然后用剪齐胶固的羊毫笔蘸了炭精粉，对照原照，反复擦蹭。谢普天解嘲自笑："这是艺术么？"但是有的人家喜欢这样的炭精粉画的肖像，因为："很像！"本地有几个画这样肖像的"画家"，而以谢普天生意最好，因为同是炭精像，谢普天能画出眼神、脸上的肌肉和衣服的质感，那年头时兴银灰色的"宁缎"，叫做"摹本缎"。

为了赶期交"货"，谢普天每天工作到很晚，在煤油灯下聚精会神地一笔一笔擦蹭。小孃坐在旁边做针线，或看小说——无非是《红楼梦》《花月痕》、苏曼殊的《断鸿零雁记》之类的言情小说。到十二点，小孃才回房睡觉，临走说一声："别太晚了！"

一天夜里大雷雨，疾风暴雨，声震屋瓦。小孃神色慌张，推开普天的房门：

"我怕！"

"怕？——那你在我这儿呆会。"

"我不回去。"

"……"

"你跟我睡！"

"那使不得！"

"使得！使得！"

谢淑媛已经脱了衣裳，噗的一声把灯吹熄了。

雨还在下。一个一个蓝色的闪把屋里照亮，一切都照得很清楚。炸雷不断，好像要把天和地劈碎。

他们陷入无法解决的矛盾之中。他们在做爱时觉得很快乐，但是忽然又觉得很痛苦。他们很轻松，又很沉重。他们无法摆脱犯罪感。谢淑媛从小娇惯，做什么都很任性，她不像谢普天整天心烦意乱。她在无法排解时就说："活该！"但有时又想：死了算了！

每年清明节谢家要上坟。谢家的祖茔在东乡，来蝶园在城西，从谢家花园到祖坟，要经过一条东大街。谢淑媛是很喜欢上坟的。街上店铺很多，可以东张西望。小风吹着，全身舒服。从去年起，她不愿走东大街了。她叫陈聋子挑了放祭品的圆笼自己从东大街先走，她和普天从来蝶园后门出来，绕过大淖、泰山庙，再走河岸上向东。她不愿走东大街，因为走东大街要经过居家灯笼店。

居家姊妹三个，都是疯子。大姐好一点，有点像个正常人，她照料灯笼店，照料一家人吃饭——一日三餐，两粥一饭。糙米饭、青菜汤。疯得最厉害的是兄弟。他什么也不做，一早起来就唱，坐在柜台里，穿了靛蓝染的大襟短褂。不知道他唱的是什么，只听到沙哑沉闷的声音（本地叫这种很不悦耳的声音为"呆声绕气"）。他哪有这么多唱的，一天唱到晚！妹妹总坐在柜台的一头糊灯笼，脸上带着一种奇怪的微笑。姐妹二人都和兄弟通奸。疯兄弟每天轮流和她们睡，不跟他睡他就闹。居家灯笼店的事情街上人都知道，谢淑媛也知道。她觉得"膈应"。

隔墙有耳，谢家的事外间渐有传闻。街谈巷议，觉得岂有此理。有一天大早，谢普天在来蝶园后门不显眼处发现一张没头帖子：

管什么大姑妈小姑妈，
你只管花恋蝶蝶恋花，
满城风雨人闲话，
谁怕！
倒不如海走天涯，
赤条条来去无牵挂，
倒大来潇洒。

谢普天估计得出，这是谁写的——本县会写散曲的再没有别人，最后两句是一种善意的规劝。

他和小孃孃商量了一下：走！离开这座县城，走得远远的！他的一个上海美专的同学顾山是云南人，他写信去说，想到云南来。顾山回信说欢迎他来，昆明气候好，物价也便宜，他会给他帮助。把一块祖传的大蕉叶白端砚，一箱字画卖给了季匋民，攒了路费，他们就上路了。计划经上海、香港，从海防坐滇越铁路火车到昆明。

谢淑媛没有见过海，没有坐过海船，她很兴奋，很活泼，走上甲板，靠着船舷，说说笑笑，指指点点，显得没有一点心事，说：“我这辈子值得了！”

谢普天经顾山介绍，在武成路租了一间画室。他画了不少工笔重彩的山水、人物、花卉，有人欣赏，卖出了一些，但是最受欢迎的还是炭精肖像，供不应求。昆明果然是四季如春。鸡㙡、干巴菌、牛肝菌、青头菌都非常好吃，谢淑媛高兴极了。他们游览了很多地方：石林、阳中海、西山、金殿、黑龙潭、大理，一直到玉龙雪山。读万卷书，行万里路，谢普天的画大有进步。他画了一些裸体人像，谢淑媛给他当模特。画完了，谢淑媛仔仔细细看了，说："这是我吗？我这么好看？"谢普天抱着小孃周身吻了个遍，"不要让别人看！"——"当然！"

谢淑媛变得沉默起来，一天说不了几句话。谢普天问："你怎么啦？"——"我有啦！"谢普天先是一愣，接着说："也好嘛。"——"还好哩！"

谢淑媛老是做噩梦。梦见母亲打她，打她的全身，打她的脸；梦见她生了一个怪胎，样子很可怕；梦见她从玉龙雪山失足掉了下来，一直掉，半天也不到地……每次都是大叫醒来。

谢淑媛的肚子一天比一天大，已经显形了。她抚摸着膨大的小腹，说："我作的孽！我作的孽！报应！报应！"

谢淑媛死了。死于难产血崩。

谢普天把给小孃画的裸体肖像交给顾山保存，拜托他十年后找个出版社出版。顾山看了，说："真美！"

谢普天把小孃的骨灰装在手制的瓷瓶里，带回家乡，在来蝶园选一棵桂花，把骨灰埋在桂花下面的土里，埋得很深，很深。

谢普天和陈聋子（他还活着）告别，飘然而去，不知所终。

载一九九六年第四期《收获》

合锦

/

/

/

魏小坡原是一个钱谷师爷。“师爷”是衙门里对幕友的尊称，分为两类。一类是参谋司法行政的，称为“刑名师爷”；一类是主办钱粮、税收、会计的，称为“钱谷师爷”。“刑名师爷”亦称“黑笔师爷”；“钱谷师爷”亦称“红笔师爷”。他们有点近乎后来的参谋、秘书班子。虽无官职，但出谋划策，能左右主管官长的思路举措。师爷是读书人考取功名以外的另一条生活途径，有他们自己一套价值观念。求财取利的法门，也是要从师学习的。师爷自成网络，互通声气，翻云覆雨，是中国的吏治史上的一种特殊人物。师爷大都是绍兴人，鲁迅文章曾经提到过。京剧《四进士》中道台顾读的师爷曾经挟带赃款，不辞而别，把顾读害得不浅。清室既亡，这种人没有了，代之而起的是秘书、干事。但是地方官上有些事，如何逢迎辖治、推诿延宕……还得把老师爷请去，在“等因奉此”的公文稿上斟酌一番，趋避得体，动一两句话，甚至改一两个字，果然是“一鞭一条痕，一掴一掌血”，老辣之至。事前事后，当官的自然不会叫他们白干，总得有一点“意思”。

魏小坡已经三代在这个县城当师爷。“民国”以后就洗手不干了，在这里落户定居。除了说话中还有一两句绍兴字眼，如“娘东戳杀”，吃菜口重，爱吃咸鱼和霉干菜，此外已经和本地人没有什么两样。他在钱家伙买了四十亩好田（他是钱谷师爷，对田地的高低四至、水源渠堰自然非常熟悉），靠收租过日子。虽不算缙绅之家，比起“挑箩把担”的，在生活上却优裕得多。

他的这座房屋的格局却有些特别，或者也可以说是不成格局。大门朝西，进门就是一台锅灶。有锅三口：头锅、二锅、三锅。正当中是一个矮饭桌，是一家人吃饭的桌子。魏小坡家人口不多，只有四口人。不知道为什么在这样的矮桌上吃饭。南边是两间卧室，住着魏小坡的两个老婆，大奶奶和二奶奶。两个老婆是亲姊妹。姊妹二人同嫁一个丈夫，在这县城里并非绝无仅有。大奶奶进门三年，没有生养，于是和双亲二老和妹妹本人商量，把妹妹也嫁过来。这样不但妹妹可望生下一男半女，同时姊妹也好相处，不会像娶个小搅得家宅不安。不想妹妹进门三年仍是空怀，姐姐却怀上了，生了一个儿子！

大奶奶为人宽厚。佃户送租子来，总要留饭，大海碗盛得很满，压得很实。没有什么好菜，白菜萝卜烧豆腐总是有的。

锅灶间养着一只狮子玳瑁猫，一只黄狗。大奶奶每天都要给猫用小鱼拌饭，让黄狗嚼得到骨头。

出锅灶间，往后，是一个不大的花园。魏小坡爱花。连翘、紫荆、碧桃、紫白丁香……都开得很热闹。魏小坡一早临写一遍《九成宫醴泉铭》，就靸着鞋侍弄他的那些花。八月，他用莲子（不是用藕）种了一缸小荷花，从越塘捞了二三十尾小鱼秧养在荷花缸里，看看它们悠然来去，真是万虑俱消，如同置身濠濮之间。冬天，蜡梅怒放，天竺透红。

说魏家房屋格局特别，是小花园南边有一小侧门，出侧门。地势忽然高起，高地上有几间房，须走上五六级“坡台子”（台阶）才到。好像这是另外一家似的。这是为了儿子结婚用的。

魏小坡的儿子名叫魏潮珠（这县西边有一口大湖，叫甓射湖，据说湖中有神珠，珠出时极明亮，岸上树木皆有影，故湖亦名珠湖）。魏大奶奶盼着早一点抱孙子，魏潮珠早就定了亲，就要办喜事。儿媳妇名卜小玲，是乾陞和糕饼店的女儿，两家相距只二三十步路。

我陪我的祖母到魏家去（我们两家是斜对门）。魏家的人听说汪家老太太要来，全都起身恭候。祖母进门道了喜，要去看看魏小坡种的花。“唔，花种得好！花好月圆，兴旺发达！”她还要到后面看看。后面的房屋正中是客厅，东边是新房，西边一间是魏潮珠的书房，全都裱糊得四白落地，簇新。我对新房里的陈设，书房里的古玩全都不感兴趣，只有客厅正面的画却觉得很新鲜。画的是很苍劲的梅花。特别处是分开来挂，是四扇屏；相挨着并挂，却是一个大横幅。这样的画我没有见过。回去问父亲，父亲说：“这叫‘合锦’，这样的画品格低俗，和一个钱谷师爷倒也相配。他这堂画用的是真西洋红，所以很鲜艳。”

卜小玲嫁过来，很快就怀了孕。

魏大奶奶却病了，吃不下东西，只能进水，不能进食，这是“噎嗝”。“风痨气臌嗝，阎王请的客”，这是不治之症，请医服药，只能拖一天算一天。

一天，大奶奶把二奶奶请过来，交出一串钥匙，对妹妹说：“妹妹，我不行了，这个家你就管起吧。”二奶奶说：“姐姐，你放心养病。你这病能好！”可是一转眼，在姐姐不留神的时候，她就把钥匙掖了起来。

没有多少日子，魏大奶奶“驾返瑶池”了，二奶奶当了家。

二奶奶持家和大奶奶大不相同。她非常啬刻。煮饭量米，一减再减，菜总是煮小白菜、炒豆腐渣。女佣人做菜，她总是嫌油下得太多。“少倒一点！少倒一点！这样下油法，万贯家财也架不住！”咸菜煮小鱼、药芹（水芹菜），这是荤菜。她的一个特点是不相信人，对人总是怀疑、嘀咕、提防，觉得有人偷了她什么。一个女佣人专洗大件的被子、帐子，通阴沟，倒马桶，力气很大。“她怎么力气这样大呢？”于是断定女佣人偷吃了泡锅巴。丢了一点什么不值几个钱的东西：一块布头、一团烂毛线，她断定是出了家贼，“家贼难防狗不咬！”有一次丢失了一个金戒指，这可不得了，搅得天翻地覆。从里到外搜了佣人身子，翻遍了被褥，结果是她自己藏在梳头桌的小抽屉里了！卜小玲坐月子，娘家送来两只老母鸡炖汤。汤放在儿媳妇“迎桌”的沙锅里。二奶奶用小调羹舀了一勺，聚精会神地尝了尝。卜小玲看看婆婆的神态，知道她在捉摸吴妈是不是偷喝了鸡汤又往汤里对了开水。卜小玲很生气，说：“吴妈是我小时候的奶妈，我是喝了她的奶长大的，她不会偷喝我的鸡汤！婆婆你就放心吧！你连吴妈也怀疑，叫我感情上很不舒服！”——“我这是为你！知人知面不知心，难说！难说！”卜小玲气得面朝里，不理婆婆：“什么人哩！”二奶奶这样多疑，弄得所有的人都不舒服。原来有说有笑、和和气气的一家人，弄得清锅冷灶，寡淡无聊。谁都怕不定什么时候触动二奶奶的一根什么筋，二奶奶的脸上刷的一下就挂下了一层六月严霜。猫也瘦了，狗也瘦了，人也瘦了，花也瘦了。二奶奶从来不为自己的多疑觉得惭愧，觉得对不起人。她觉得理所应该。魏小坡说二奶奶不通人情，她说：“过日子必须刻薄成家！”魏小坡听见，大怒，拍桌子大骂：“下一句是什么？”[①]

魏家用过几次佣人，有一回一个月里竟换了十次佣人。荐头店[②]要帮人的，听说是魏家，都说：“不去！”

后客厅的梅花“合锦”第三条的绫边受潮脱落了，魏小坡几次说拿到裱画店去修补一下，二奶奶不理会。这个屏条于是老是松松地卷着，放在条几的一角。

载一九九六年第四期《收获》

---

① 这是朱柏庐《治家格言》中的话，“刻薄成家”下一句是“理无久享”。
② 专为介绍女佣的店铺叫“荐头店”或“荐头行”。

百蝶图

/

/

/

小陈三是个卖绒花的货郎。他父亲活着的时候就是个货郎，卖绒花。父亲死了，子承父业，他十六七岁就挑起货郎担卖绒花。城里人叫他小货郎，也叫他小陈。有些人叫他小陈三，则不知是什么道理。他是个独儿子，并无兄弟。也许因为他人缘好，长得聪明清秀，这么叫着亲切。他家住泰山庙。每天从家里出来，沿科甲巷，越塘，进东门，经王家亭子，过奎楼，奔南市口，在焦家巷、百岁巷、熙和巷等几条大巷子都停一停。把货郎担歇在巷口，举起羊皮拨浪鼓摇一气：布楞、布楞、布楞楞……宅门开了，走出一个大姑娘、小媳妇、老太太。

“小陈三，来了？”

“来了您哪！”

“有好花没有？”

“有！昨天刚从扬州贩来的。您瞧瞧！”

小陈三把货郎担的圆笼一个一个打开，摆在扫净的阶石上让人观赏。

他的担子两头各有四层。已经用了两代人，还是严丝合缝，光泽如新，毫不走形。四层圆屉，摞得高高的，但挑起来没有多大分量，因为里面都是女人戴的花：大红剪绒的红双喜、团寿字，这是老太太要的；米珠子穿成的珠花，是少奶奶订的；绢花、通草花，颜色深浅不一，都好像真花，有的通草花上还伏了一只黑凤蝶，凤蝶触须是极细的“花丝”拧成的，拿在手里不停地颤动，好像凤蝶就要起翅飞走。小陈三一枝一枝送到大姑娘、小媳妇、老太太面前，她们能不买一两枝么？

有的姑娘媳妇是为了看两眼小陈三，才买他的花的。

货郎担的一屉放的是绣花用的彩绒丝线。

一天，小陈挑了货郎担往南城去，到了王家亭子边上，忽然下起雨来。真是瓢泼大雨！雨暴风狂，小陈站不住脚，货郎担被风刮得拧着麻花乱转。附近没有地方可以躲避，小陈只好敲敲王家亭子的玻璃窗，问里面的王小玉，可以不可以让他进来避避雨。

“可以可以！进来进来！”

这王家亭子紧挨东门，正字应该叫做蝶园，本是王家的花园，算得是一处可以供人游赏的名胜。当日王家常在园中宴客，赋诗饮酒。后来王家渐渐衰败，子孙迁寓苏州，蝶园花木凋残，再也听不到吟诗拍曲的声音。只有“亭子”和亭前的半亩荷塘却保留了下来。所谓“亭子”实是一座五间的大厅。大厅四面开窗，十分敞亮。王家把大厅（包括全堂红木家具）和荷塘交给原来的管家老王头看管。清明上坟，偶尔来蝶园看看，平常是不来的。

小陈的上衣都湿透了，小玉叫他脱下来，在小缸灶里抓了一把柴禾，把小陈三的湿衣服搭在烘笼上烤着，扔给他一条手巾，叫他擦擦身上的雨水，给他一件父亲老王头的旧上衣，叫他披披。缸灶火上还炖了一壶茶水——老王头是喝茶的。还好，圆笼里的花没有湿了，但是怕受了潮气，闷得退了色，小玉还是帮小陈一屉一屉揭开，平放在红木条案上。

雨还在下。

小陈说："这雨！"

小玉说："这雨！"

"你一个人，不怕？"

"不怕！怕什么？"

小玉的父亲常常出去，给王家料理一点杂事：完钱粮、收佃户送来的租稻……找护国寺的老和尚聊天、有时还找老朋友喝个小酒，回来时往往是月亮照着城墙垛子了。

小玉胆很大。王家亭子紧挨着城墙，城外荒坟累累，还是杀人的刑场，鬼故事很多，她都不相信，只有一个故事，使她觉得很凄凉：一个外地人赶夜路，到了东门外，想抽一袋烟。前面有几个人围着一盏油灯。赶路人装了一袋烟，凑过去点个火。不想吧唧了半天，烟不着，他用手摸摸火苗，火是凉的！这几个是鬼！外地人赶紧走，鬼在他身后哈哈大笑。小玉时常想起凉的火，鬼哈哈大笑。但是她并不汗毛直竖。这个鬼故事有一种很美的东西，叫她感动。

小玉的母亲死得早，她十四岁就支撑门户，打里打外，利利落落，凡事很有决断。

母亲是个绣花女工，小玉从小就学会绣花。手很巧，平针、“乱孱”、挑花、“纳锦”都会。绣帐檐、门帘、枕头顶，都成。她能出样子、配颜色，在县城里有些名气，“打子儿”“七色晕”，她为甄家即将出阁的小姐绣的一对门帘飘带赢得很多人称赞。白缎地子，平金纳锦飞龙。难的是龙的眼睛，眼珠是桂圆核壳钉上去的。桂圆核壳剪破，打了眼，头发丝缝缀。桂圆核很不好剪，一剪就破，又要一般大，一样圆，剪坏了好多桂圆，才能选出四颗眼珠。白地、金龙、乌黑闪亮的龙眼睛，神气活现。

小陈三看王小玉的绣活，王小玉看小货郎的绒花。喝着老王头的土叶茶，说着话，雨停了，小陈的上衣也干了，小陈告辞。小玉送到门口：

“常来！”

“哎，来！”

小陈三果然常来歇脚。他们说了很多话，还结伴到扬州辕门桥去过几次。小陈三办货，小玉买彩绒丝线。

王小玉是个美人，长得就像王家亭子前才出水的一箭荷花骨朵，细皮嫩肉，一笑俩酒窝。但是你最好不要招惹她。她双眼一瞪，够你小子哆嗦一会子，她会拿绣花针给你身上留下一点记号。

都说王小玉和小陈三是天生的一对。

小玉对小陈三是喜欢的，认为他本小利薄，但是是一个有志气、有出息的后生。小玉对她自己的，也是小陈三的前途有个“远景规划”。她叫小陈三在南市口租一个门面，当中是店堂，两边设两个玻璃砖面的小柜台。一边卖她的绣活，小陈帮她接活，记账；

一边还可以由小陈卖绒花丝线。小陈可以不必再挑货郎担——愿意挑也可以，只是一天磨鞋底子，太辛苦了。兢兢业业，做上几年，小日子会红火起来的。“斗升之家”还能指望什么呢?

对小玉的“蓝图”，小陈表示完全同意，只是：

“太委屈你了！”

“我愿意！”

有一个人不愿意。

谁?

小陈的妈。

小陈的父亲死得早，妈年轻守寡。她是个非常要强的女人。她眼睛有病，双眼有翳——白内障，见人只模模糊糊看见脸，眉眼分不太清，对面来人，听说话才知道是谁。就这样，她还一天不什闲，忙忙碌碌，家里收拾得“一水也似的”。儿子爱王小玉，她知道，因为儿子早在她耳朵跟前夸小玉，怎么好看，怎么能干，什么事都拿得起，放得下。老太太只是听着，不言语，转着灰白的眼珠子，好像想什么心事。

王小玉给孙家四小姐绣了一个幔帐。这孙四小姐是个很讲究的，欣赏品味很高的才女，衣着都别出心裁，不落俗套。她曾经让小玉绣过一“套”旗袍。一套三件。她一天三换衣，但是乍看看不出来，三件都绣的是白海棠，早起，海棠是骨朵；中午，海棠盛开了；晚上，海棠开败了。她要出嫁了，要小玉绣一个幔帐。她讨厌凤穿牡丹这样大红大绿的花样，让小玉给她绣一幅“百蝶图”，她收藏了一套《滕王蛱蝶》大册页，叫小玉照着绣。

小玉花了一个月，绣得了，张挂在王家，请孙四小姐来验看。

孙四小姐一进门，只说了一个字：“好！”王小玉绣的《百蝶图》轰动一城，来看的人很多。

小陈三的妈也来了。经过一个眼科名医生金针拨治，她的眼睛好多了，已经能看清楚黄瓜茄子。她凑近去细看了《百蝶图》，越看越有气。

小陈跟老太太提出要把小玉娶过来，他妈瞪着浑浊的眼睛喊叫起来：

“不行！”

小王太好看，太聪明，太能干，是个人尖子。她的家里，绝对不能有个人尖子。她不能接受，不能容忍！

她宁可要一个窝窝囊囊的平庸的儿媳。

来了一个人尖子，把她往哪儿搁？

“你要娶王小玉，除非等我死了！”

小陈三不明白母亲为什么生那么大的气。小陈三是个孝子。“顺者为孝”。他只好听妈的，没有在家里吵嚷吼叫，日子过得还是平平静静的。但是小陈的妈知道，儿子和妈之间在感情上发生了很大的变化，她知道儿子对她有一种刻骨的怨恨。他一天不说话。他们的关系已经不是母亲和儿子，而是仇敌。

小陈的妈有时也觉得做了一件错事。她也想求儿子原谅她，但是，决不！她没有错！

她为什么有如此恶毒的感情，连她自己也莫名其妙。

一九九六年七月二十三日

载一九九六年第六期《中国作家》

这条河叫准提河，因为河上巷子里有一个小庵准提庵。这条巷子也就叫准提巷。出准提巷，在准提河上有一道砖桥，叫准提桥。准提桥是平桥，铺着立砖，两边白石栏杆。挺好看的。下雨天，雨水从准提巷流出来，流过桥面。这时候没有多少行人来往。偶尔听到钉鞋穿过巷子的声音，由近而远，让人觉得很寂寞。

这是一条不宽的河，孩子打水漂，噌噌噌噌，瓦片可以横越河面，由北边到南边，到河边一直蹿到岸上。

吕虎臣住在河南边，挨着准提庵。河南边就只有这一家，单门独院，四面不挨人家。谁都知道，这是吕家，吕虎臣家。孩子都知道。

吕家人口简单。吕虎臣中年丧妻，没有再娶。没有儿子，只有个女儿。女儿叫吕蕤，小时候放鞭炮，崩瞎了一只左眼。因此整天戴了深蓝色的卵形眼镜。有个女婿叫李成模，菱塘桥人。女婿不是招赘的，而是从小和吕蕤订了婚，为了考大学，复习功课住到丈人家来的。小两口很亲热。吕蕤很好看，缺了一只眼睛还是很好看。他们每天都在门前闲眺，看人打鱼，日子过得很舒心自在。有一次互相打闹，吕蕤在李成模屁股上踢了一脚。正好吕虎臣从外面回来，装得很生气："玩归玩，闹归闹，哪有这样闹法的！叫过路人看见了笑话！"吕蕤和李成模一伸舌头。

吕虎臣在家的时候少，在外面的时候多。

河北岸，正对着准提巷，是方家。方家的大人去世早，留下一儿一女，兄妹二人相依为命。哥哥方继淦在一个工厂当会计。抗战爆发后随厂到了重庆。妹妹方景心高气傲，一心想读大学，但读了初中，就没有再升学，留在家乡，在一个电话公司当接线员（由于吕虎臣的介绍），她很不甘心。而且医生发现她得了肺结核：全身无力，每天下午面色潮红，有时还咯两口血。她连班都上不了了，只好在家休养。吕虎臣和方家是亲戚，又和方景的父亲同过学（都是邑中名士杨渔隐的学生），对方景很关心。方景爱靠在栏杆上看准提河的水，一看半天。吕虎臣看见，总要走过去安慰她几句，他怕方景会一时想不开。方景看看吕虎臣，说："大姨夫（她总是叫吕虎臣大姨夫），我不会跳下去的！您放心！"——"那好，那好！你不要灰心，你的日子还长着哪！等身体好了，你还可以飞得高高的！"——"谢谢你大姨夫！"吕虎臣知道方景生活艰难，只靠哥哥辗转托人带一点钱来，有时给她一点帮助。看病的诊费、买药的药钱都由吕虎臣代付了（写在吕虎臣的账上了）。

方景长得黑黑的，眉毛、眼睫毛都很重，眼睛亮晶晶的，走路时脑袋爱往一边偏，是个很好看的黑姑娘。

吕虎臣和城里的几大户，马家、杨家、孙家都是亲戚，时常走动。尤其和孙家是至亲。孙家有什么事，婚丧嫁娶，需要吕虎臣来借箸代筹，一请就到，不请也到。吕虎臣对孙家的世谊姻亲，了如指掌。一切想得很周到，绝对落不了褒贬。他和孙家男女上下都非常熟悉。孙家的姑奶奶都跟他很亲热，爱听他说话。姑奶奶都叫他“虎臣大哥”。吕虎臣有点齉鼻子，说话瓮声瓮气，但是听起来很诚恳。

这孙家是有点特别的人家。既不像马家一样是冠盖如云的大绅士，也不像杨家功名奕世，出过几个进士，他家有些田产，并不很多，但是盖的房子却很讲究。东西两座大厅，磨砖对缝，厅前是一片很大的白矾石的天井。靠东围墙是一间大书房，平常不用；靠西一间小书房，壁隔里摆着古玩瓶盘，是四姑奶奶的绣房。这是名副其实的“绣房”，四姑奶奶不久即将出嫁，她整天在小书房里绣花。

孙老头儿名莜波，但是满城人都叫他“孙小辫”，因为他一直留着一条黄不黄白不白的小辫子，辫根还要系一截红头绳。

孙小辫不喜欢花鸟虫鱼，却喂了一对鹤——灰鹤。这对灰鹤在四姑奶奶绣房后面的假山跟前老是踱来踱去，时不时停下来剔剔翎毛，从泥里搜出一根蚯蚓，吃掉。孙家总是很安静，四姑奶奶飞针走线，绣花针插进绣绷的声音都听得很清楚。

孙莜波的另一特别处是把一位名士宣瘦梅请到家里来教女儿读书。这位宣先生能诗能画，终身不应科举。他教女学生不是读“女四书”之类，而是诗词歌赋。孙家的女儿都能通背《长恨歌》《琵琶行》《董西厢》：

> 碧云天，
> 黄花地，
> 西风紧，
> 北雁南飞。
> 晓来谁染霜林醉？
> 总是离人泪。

孙家女儿都有点多愁善感。孙小辫为什么让宣先生教女儿这些东西，令人百思不得其解。但是男女老少又都会背一篇东西。这篇东西说古文不是古文，说诗词不是诗词，说道情不是道情，不俗不雅，不文不白，是一种奇怪的文体：

> 三子三鼎甲，
> 五婿五传胪。
> 鼎甲本不贵，
> 贵的是三子三鼎甲；
> 传胪本不难，
> 难的是五婿五传胪。
> 齐家治国平天下，
> 儿辈承当。
> 这些事，

老夫也管些几个：

竹篱石井，

鹤食猴粮。

这算是什么东西呢？是谁的作品？不知道。有人说这是孙莜波作，经宣瘦梅润色过的。这表达了谁的思想？是孙莜波的还是宣瘦梅的？不知道。但是孙家男女老少全都会摇头晃脑地高声背诵，俨然这写的就是孙家。怎么可能呢？“三子三鼎甲”，“五婿五传胪”，哪里会有这样的人家！这只能说是孙莜波的白日梦，或孙家一家的白日梦。孙家不是书香世家，却以世家自居。几个姑奶奶尤其是这样，说起话来引经据典，咬文嚼字，似乎很高雅。女人而说“雅言”，叫人很反感。

孙莜波得了一种怪病，两脚不能下地，一着地就疼得不得了。找了几个医生，内科、外科切脉服药，都不见效。吕虎臣来看他，孙莜波说：“这是无名之病，势将不治矣！”吕虎臣叫他把袜子脱了，看了看，说：“嗐！”原来是他平常不洗脚，洗脚也不剪指甲，指甲反屈弯曲，抠进了脚心，那着地还有不疼的？吕虎臣到澡堂里请来一位修脚师傅，师傅用几把刀给他修了脚，他下地走了几步，没事了！

不久，孙莜波真的病了。没几天就呜呼哀哉，伏维尚飨了。也没有什么大病，心力衰竭，老死的。盛殓之后，因为日本人已经打到离县城不远，兵荒马乱，难以成礼，经子女亲戚计议，决定移柩三垛镇。六七开吊，当然得惊动吕虎臣。吕虎臣头两天就到了三垛，料理一切。

吕虎臣是个礼俗大全，亲戚朋友家有婚丧嫁娶，必须请他到场，擘画斟酌。

做寿倒没他什么事，他只是看看寿堂：这家有一幅吕纪的《豹（报）喜图》应该挂在正面，寿屏的次序有没有挂错，寿联的上下联颠倒了没有，陈曼生汪琬的对联应该分挂在不同地方；来客应于何处侍茶、何处吸（鸦片）烟，都得安排妥当了。开宴时席位的尊卑长幼更得有个讲究。吕虎臣左顾右盼，添酒布菜，三杯寿酒是绝对喝不安生的。

办喜事，吕虎臣事不多。找一个胖小子押轿；花轿到门，姑爷射三箭；新娘子跨火盆、过马鞍……直到坐床撒帐，这都由姑奶奶、姨奶奶张罗，属于“妈妈令”，吕虎臣只关心一件事，找一位“全福太太”点燃龙凤喜烛。“全福太太”即上有公婆父母，下有儿女的那么一个胖乎乎的半大老太太。这样的“全福人”不大好找。吕虎臣早就留心，道一声“请”，全福太太就带点腼腆，款款起身，接过纸媒子，把喜烛点亮，于是洞房里顿时辉煌耀眼，喜气洋洋。

最麻烦复杂的是办丧事。一到三垛，进了门，吕虎臣就问：“已经请了李蓁了没有？”——“请了，请了！明天上午派船，三老爷擦黑准到！”——“那好，要派妥当的人去！”——“没错您哪！”——“准备云土。”——“是！”

李蓁抽大烟，而且必须是云土。

吕虎臣第一件事是用一张白宣纸，裁成四指宽、一尺多长，写了三个扁宋体的字：“盥洗处”，贴好了，检查检查“初献、亚献、终献”的金漆小木屏，察看了由敞厅到灵堂的道路，想了想遗漏了什么事。

“开吊”有点像演戏。“初献”“亚献”“终献”，各有其人。礼生执金漆小屏前导，司献戚友踱方步至灵前“拜”——“兴”，退出。“亚献”“终献”亦如此。这当中还要有“进曲”，一名鼓手执荸荠鼓，唱曲一支，内容多是神仙道化，感叹人世无常；另有二鼓手吹双笛随。以后是“读祝”，即读祭文，祭文不知道为什么叫做“祝”。礼生高唱：“读祝者读祝”，一个嗓音清亮，声富表情的亲戚（多半是本地才子）就抑扬顿挫，感慨唏嘘地朗读起来。有人读祝有名，读到沉痛婉转处可令女眷失声而哭。其实“祝”里说的是什么，她们根本不知道，只是各哭其所哭。“祝”里许多词句是通用的，可以用之于晴雯，也可以用之于西门庆。

“开吊”最庄严肃穆的一个节目是“点主”。“神主”枣木牌位上原来只写某某之“神王”，主字上面一点空着，经过一“点”，显考或显妣的灵魂就进入牌内，以后这小木牌就成了显考显妣们的代表。点主要请一位官大功高的耆宿。李菉是常被请的。他点过翰林，在本县可说是最高功名。他脸上有几颗麻子，仆人们都叫他“李三麻子”，因为他架子大，很不好伺候。

礼生高唱：“凝神——想象，请加墨主！”李菉就用一支新笔舔了墨在“神王”上点了一个瓜子点。“凝神，想象，请加朱主。”李三麻子用白芨调好的朱砂，盖在“墨主”上。于是礼成。

“凝神——想象”这是开吊所用的最叫人感动、最富人情味的、最艺术的语言，其余的都只是照章办事，行礼如仪而已。

孙莜波的丧事把吕虎臣累得够呛。没想到这是他一生中操办的最后一件丧事。

吕虎臣送客回来，摔了一跤，当时口眼歪斜，中风失语。他自己知道，这一回势将不救。——他曾经中过一次风，这回是复发了。中风最怕复发。他脑子还清楚，也还能含含糊糊、断断续续交代几句后事：

时值兵燹，人心惶惶，不要惊动亲友，殓以常服，薄葬，入土为安。

不要通知吕蕤。吕蕤已经结婚怀孕，在菱塘桥婆婆家生孩子，不能受刺激，等她生养休息后再慢慢告诉她。

遗著一卷，有机会刻印若干本送人。

他的遗著是：

**婚丧
嫁娶 礼俗大全**

吕蕤回来，看到父亲的新坟，扑上去号啕大哭，把坟土都湿了一圈，怎么劝也劝不住。

陪着吕蕤一起哭的，是方景。

一九九六年十月五日

载一九九六年第五期《大家》

金冬心

召应博学鸿词杭郡金农字寿门别号冬心先生、稽留山民、龙梭仙客、苏伐罗吉苏伐罗，早上起来觉得很无聊。

他刚从杭州扫墓回来。给祖坟加了加土，吩咐族侄把聚族而居的老宅子修理修理，花了一笔钱。杭州官员馈赠的程仪殊不丰厚，倒是送了不少花雕和莼菜，坛坛罐罐，装了半船。装莼菜的瓷罐子里多一半是西湖水。我能够老是饮花雕酒喝莼菜汤过日脚么？开玩笑！

他是昨天日落酉时回扬州的。刚一进门，洗了脸，给他装裱字画、收拾图书的陈聋子就告诉他：袁子才把十张灯退回来了。是托李馥馨茶叶庄的船带回来的。附有一封信。另外还有十套《随园诗话》。金冬心当时哼了一声。

去年秋后，来求冬心先生写字画画的不多，他又买了两块大砚台，一块红丝碧端，一块蕉叶白，手头就有些紧。进了腊月，他忽然想起一个主意：叫陈聋子用乌木做了十张方灯的架子，四面由他自己书画。自以为这主意很别致。他知道他的字画在扬州实在不大卖得动了——太多了，几乎家家都有。过了正月初六，就叫陈聋子搭了李馥馨的船到南京找袁子才，托他代卖。凭子才的面子，他在南京的交往，估计不难推销出去。他希望一张卖五十两。少说，也能卖二十两。不说别的，单是乌木灯架，也值个三两二两的。那么，不无小补。

袁子才在小仓山房接见了陈聋子，很殷勤地询问了冬心先生的起居，最近又有什么轰动一时的诗文，说："灯是好灯！诗、书、画，可称三绝。先放在我这里吧。"

金冬心原以为过了元宵，袁子才就会兑了银子来。不想过了清明，还没有消息。

现在，退回来了！

袁枚的信写得很有风致："……金陵人只解吃鸭肫，光天白日，尚无目识字画，安能于灯光烛影中别其媸妍耶？……"

这个老奸巨猾！不帮我卖灯，倒给我弄来十部《诗话》，让我替他向扬州的鹾贾打秋风！——俗！

晚上吃了一碗鸡丝面，早早就睡了。

今天一起来，很无聊。

喝了几杯苏州新到的碧螺春，念了两遍《金刚经》，趿着鞋，到小花圃里看了看。宝珠山茶开得正好，含笑也都有了骨朵了。然而提不起多大兴致。他惦记着那十盆兰花。他去杭州之前，瞿家花园新从福建运到十盆素心兰。那样大的一盆，每盆不愁有百十个箭子！索价五两一盆，不贵！要是袁子才替他把灯卖出去，这十盆建兰就会摆在他的小花圃苇棚下的石条上。这样的兰花，除了冬心先生，谁配？然而……

他踱回书斋里，把袁枚的信摊开又看了一遍，觉得袁枚的字很讨厌。而且从字里行间嚼出一点挖苦的意味。他想起陈聋子描绘的随园：有几棵柳树，几块石头，有一个半干的水池子，池子边种了十来棵木芙蓉，到处是草，草里有蜈蚣……这样一个破园子，会是江宁织造的大观园么[①]？可笑！此人惯会吹牛，装模作样！他顺手把《随园诗话》打开翻了几页，到处是倚人自重，借别人的赏识，为自己吹嘘。有的诗，还算清新，然而，小聪明而已。正如此公自道："诗被人嫌只为多！"再看看标举的那些某夫人，某太夫人的诗，都不见佳。哈哈，竟然对毕秋帆也揄扬了一通！毕秋帆是什么？——商人耳！郑板桥对袁子才曾作过一句总评，说他是"斯文走狗"，不为过分！

他觉得心里痛快了一点——不过，还是无聊。

他把陈聋子叫来，问问这些天有什么函件简帖。陈聋子捧出了一沓。金冬心拆看了几封，都没有什么意思，问："还有没有？"

陈聋子把脑门子一拍，说："有！——我差一点忘了，我把它单独放在拜匣里了：程雪门有一张请帖，来了三天了！"

"程雪门？"

"对对对！请你陪客。"

---

① 袁枚曾说大观园就是他的随园。

“请谁？”

“铁大人。”

“哪个铁大人？”

“新放的两淮盐务道铁保珊铁大人。”

“几时？”

“今天！中饭！平山堂！”

“你多误事！——去把帖子给我拿来！——去定一顶轿子！——你真是！——快去！——哎哟！”

金冬心开始觉得今天有点意思了。

等着催请了两次，到第三次催请时，冬心先生换了衣履，坐上轿子，直奔平山堂。

程雪门是扬州一号大盐商，今天宴请新任盐务道，非比寻常！果然，等金冬心下了轿，往平山堂一看，只见扬州的名流显贵都已到齐。藩臬二司、河工漕运、当地耆绅、清客名士，济济一堂。花翎补服，辉煌耀眼；轻衣缓带，意态萧闲。程雪门已在正面榻座上陪着铁保珊说话，一眼看见金冬心来了，站起身来，铁保珊早抢步迎了出来。

“冬心先生！久仰！久仰得很哪！”

“岂敢岂敢！农本布衣，幸瞻丰采！铁大人从都里来，一路风霜，辛苦了！”

“请！”

“请！请！”

铁保珊拉了金冬心入座。程雪门道了一声“得罪！”自去应酬别的客人。大家只见铁保珊倾侧着身子和金冬心谈得十分投机，金冬心不时点头拊掌，不知他们谈些什么，不免悄悄议论。

“雪翁今天请金冬心来陪铁保珊，好大的面子！”

“听说是铁保珊指名要见的。”

“金冬心这时候才来，架子搭得不小！”

“看来他的字画行情要涨！”

稍顷宴齐，更衣入席。平山堂中，雁翅般摆开了五桌。正中一桌，首座自然是铁保珊。次座是金冬心。金冬心再三谦让，铁保珊一把把他按得坐下，说：“你再谦，大家就不好坐了！”金冬心只得从命。程雪门在这桌的主座上陪着。

今天的酒席很清淡。铁大人接连吃了几天满汉全席，实在是没有胃口，接到请帖，说：“请我，我到！可是我只想喝一碗晚米稀粥，就一碟香油拌疙瘩丝！”程雪门说一定照办。按扬州请客的规矩，菜单曾请铁保珊过了目。凉碟是金华竹叶腿、宁波瓦楞明蚶、黑龙江熏鹿脯、四川叙府糟蛋、兴化醉蛏鼻、东台醉泥螺、阳澄湖醉蟹、糟鹌鹑、糟鸭舌、高邮双黄鸭蛋、界首茶干拌荠菜、凉拌枸杞头……热菜也只是蟹白烧乌青菜、鸭肝泥酿怀山药、鲫鱼脑烩豆腐、烩青腿子口蘑、烧鹅掌。甲鱼只用裙边。鲟花鱼不用整条的，只取两块嘴后鳃边眼下蒜瓣肉。砗螯只取两块瑶柱。炒芙蓉鸡片塞牙，用大兴安岭活捕来的飞龙剁泥、鸽蛋清。烧烤不用乳猪，用果子狸。头菜不用翅唇参燕，清炖杨妃乳——新从江阴运到的河豚鱼。铁大人听说有河豚，说：“那得有炒蒌蒿呀！——‘竹外桃花三两枝，春江水暖鸭先知，蒌蒿满地芦芽短，正是河豚欲上时’，有蒌蒿，那才配称。”——“有有有！”随饭的炒菜也极素净；素炒蒌蒿薹、素炒金花菜；素炒豌豆苗、素炒紫芽姜、素炒马兰头、素炒凤尾——只有三片叶子的嫩莴苣尖、素烧黄芽白……铁大人听了菜单（他没有看）说是“这样好，‘咬得菜根，则百事可做’”。他请金冬心过目，冬心先生说：“‘一箪食，一瓢饮’，农一介寒士，无可无不可的。”

金冬心尝了尝这一桌非时非地清淡而名贵的菜肴，又想起袁子才，想起他的《随园食单》，觉得他把几味家常鱼肉说得天花乱坠，真是寒乞相，嘴角不禁浮起一丝冷笑。

酒过三巡，铁保珊提出寡饮无趣，要行一个酒令。他提出的这个酒令叫做“飞红令”，各人说一句或两句古人诗词，要有“飞、红”二字，或明嵌，或暗藏，都可以。这令不算苛。他自己先说了两句：“花谢花飞飞满天，红消香断有谁怜？”有人不识出处。旁边的人提醒他：“《红楼梦》！”这时正是《红楼梦》大行的时候，“开谈不说《红楼梦》，纵读诗书也枉然”。不知出处的怕露怯，连忙说：“哦，《红楼梦》！《红楼梦》！”下面也有说“一片花飞减却春”的，也有说“桃花乱落如红雨”的。有的说不上来，甘愿罚酒。也有的明明说得出，为了谦抑，故意说：“我诗词上有限，认罚认罚！”借以凑趣的。临了，到了程雪门。程雪门说了一句：

“柳絮飞来片片红。”

大家先是愕然，接着就哗然了：

“柳絮飞来片片红，柳絮如何是红的？”

“无是理！无是理！”

“杜撰！杜撰无疑！”

“罚酒！罚酒！”

“满上！满上！喝了！喝了！”

程雪门也不知道自己怎么会诌出这样一句不通的诗来，正在满脸紫涨，无地自容，忽听得金冬心放下杯箸，从容言道：

“诸位莫吵。雪翁此诗有出处。这是元人咏平山堂的诗，用于今日，正好对景。”他站起身来，朗吟出全诗：

廿四桥边廿四风，
凭栏犹忆旧江东。
夕阳返照桃花渡，
柳絮飞来片片红。

大家一听，全都击掌：

“好诗！”

“好一个‘柳絮飞来片片红’！妙！妙极了！”

“如此尖新，却又合情合理，这定是元人之诗，非唐非宋！”

“到底是冬心先生！元朝人的诗，我们知道得太少，惭愧惭愧！”

“想不到程雪翁如此博学！佩服！佩服！”

程雪门哈哈大笑，连说：“过奖，过奖！——菜凉了，河豚要趁热！”

于是大家的筷子一齐奔向杨妃乳。

铁保珊拈须沉吟：这是元朝人的诗么？

金冬心真是捷才！出口成章，不动声色。快，而且，好！有意境……

第二天，一清早，程雪门派人给金冬心送来一千两银子。金冬心叫陈聋子告诉瞿家花园，把十盆建兰立刻送来。

陈聋子刚要走，金冬心叫住他：

“不忙。先把这十张灯收到厢房里去。”

陈聋子提起两张灯，金冬心又叫住他：

“把这个——搬走！”

他指的是堆在地下的《随园诗话》。

陈聋子抱起《诗话》，走出书斋，听见冬心先生骂道：

“斯文走狗！”

陈聋子心想：他这是骂谁呢？

一九八三年十月二十五日

载一九八四年第二期《现代作家》

捕快张三

/

/

/

捕快张三，结婚半年。他好一杯酒，于色上寻常。他经常出外办差，三天五日不回家。媳妇正在年轻，空房难守，就和一个油头光棍勾搭上了。明来暗去，非止一日。街坊邻里，颇有察觉。水井边，大树下，时常有老太太、小媳妇咬耳朵，挤眼睛，点头，戳手，悄悄议论，嚼老婆舌头。闲言碎语，张三也听到了一句半句。心里存着，不露声色。一回，他出外办差，提前回来了一天。天还没有亮，便往家走。没拐进胡同，远远看见一个人影，从自己家门出来。张三紧赶两步，没赶上。张三拍门进屋，媳妇梳头未毕，绾了纂，正在掠鬓，脸上淡淡的。

“回来了？”

“回来了！”

“提早了一天。”

“差事完了。”

“吃什么？”

“先不吃。——我问你，我不在家，你都干什么了？”

“开门，撒火，喂鸡，择菜，坐锅，煮饭，做针线活，和街坊闲磕牙，说会子话，关门，放狗，挡鸡窝……”

“家里没人来过？”

“隔壁李二嫂来替过鞋样子，对门张二婶借过笸箩……”

“没问你这个！我回来的时候，在胡同口仿佛瞧见一个人打咱们家出去，那是谁？”

“你见了鬼了！——吃什么？”

“给我下一碗热汤面，煮两个咸鸡子，烫四两酒。”

媳妇下厨房整治早饭，张三在屋里到处搜寻，看看有什么破绽。翻开被窝，没有什么。一掀枕头，滚出了一枚韭菜叶赤金戒指。张三攥在手里。

媳妇用托盘托了早饭进来。张三说：

“放下。给你看一样东西。”

张三一张手，媳妇浑身就凉了：这个粗心大意的东西！没有什么说的了，扑通一声，跪倒在地：

“我错了。你打吧。”

“打？你给我去死！”

张三从房梁上抽下一根麻绳，交在媳妇手里。

“要我死？”

“去死！”

“那我死得漂漂亮亮的。”

“行！”

“我得打扮打扮，插花戴朵，擦粉抹胭脂，穿上我娘家带来的绣花裙子袄。”

“行！”

“得会子。”

“行！”

媳妇到里屋去打扮，张三在外屋剥开咸鸡子，慢慢喝着酒。四两酒下去了小三两，鸡子吃了一个半，还不见媳妇出来。心想：真麻烦；又一想：也别说，最后一回了，是得好好“捯饬”“捯饬”。他忽然成了一个哲学家，举着酒杯，自言自语：“你说这人活一辈子，是为了什么呢？”

一会儿，媳妇出来了：喝！眼如秋水，面若桃花，点翠插头，半珠押鬓，银红裙袄粉缎花鞋。到了外屋，眼泪汪汪，向张三拜了三拜。

“你真的要我死呀？”

“别废话，去死！”

“那我就去死啦！”

媳妇进了里屋，听得见她搬了一张杌凳，站上去，拴了绳扣，就要挂上了。张三把最后一杯酒一饮而尽，叭叉一声，摔碎了酒杯，大声叫道：

“咍！[①]回来！一顶绿帽子，未必就当真把人压死了！”

---

① 咍音hāi，读孩第一声。

这天晚上，张三和他媳妇，琴瑟和谐。夫妻两个，恩恩爱爱，过了一辈子。

按：这个故事见于《聊斋》卷九《佟客》后附“异史氏曰”的议论中。故事与《佟客》实无关系。“异史氏”的议论是说古来臣子不能为君父而死，本来是很坚决的，只因为“一转念”误之。议论后引出这故事，实在毫不相干。故事很一般，但在那样的时代，张三能摈掉“绿头巾”的压力，实在是很豁达，非常难得的。蒲松龄述此故事时语气不免调侃，但字里行间，流露同情，于此可窥见聊斋对贞节的看法。聊斋对妇女常持欣赏眼光，多曲谅，少苛求，这一点，是与曹雪芹相近的。

一九八九年七月二十八日

载一九八九年第六期《小说家》

鹿井丹泉

/

/

/

“鹿井丹泉”是“秦邮八景”中的一景，遗址在今南石桥南。

有一少年比丘，名叫归来，住在塔院深处，平常极少见人。归来仪容俊美，面如朗月，眼似莲花，如同阿难——阿难在佛弟子中俊美第一。归来偶或出寺乞食，游春士女有见之者，无不赞叹，说：“好一个漂亮和尚！”

归来饮食简单，每日两粥一饭，佐以黄虀苦荬而已。

出塔院门，有一花坛，遍植栀子。花坛之外为一小小菜园。菜园外即为荆棘草丛，苍茫无际，并无人烟。花坛菜圃之间有一石栏方井，井栏洁白如玉，水深而极清，归来每天汲水浇花灌园。

当归来浇灌之时，有一母鹿，恒来饮水。久之稔熟，略无猜忌。

一日，归来将母鹿揽取，置之怀中，抱归塔院。鹿毛柔细温暖，归来不觉男根勃起，伸入母鹿腹中。归来未曾经此况味，觉得非常美妙。母鹿亦声唤嘤嘤，若不胜情。事毕之后，彼此相看，不知道他们做了一件什么事。

不久，母鹿胸胀流奶，产下一个女婴。鹿女面目姣美，略似其父，而行步姗姗，犹有鹿态，则似母亲。一家三口，极其亲爱。

事情渐为人知，嘈嘈杂杂，纷纷议论。

当浴佛日，僧众会集，有一屠户，当众大声叱骂：

“好你个和尚！你玩了母鹿，把母鹿肚子玩大了，还生下一个鹿女！鹿女已经十六岁，你是不是也要玩她？你把鹿女借给弟兄们玩两天行不行？你把鹿女藏到哪里去啦？”

说着以手痛掴其面，直至流血。归来但垂首趺坐，不言不语。

正在众人纷闹、营营訇訇，鹿女从塔院走出，身着轻绡之衣，体被璎珞，至众人前，从容言说：“我即鹿女。”

鹿女拭去归来脸上血迹，合十长跪。然后跚跚款款，步出塔院之门，走入栀子丛中，纵身跃入井内。

众人骇然，百计打捞，不见鹿女尸体，但闻空中仙乐飘飘，花香不散。

当夜归来汲水澡身讫，在栀子丛中累足而卧。比及众人发现，已经圆寂。

按：此故事在高邮流传甚广，故事本极美丽，但理解者不多。传述故事者用语多鄙俗，屠夫下流秽语尤为高邮人之奇耻。因为改写。

一九九五年春节

载一九九五年第七期《上海文学》